UNTERNEHMEN ZEDER
Überarbeitete Fassung
G.H.Ehlig
BoD - Books on Demand, Norderstedt

Erstausgabe 2012 by united-pc Verlag
Österreich
Rathausgasse 73a
A - 7311 Neumarkt

Gerhard H. Ehlig

Unternehmen JEDER

Roman

Sämtliche, in der Folge beschriebenen Handlungen sind frei
erfunden.
Die namentliche Benennung tatsächlich existierender, ehemaliger Mitarbeiter staatsschützender Institutionen in Verbindung mit fiktiven Geschehnissen vor dem Zusammenbruch
der DDR, bezieht sich ausschließlich auf deren Bedeutung als
historische Personen.
Ihre Mitwirkung an später datierten, insbesondere strafrechtlich relevanten Unternehmungen entspringt gleichfalls der
Phantasie des Autors.

Der Autor

Bibliografische Information der Deutschen Nationalbibliothek:
Die Deutsche Nationalbibliothek verzeichnet diese Publikation in der Deutschen Nationalbibliografie; detaillierte bibliografische Daten sind im Internet über http://dnb.dnb.de abrufbar.

Lektorat: Autor
Korrektur: Autor
Cover: Autor

Herstellung und Verlag: BoD – Books on Demand, Norderstedt

ISBN: **978-3-7534-4402-4**

Verantwortung für Inhalt und äußere Gestaltung übernimmt ausschließlich der Autor.

1. Buch

Tödliches Geheimnis

Der Mann hielt den Atem an. Gierig sogen seine Augen den Text ein. Dann holte er tief Luft und lehnte sich in seinen Stuhl zurück. Mit zitternden Händen griff er nach einer Zigarette. Flüchtig schweifte sein Blick über die langen Reihen mit Aktenordnern vollgestopfter Regale. All das betraf ihn nicht mehr. Er hatte gefunden wonach er suchte.
Erneut konzentrierte er sich auf seinen Schreibtisch. Aus dem vor ihm aufgeschlagenen Aktenordner entfernte er mit wenigen Handgriffen ein Blatt. Noch einmal überlas er den mit Maschine geschriebenen Text.

...nach Einschätzung des Genossen Oberst Schalk-Golodkowski besitzt Major Schaller die erforderlachen Kenntnisse in finanztechnischer Hinsicht. Sein von klarem Klassenbewusstsein bestimmtes Handeln, untrennbar verbunden mit dem unerschütterlichen Glauben an den Sieg des Sozialismus, ermöglichte es ihm bereits in der Vergangenheit, spezielle Operationen (insbesonders außerhalb des Staatsgebietes der Republik) erfolgreich durchzuführen. An der Ehrlichkeit und Aufrichtigkeit des Genossen bestehen keinerlei Zweifel. Ich empfehle ihn daher als unter sämtlichen Gesichtspunkten geeignet für die Durchführung der betreffenden Devisenoperation. Nähere Einzelheiten sind ohne Verzug mit dem zuständigen Sonderreferenten zu erörtern...

Der Rest war uninteressant. Entschlossen nahm der Mann sein Gasfeuerzeug zur Hand und setzte das Schriftstück in Brand. Als die Flamme empor züngelte, drehte er die Seite damit alles Papier verkohlte. Die schwarzen Reste zerkrümelte er im Aschenbecher zu Pulver. Nun endlich kannte er den Namen des früheren MfS-Angehörigen, der im Jahre 1989 auf Befehl hochrangiger Vorgesetzter in der Schweiz ein geheimes Bankschließfach eingerichtet hatte.

Achtlos stellte er verschiedene Ordner in die Regale zurück. Auf die sonst übliche Eintragung in das Kontrollbuch verzichtete er.

Erstaunt hob der Wachmann die Augenbrauen, als der Beamte grußlos dem Ausgang zustrebte, ohne die Büroschlüssel vorschriftsmäßig zu hinterlegen. Schnell wich seine Verwunderung einer zünftigen Verärgerung. Frechheit, marschierten einfach an ihm vorbei, als gäbe es ihn überhaupt nicht. Empört schlug er sein Wachbuch auf und trug sorgfältig den Namen des Sünders ein.

Natürlich konnte er nicht wissen, dass der unfreundliche Mitarbeiter in Wirklichkeit ganz anders hieß. Noch viel weniger ahnte er, welche Tätigkeit er früher ausgeübt hatte. Aber das spielte ohnehin keine Rolle mehr, denn der Betreffende würde nicht mehr in diese Dienststelle zurückkehren.

Zufrieden verließ Albert Kuschke die Gaststätte. In der Brieftasche steckte ein Gewinn von fast zweihundert Mark. Seine Freunde hatten nicht versucht, ihn zum Bleiben zu überreden. Sie wussten, dass er ihre wöchentliche Spielrunde regelmäßig gegen 22 Uhr verließ. Wie immer wollte der Buchhalter sich an das Steuer des abgestellten Wagens setzen, denn sein Alkoholverbrauch hielt sich in Grenzen. Allerdings wartete an diesem Tage zwischen gepflegtem Gesträuch am Rande des Parkplatzes, außerhalb der von Lampen beleuchteten Fläche, ein unauffällig gekleideter Mann. Auch er kannte die Gewohnheiten seines Opfers.

Der Angekommene bemerkte die Gestalt des anderen nicht, als sie sich aus dem Schatten löste und lautlos hinter seinen Rücken trat. Lediglich ein stechender Schmerz, verursacht von einem gezielten Handkantenschlag, gelangte für Sekundenbruchteile in sein schwindendes Bewusstsein.

Sichernd blickte der Angreifer umher, ehe er den Niedergeschlagenen, der ihm nach Alter und Figur glich, zu dessen Auto schleifte. Nachdem er ihn mit Kabelbindern an Händen und Füßen gefesselt hatte, wuchtete er den widerstandslosen Körper auf die hintere Sitzbank. Danach stieg er in das Fahrzeug seines Opfers.

Etwa fünfunddreißig Minuten nach diesem von Außenstehenden unbemerkt gebliebenen Vorfall lenkte der Angreifer das Auto über holprige Nebenwege zu einem längst stillgelegten Steinbruch, wo sich im Licht der Scheinwerfer die Umrisse eines anderen PKW abzeichneten. Es war sein eigener Lada, von ihm selbst bereits in den frühen Abendstunden abgestellt. Anschließend war er zu Fuß bis in den Bereich öffentlicher Verkehrsmittel gelangt.

Neben dem Auto bremste er ab. Das kalte regnerische Wetter begünstigte sein Vorhaben. Kein Mensch würde ihm dabei in die Quere kommen. Aus seinem Wagen holte er zwei Flaschen hochprozentigen Wodka. Damit begab er sich zum Auto des Buchhalters.

Der Gefesselte war bereits wieder zu sich gekommen. Obgleich er sich keine Zusammenhänge erklären konnte, erfasste er seine gegenwärtige Lage genau. Deshalb beschloss er, sich weiterhin bewusstlos zu stellen. Er sollte indes keine Gelegenheit mehr erhalten, seinem Schicksal zu entgehen.

Brutal schlug ihm der Unbekannte seine flache Hand ins Gesicht: "Verstell dich nicht."

"Was wollen sie von mir?" stieß der Buchhalter mit heiserer Stimme hervor, während er vergeblich versuchte, das Gesicht des Peinigers in der Dunkelheit zu erkennen.

"Halt die Schnauze", fuhr der Mann ihn an und schob den Hals einer Flasche zwischen die Zähne des Liegenden. Der bäumte sich auf und wollte nicht trinken.

"Mensch, sauf!" befahl sein Peiniger verärgert: "Oder ich brech dir sämtliche Zähne raus."

Jetzt ergab sich der Wehrlose resigniert. Krampfhaft schluckte er die scharfe Flüssigkeit. Bei der nächsten Flasche ließ ihm der Entführer mehr Zeit, denn er wollte nicht, dass sein Opfer sich erbrach und dadurch die Wirkung des Alkohols verminderte. Schließlich lallte der sinnlos Betrunkene nur noch. In einigen Minuten würde er so gut wie bewegungslos sein.

Der Täter schleifte den erschlafften Körper ins Freie. Angewidert entfernte er alle Kleidungsstücke vom Leib des Mannes und warf sie in dessen Fahrzeug. Er machte sich nicht die Mühe, sie nach Papieren oder anderen Gegenständen zu durchsuchen. Dann nahm er aus dem eigenen Kofferraum einen Plastebeutel mit den Sachen, die er selbst noch am gleichen Vormittag in der Dienststelle getragen hatte.

Das Ankleiden des nur noch leise Lallenden bereitete ihm mehr Schwierigkeiten als vorgesehen. Wiederholt schaute der Verbrecher auf seine Armbanduhr. Die Zeit begann knapp zu werden. Seinen ursprünglichen Plan wollte er jedoch unbedingt einhalten, denn es gab noch viel zu tun in dieser Nacht. Deshalb zerrte er wütend an der Bekleidung. Danach zog er vom Finger des Buchhalters dessen Ehering und ersetzte ihn durch einen silbernen Siegelring. Schließlich verstaute er den eigenen Personalausweis, der auf den Namen Reinhardt Brieske lautete, sowie seinen Schlüsselbund in den Taschen des Wehrlosen. Zuletzt lud er das Opfer in den Kofferraum seines eigenen Lada.

Dessen Tod war an einem anderen Ort vorgesehen.

Flüchtig lauschte der Mann in die Umgebung. Außer dem auf und abschwellenden Heulen des böigen Windes und dem gelegentlichen Knarren eines abgestorbenen Astes drangen keine Geräusche an seine Ohren. Beruhigt wandte er sich nun dem leeren Wagen des Buchhalters zu.

Nachdem er sämtliche Scheiben heruntergekurbelt hatte, setzte er sich an das Steuer. Langsam fuhr er im ersten Gang bis an eine abschüssige Strecke heran, die nach wenigen Metern an der Steilwand des alten Bruches endete. Dort legte er den Leerlauf ein. Hastig sprang er nun aus dem Auto, das führerlos weiter rollte. Direkt am Übergang zum Felsen stockte es kurz, als sein Unterboden das Gestein berührte, dann verschwand es mit aufbäumendem Heck im Dunkel des Abgrundes. Nur ein schwaches Platschen drang Sekunden danach bis zum Beobachter herauf.

Der kleine, aber tiefe See an der Sohle des Bruches sollte das Wrack für lange Zeit verbergen, bis es irgendwann einmal durch Zufall entdeckt werden würde. Dann wäre der Täter längst jedem behördlichen Zugriff entronnen.

Obgleich die breiten Scheibenwischer auf Hochtouren liefen, schafften sie es kaum, das Sichtglas freizuhalten. Ein zäher Kantenwind drückte immer neue Schwaden großer Regentropfen gegen die Front der Diesellok. Angestrengt versuchte der Zugführer den Gleisbereich zu überschauen. Bei dem Wetter kann ich froh sein, wenn ich kein Signal übersehe, dachte er missmutig. Mit geringer Geschwindigkeit durchfuhr der Güterzug die ausgedehnten Gleisanlagen eines Rangierbahnhofes. Für den folgenden Streckenabschnitt war das bisherige Tempolimit aufgehoben und der Lokführer beschleunigte trotz der eingeschränkten Sicht wieder.

So kam es, dass der Mann auf dem Führerstand außerstande war rechtzeitig zu reagieren, als er im Bereich des überhöht angelegten Bahndammes direkt vor sich auf der Schiene die

Umrisse eines ziemlich großen Gegenstandes bemerkte.
Trotz geistesgegenwärtig eingeleiteter Notbremsung überrollten etliche Achsen den menschlichen Körper. Der Unglückliche hatte so gelegen, dass sein Kopf zerquetscht wurde.
Zwanzig Minuten nach diesem Vorfall beleuchteten die
Scheinwerfer zahlreicher Polizeifahrzeuge den Unfallort.

Ein ferner Glockenturm verkündete die zweite Stunde. Der
Mann zerdrückte die Zigarette im Aschenbecher und stieg aus
seinem Fahrzeug. Menschenleere Straßen, Nieselregen, registrierte er mit Genugtuung. Das Wetter kam ihm sehr gelegen. Sämtliche Spuren in der Nähe des von ihm gewählten
Unfallortes waren aufgeweicht und dürften damit für die
Kripo nicht verwertbar sein. Noch einmal ließ er die Einzelheiten des eigenen Todes vor seinem geistigen Auge vorüberziehen. Nein er hatte wohl nichts übersehen oder falsch gemacht.
Nun existiere ich also nicht mehr, dachte er amüsiert. Meine
Leiche wird man bereits identifiziert haben. Wenn der Körper
auch kein Gesicht mehr besaß, so ließen doch Papiere und
Schlüssel keinen Zweifel aufkommen. Selbst den Siegelring
dürfte man in seiner Dienststelle wiedererkennen. Im Verlaufe des Tages fände man dort und natürlich auch in der Wohnung des vermeintlich Betroffenen eindeutige Hinweise darauf, dass der verunglückte Mitarbeiter der Gauck Behörde ein
heimlicher Trinker war, welcher beim Versuch im Zustand
der Volltrunkenheit die Gleisanlagen zu überqueren, bedauerlicherweise von einem Zug erfasst worden war.
Fast musste der Mörder auflachen. Doch gleich darauf riss er
sich wieder zusammen und konzentrierte seine Überlegungen
auf das kommende Vorhaben. Es konnte erheblich schwieriger werden, als der vorgetäuschte Tod.
Aus einiger Entfernung beobachtete er ein mehrstöckiges
Altbaugebäude und ging dann darauf zu. Wenige Minuten

später gelangte er unbemerkt an die Hinterseite des Hauses. Hier standen die Fahrzeuge der Anwohner.

Ideal, dachte der nächtliche Besucher zufrieden. Schon wollte er sich zwecks weiterer Ausführung seines Planes zu einer in der Nähe befindlichen, öffentlichen Telefonzelle begeben, da hielt er inne und nahm das eigene Funktelefon aus der Seitentasche.

Dieser an sich bedeutungslose Fehler blieb sein einziger. Er sollte sich jedoch als tödlich erweisen. Allerdings erst zu einem viel späteren Zeitpunkt. Im Augenblick war er noch derjenige, der das Geschehen bestimmte. Ohne sich aufzuhalten gab er die Nummer ein, die er im Laufe des vergangenen Tages ermittelt und vorsorglich gespeichert hatte

Nach einem halbem Dutzend Klingelzeichen wälzte sich die Frau im Bett herum und griff zum Telefon:

"Schaller", sprach sie mit verschlafener Stimme in die Muschel. Sekunden später fügte sie hinzu: "Einen Moment bitte." Dann legte sie den Hörer auf das Kopfkissen und beugte sich über ihren Mann: "Rudolf, Telefon."

Verärgert fuhr der Geweckte hoch. Sein Blick fiel auf die LCD-Anzeige des Weckers. 02 . 13 Uhr!

"Verdammt, nicht mal schlafen kann man in Ruhe." Unwillig nahm er den gereichten Hörer entgegen. Einige Augenblicke danach spannten sich seine Gesichtszüge: "Okay, ich komme sofort."

Seine Benommenheit war vollkommen verschwunden. Hastig suchte er seine Bekleidungsstücke zusammen: "Nur eine betriebliche Angelegenheit", erklärte er seiner Frau.

"Um diese Zeit? Soll ich einen Kaffee aufsetzen?"

"Nicht nötig. Bekomme ich in der Firma. Wasserrohrbruch im Keller. Die Computerräume sind bedroht. Überflutung. Mist, verfluchter. Anscheinend ist der Sicherheitsdienst zu blöd, das Hauptventil abzudrehen."

Als zuständiger Abteilungsleiter konnte er jedoch nicht kneifen. Zumal auch der Chef benachrichtigt worden war. Zumindest sagte das der Wachmann am Telefon.

Komisch dachte er, als er wenige Minuten später in den Hausflur trat. Die Stimme des Wächters war ihm nicht bekannt vorgekommen. Jetzt begann Mißtrauen in ihm aufzusteigen. Während er die Treppe hinunter eilte, zog er sein Handy hervor und wollte die vorprogrammierte Rufnummer des Betriebsleiters eingeben. Im selben Augenblick trat ihm eine Gestalt in den Weg.

Noch ehe der Überraschte darauf reagieren konnte, drangen die angewinkelten Fingerknöchel des Angreifers unterhalb seines Rippenbogens in den Körper. Der Atem versagte dem Angegriffenen schlagartig. Als er in die Knie ging, schepperte das Telefon über die Stufen. Seine beiden Arme wurden nach hinten gerissen. Handschellen klickten. Leise, aber mit drohendem Unterton befahl eine Stimme an seinem Ohr: "Vorwärts. Zum Kellerabgang."

Schaller nahm alle Kraft zusammen und riss seinen Oberkörper herum. Dabei versuchte er, den Unbekannten mit dem Kopf zu stoßen. Allerdings hatte dieser damit gerechnet und konnte deshalb ausweichen. Brutal packte er den anderen, drückte dessen Gesicht gegen die steinerne Treppenkante und setzte er seinen Fuß in den Nacken des Liegenden:

"Noch einmal sage ich das nicht. Zum Keller."

Er lockerte den Griff. Der Überwältigte schien aufzugeben. Taumelnd kam er hoch und ging voran. Hinter sich hörte er, wie sein Gegner das Handy vom Boden aufhob. Blitzschnell rechnete er die verbliebenen Chancen aus, doch ein harter Stoß in den Rücken beendete seine Überlegungen.

Vor der Tür zum Kellerabgang tastete der Fremde ihn nach Gegenständen ab. Die Waffe im Schulterholster schien ihn vorläufig nicht zu interessieren. Mit auf den Rücken gefesselten Händen konnte ihr Besitzer ohnehin nicht damit umgehen. Vor Wut knirschte Schaller mit den Zähnen.

Kurz darauf verschloss der Mann die Tür von innen. "Wo ist dein Keller?"

Wortlos lief der Gefragte darauf zu. Vielleicht fände er dort eher eine Möglichkeit, den Gegner zu überwältigen, obgleich er schon an dessen bisherigen Vorgehen den Profi hätte erkennen müssen, der sich keine Blöße geben würde.

Kaum war die Tür zu dem abgeteilten Raum geöffnet, traf ein Handkantenschlag die linke Niere des Überfallenen. Mit leisem Stöhnen sackte er zusammen. Nun betätigte der Fremde den Lichtschalter. Ausgezeichnet, dachte er. Kein Fenster nach draußen.

Im hinteren Teil des Kellers stand auf einer Werkbank das Modell eines Segelschiffes. Ringsum an den Wänden hingen verschiedenartige Werkzeuge. Aus einem Regal nahm der Entführer eine Rolle Klebeband.

Fünf Minuten danach lag Rudolf Schaller, ehemaliger Mitarbeiter des Ministeriums für Staatssicherheit, von Kopf bis Fuß verschnürt, anstelle des Schiffes auf der Werkbank. Zwischen seinen Zähnen steckte ein zusammengeknüllter Putzlappen. Die eigene Pistole befand sich jetzt in der Hand des Unbekannten. Mit geübter Bewegung zog dieser das Magazin heraus und entnahm ihm zwei Patronen. Unter den Blicken des Liegenden spannte er sie nacheinander zwischen den Schraubstock und feilte in das weiche Metall der Projektile jeweils zwei gekreuzte Kerben. Dann drückte er die Patronen wieder in das Magazin, schob es in den Griff zurück und lud die Waffe durch.

Auf der Stirn des Gefesselten hatten sich unterdessen Schweißperlen gebildet. Der kalte Blick des Fremden ruhte auf seinem Gesicht: "Wozu die Kerben sind, kannst du dir denken. Oder soll ich es erklären? Wenn das Geschoss auf der Kniescheibe auftrifft, wird es auseinander gerissen. Was da noch vom Gelenk übrig bleibt, kannst du mit der Lupe suchen."

Schaller versuchte gleichgültig auszusehen. Doch die Stimme

des Mannes schnitt wie ein Skalpell in seine Ohren: "Ach, du glaubst wohl, ich trau mich nicht zu schießen? Wegen des Lärmes? Sei beruhigt, ich leg ein paar Putzlappen dazwischen. Das dämpft ganz schön."

Unvermittelt ging der Plauderton in messerscharfe Worte über. "In welcher Bank befindet sich das Schließfach? Wie lautet der Zugangscode?"

Nun konnte der Gefragte die Überraschung nicht mehr verbergen. Seine Gesichtszüge verrieten ihn. Mit einem Ruck riss ihm der andere den Knebel aus dem Munde. "Ich warte."

"Wovon reden Sie? Welches Schließfach?" keuchte Schaller. Er schien sich wieder gefangen zu haben.

Schweigend ergriff der Mann mehrere Putzlappen und drückte sie mit dem Lauf der Pistole gegen die Kniescheibe des Liegenden.

"Halt!" In den Augen des Bedrohten flackerte Angst auf: "Mensch, sie ahnen nicht, mit wem sie sich anlegen."

Dies war ein Irrtum, denn der Verbrecher wusste genau, wessen Geld er wollte. Als er nach einer guten Stunde fort ging, besaß er alle nützlichen Informationen. Allerdings hatte er den Körper des Zurückbleibenden erst noch mit Handbohrmaschine und einem Lötkolben aufbereiten müssen, bis der Gefolterte sich zu einer Kooperation entschloss. Von den zwei zerschossenen Kniegelenken ganz zu schweigen. Aber die konnte der Verstümmelte ohnehin nicht mehr gebrauchen, denn in seiner Schläfe befand sich jetzt das Einschussloch einer NeunmillimeterKugel.

Pünktlich um 8. 30 Uhr drang das unangenehme Summen des elektronischen Weckers in die Ohren der Frau. Gähnend streckte sie ihre Glieder noch einmal, bevor sie aufstehen wollte. In diesem Augenblick läutete das Telefon. Noch halb benommen griff sie nach dem Hörer. "Schaller."

"Werkschutz, technotron. Guten Morgen Frau Schaller. Ihr

Gatte hat uns beauftragt, um halb neun bei ihnen anzurufen und Folgendes auszurichten. Er wird nicht vor dem späten Nachmittag nach Hause kommen. Sie möchten bitte bei seinem Arzt den heutigen Termin absagen."

Verstimmt legte Frau Schaller auf. Sieht ihm ähnlich. Hat nicht mal Zeit selber anzurufen.

Zwei Minuten später klingelte das Telefon in der Firma. Der Pförtner in der Wachstube nahm das Gespräch entgegen: "Werkschutz", meldete er sich bei dem Anrufer. Angestrengt horchte er dann in die Leitung. Die Stimme war nur undeutlich zu verstehen. Verdammte Störung, dachte er.

Dass der scheinbare Defekt von seinem Gesprächsteilnehmer mit einem vor die Sprechmuschel gehaltenen Taschentuch verursacht wurde, kam ihm nicht in den Sinn: "Entschuldigen sie, aber ich höre sie sehr schlecht."

Nun erklang die Stimme ein wenig lauter. Nach einer Weile sagte der Wachmann beflissen: "Selbstverständlich, Herr Schaller. Ich werde es gleich notieren."

Auf einem Zettel vermerkte er stichpunktartig: 8. 35 Uhr. Anruf Schaller. Verkehrsunfall. Unverletzt. Erledigung von Formalitäten bei Polizei und Versicherung. Erst am Nachmittag in Firma zu erwarten. Chef informieren.

Zufrieden klappte der Mann das Handy zu. Dann nahm er die Kaffeetasse zur Hand und nippte genussvoll an dem heißen Getränk. Durch die riesigen Glasscheiben des Flughafenrestaurants schweifte sein Blick über zahlreiche Reisende, die entweder vorübereilten oder in Gruppen herumstanden.

Noch einmal überdachte er die gegenwärtige Lage. Allein die Kenntnis von dem anstehenden Arzttermin war Gold wert gewesen. Vom genauen Weckzeitpunkt ganz abgesehen. Daher würde die Frau zunächst keinen Verdacht schöpfen. Auch der Anruf in der Firma hatte genügend Glaubwürdigkeit besessen. Dort dürfte man den Abteilungsleiter ebenfalls nicht vor Nachmittag vermissen. Später spielte das ohnehin keine Rolle mehr. Sollte jemand ihn trotz aller Vorsichtsmaßnahmen schon früher erreichen wollen, so versuchte man das mit Sicherheit über dessen Handy.

Jetzt huschte ein zynisches Lächeln über das Gesicht des Mörders, denn das Telefon seines zweiten Opfers steckte in der eigenen Tasche. Auch nach dem Aufprall im Treppenhaus war es voll funktionsfähig geblieben. Immerhin hatte er damit gerade die beiden Anrufe getätigt. Einmalig! Absolut einmalig. Ein am Vorabend tödlich Verunglückter ruft mit der imitierten Stimme eines ebenfalls Toten über dessen Handy in der Firma an und begründet seine Abwesenheit mit einem gar nicht stattgefundenen Verkehrsunfall, um dadurch genügend Zeit zu erhalten, sich in den Besitz von Devisen zu setzen, die überhaupt nicht existieren durften.

Nun musste der Mann sich zusammenreißen, um nicht laut aufzulachen. Sein Reisepass lautete noch immer auf den Namen Reinhardt Brieske. Falls man im Nachhinein seinen Flug nach Zürich ermittelte, was unwahrscheinlich war, weil er sicherheitshalber nicht von Berlin, sondern von Frankfurt abflöge, stieße man wieder auf die Spur eines Toten. Auf dessen Pass konnte er zudem nach Erledigung der Hauptsache einen Wagen anmieten und über die Grenze zurück nach München fahren. Erst dann würde er seine frühere Identität wieder annehmen und bis nach Berlin öffentliche Verkehrsmittel benutzen. Ein perfekter Plan.

Schade, dachte der Mörder bedauernd, das gäbe Stoff für einen erstklassigen Krimi. Aber vielleicht schriebe er später mal alles nieder. Als Memoiren, in zwanzig oder dreißig Jahren. Wenn genügend Gras über die Sache gewachsen war.

Dass er bei weitem gar nicht so alt werden sollte, kam ihm nicht in den Sinn.

Unter dem Pflaster der Züricher Bahnhofstraße lagerte in gepanzerten Gewölben tonnenweise Barrengold. Die meisten Touristen schlenderten unbewusst darüber hinweg und bestaunten die sündhaft teuren Auslagen der exquisiten Läden. Trotz überwiegend moderner Fassaden strahlten die altehrwürdigen Gebäude eine bestimmte Art von Ruhe und Sicherheit aus. Zahlreiche Geldinstitute, teils mit großflächigen Reklamen angezeigt, teils halb versteckt in Seitengassen oder Höfen, prägten das Bild der Gegend.

Der Besucher schenkte diesen Sehenswürdigkeiten nur wenig Aufmerksamkeit. Zielgerichtet strebte er auf einen Durchgang zwischen zwei Häusern zu. Dort hatte man im Hintergrund neben einer schlichten Eichentür ein schlichtes Messingschild angebracht.

LÖBECKE & C O.
Bankhaus

Ohne sich aufzuhalten betätigte der Angekommene den darunter befindlichen Klingelknopf, dabei in eine seitlich oberhalb des Einganges befestigte Fotokamera lächelnd. Als ein Summen ertönte, drückte er gegen die Tür.

Gelassen trat Reinhardt Brieske, alias Steffen Baum, in den altertümlich eingerichteten Vorraum, wo ihn bereits ein livrierter Bediensteter erwartete: "Guten Tag mein Herr. Womit können wir ihnen dienen?"

Ein kurzer Blick streifte die Reisetasche des Kunden.

"Schließfach", entgegnete der Gefragte wortkarg.

"Bitte schön, wenn sie mir folgen wollen."

Beflissen öffnete der Empfangsangestellte eine Tür. Sein Gast ging hindurch und registrierte mit spöttischem Schmunzeln den dicken Holzrahmen des Durchganges. Vermutlich befinden sich Magnetschleifen darin, dachte er amüsiert. Wegen Waffen. Er selbst trug in diesem Augenblick keine bei sich.

Der Livrierte geleitete ihn zu einem mittelgroßen Zimmer und zog sich nach angedeuteter Verbeugung wieder zurück.

Hinter einem mit schusssicherem Glas ausgestatteten und

dennoch in gelungener Art dem Stil des holzgetäfelten Raumes angepassten Schalters, hob ein älterer Mann seinen Kopf: "Bitte, nehmen sie Platz. Sie möchten zu ihrem Schließfach?" Für einen Moment ließ der Mann die unmittelbare Umgebung auf sich einwirken. Trotz aufwendiger und teils unübersehbarer Sicherheitsmaßnahmen fühlt ein Kunde sich davon nicht unangenehm berührt, stellte er anerkennend fest. Dann wandte er seine Aufmerksamkeit dem Angestellten hinter der Barriere zu, dessen Worte offenbar die unausgesprochene Frage nach der Geheimzahl enthielten.

"Nummer AX 89 352 47."

In Sekundenschnelle tippte der Bankmensch die Ziffern in seine Computertastatur. Schon Augenblicke danach erschien im Monitor ein okay. Auf einen Knopfdruck hin trat durch eine Seitentür, die dem Besucher entgangen war, ein weiterer Angestellter ein. Höflich forderte dieser den Kunden zum Mitkommen auf.

Zwei starke, hintereinander angeordnete Stahlgitter schützten die Kellerräume vor unberechtigtem Zugang. Sollte dennoch jemand einzudringen versuchen, würden Wachleute ihn festgenommen haben, bevor er an sein Ziel gelangte.

Nachdem der Angestellte eines der beiden Schlösser des Schließfaches mit einem bankeigenen Schlüssel entriegelt hatte, trat er von der Wand zurück. "Ich warte im Nebenraum. Wenn sie fertig sind, betätigen sie bitte die Klingel."

Mit klopfendem Herzen steckte der Alleingebliebene den eigenen Schlüssel in das zweite Schloss und drehte ihn herum. Gleich darauf konnte er das Stahlfach mühelos öffnen. Erleichtert zog er einen etwa sechzig Zentimeter langen, ziemlich schweren Blechkasten heraus und stellte ihn auf den Tisch. Dann hob er den Deckel an.

Sein Atem stockte vor Freude. Die vordere Hälfte des Behälters war mit gebündelten Tausendmarkscheinen angefüllt.

Als er seine Fassung zurück gewonnen hatte, begann er die Geldbündel in seine Reisetasche zu packen. Dann betrachtete der vermeintliche Schließfachinhaber interessiert ein im hinteren Teil des Kastens untergebrachtes Päckchen. Format A 4. Auf der Oberseite stand in lediglich ein Wort. „ZEDER."

War das nicht ein Nadelbaum? Immer grünend? Vorwiegend im Libanon beheimatet? Weshalb aber in Kleinbuchstaben geschrieben? Das machte ihn stutzig.

Für Sekunden verharrte er in Unschlüssigkeit, dann siegte die Gier. Vorsichtig hob er den Fund heraus und verstaute ihn ebenfalls in der Tasche. Dabei achtete er darauf, dass die Packung nicht kippen konnte. Möglicherweise beinhaltete sie einen Sprengsatz, der bei einer bestimmten Schräglage sofort ausgelöst würde. Das Ministerium für Staatssicherheit pflegte früher wichtige Papiere mit derartigen Mechanismen gegen unbefugten Zugriff zu sichern.

Fünf Minuten später stand der Mann wieder im Freien. Jetzt wollte er erst einmal das Geld zählen und die andere Beute genau untersuchen. Kurz entschlossen steuerte er das nächste Hotel an.

Nasskalte Schauer peitschten ohne Unterlass gegen die schwarzgraue Sandsteinfassade. Zu kleinen Bächen vereint, rannen unzählige Tropfen an der verwitterten Wand herab. Längst war das Metallschild neben der Eingangstür blank gewaschen. Trotz schnell hereinbrechender Dämmerung konnten Vorübergehende, an denen es angesichts des unwirtlichen Aprilwetters mangelte, noch die kräftigen, tief schwarzen Buchstaben deutlich erkennen.

DER BUNDESBEAUFTRAGTE
Für die Unterlagen des Staatssicherheitsdienstes
der ehemaligen Deutschen Demokratischen
Republik

Kriminalhauptkommissar Schmolke betrat das Gebäude mit völlig durchnässter Kleidung. Als er an der Pförtnerloge den Dienstausweis vorzeigte, griff der Wachmann zum Telefon:

"Der Herr von der Mordkommission ist da."

Kurz darauf erschien der Behördenleiter persönlich im Eingangsflur: "Guten Tag, Herr Kriminalinspektor. Ich habe sie bereits erwartet."

Der Beamte warf einen verstohlenen Blick auf die nassen Sachen des Kripo-Mannes, bevor er weiter sprach: "Wenn ich ihnen einen Kaffe anbieten darf?"

Schmolke stimmte zu und folgte dem Vorausgehenden in die Hauskantine. Dort legte er seinen Mantel über einen Heizkörper, nahm am Tisch Platz und schaute den anderen fragend an.

Dieser betrachtete das als Aufforderung und begann zu reden: "Tja, was soll ich sagen? Von dem Tod meines Mitarbeiters erfuhr ich erst heute Vormittag. Telefonisch. Schade um diesen Mann. Arbeitete akkurat und vor allem sehr selbständig. Ein Unfall, wie ihr Kollege sagte. Wir sind hier alle ein wenig betroffen. Wie ist es eigentlich passiert, wenn ich fragen darf?"

Hauptkommissar Schmolke setzte die Kaffeetasse ab: "Natürlich dürfen sie. Der Sachverhalt ist ohnehin klar. Mein Besuch bei ihnen ist reine Routine. Herr Brieske kam gestern Abend gegen dreiundzwanzig Uhr ums Leben, als er versuchte, eine Gleisanlage zu überqueren. Dabei wurde er von der Bahn erfasst."

Nun war der Dienststellenleiter erstaunt: "Gleisanlage? Sie meinen mit dem Auto? Am Bahnübergang?"

"Nein. außerhalb der Straße. Zu Fuß. Er war betrunken. Das ergibt sich aus dem vorläufigen Bericht."

"Nun bin ich aber platt", entgegnete der Beamte verwirrt: "An unseren Betriebsveranstaltungen hat er sich nicht beteiligt. Weil es dort immer hoch herging. Daher nahm ich an, er trinkt keinen Alkohol."

Nun lächelte Schmolke nachsichtig: "Das muss nichts bedeuten. Ich möchte gern mal seinen Arbeitsplatz ansehen."

Nachdem er seinen Kaffee ausgetrunken hatte, führte ihn der

Dienststellenleiter in das Arbeitszimmer des Verunglückten. Beeindruckt pfiff der Kripo-Mann durch die Zähne, als er die Aktenregale begutachtete: "Da haben sie ja noch allerhand zu tun."

"Was sie hier sehen, ist längst nicht alles. Allein im Hauptlager stehen noch etliche hundert Säcke mit zerschnipseltem Aktenmaterial. Das durften wir bislang in mühevoller Handarbeit zusammensetzen. Außerdem haben wir in jeder ehemaligen Bezirksstadt Zweigstellen mit weiteren Archiven. Dort sieht es ganz ähnlich aus."

"Muss ja ein mächtiger Apparat gewesen, dieses MfS," stellte Schmolke anerkennend fest: "Man begreift es erst richtig, wenn man die Hinterlassenschaften mit eigenen Augen sieht."

"Sicher, wahrscheinlich haben wir noch viele Jahre zu tun, um alles aufzuarbeiten. Zum Glück hat man uns eine Software in Aussichtgestellt, die eingescannte Fragmente im Computer automatisch verbindet."

Mit einem kräftigen Ruck schob Schmolke unterdessen den Schreibtisch des Toten beiseite, so dass er mit der Hand in eine Nische neben dem Heizkörper greifen konnte. Nacheinander holte er dort etliche leere Flaschen hervor. Eine davon hob er nah an sein Gesicht, um das Etikett besser betrachten zu können: "Ziemlich hochprozentig. In der Wohnung steht eine ganze Batterie davon."

Kopfschüttelnd ließ sich der Dienststellenleiter auf einen Stuhl nieder: "Ein heimlicher Trinker? Hätte ich niemals für möglich gehalten."

Hauptkommissar Schmolke ging nicht darauf ein. Ihm war so etwas nicht neu. Aus seiner Aktentasche nahm er einen durchsichtigen Beutel mit mehreren Schlüsseln: "Haben wir bei der Leiche gefunden. Können sie dazu etwas sagen?"

Durch das Zellophan schob der Gefragte den Schlüsselbund auseinander.

"Diese beiden da sind von uns. Für Büro und das Archiv. Brieske hatte unbeschränkten Zugang. Allerdings..."

"Was wollten sie sagen?" stieß der Kriminalist sofort nach, als der Beamte stockte.

"Eigentlich durfte er sie nicht mit aus dem Gebäude nehmen. Bei Verlassen der Dienststelle sind sämtliche Schlüssel beim Wachschutz zu hinterlegen."

Schmolke überlegte einige Sekunden: "Wie wird das in der Praxis gehandhabt?"

Offenbar schien er an eine wunde Stelle gekommen zu sein, denn der andere rückte mit der Hand seinen Schlipsknoten hin und her, während er verlegen zu Boden sah. Endlich gestand er: "Wissen sie...was soll ich sagen...so genau nimmt das niemand."

"Dachte ich mir doch. Damit ist die Sache klar." Der Hauptkommissar steckte den Beutel zurück in seine Tasche.

"Braucht die Gerichtsmedizin noch. Wird ihnen später zugestellt. In den nächsten Tagen kommt ein Mitarbeiter vorbei. Wegen dem Protokoll für die Akten. Das mit den Schlüsseln brauchen sie dort nicht zu erwähnen. Der Fall ist ohnehin so gut wie abgeschlossen."

Zweiunddreißig, dreiunddreißig," zählte der Mann. Alles Bündel zu je hundert Tausendmarkscheinen.

Angeregt blickte er auf die Stapel. Insgesamt dreieinhalb Millionen, dachte er zufrieden und legte das Geld auf die Überdecke des Hotelbettes. Vorsichtig nahm er dann das Päckchen vom Nachtschrank und trug es zum Tisch. Mit seinem Taschenmesser löste er jetzt das grüne MfS-Prägesiegel. Eine rundum geklebte Folie zog er behutsam ab. Danach entfernte er die Hülle aus grobem Packpapier, sorgsam darauf bedacht, den Inhalt keiner Erschütterung auszusetzen. Fünf Minuten später lächelte er selbstsicher. Er hatte Recht behalten.

Fachkundig setzte er mit wenigen Handgriffen einen Mechanismus außer Betrieb, der bei einer bestimmten Schräglage aktiviert wurde. Allerdings sollte er keine Sprengladung, sondern lediglich eine chemische Reaktion auslösen. Dabei entstünde ein spezieller Farbstoff, der in Sekundenschnelle sämtliche in unmittelbarer Umgebung befindliche Gegenstände behaftete. Derartig präparierte Geldscheine taugten höchstens noch als Toilettenpapier. Gleichzeitig bewirkte die Substanz eine vollständige Auflösung der aus Spezialpapier bestehenden Schriftstücke im Inneren des Päckchens.

Während der Dieb in der Akte blätterte, breitete sich auf seinem Gesicht zunehmend eine ungesunde Blässe aus.

"Um Gottes Willen", murmelte er dann entsetzt: "Worauf hab ich mich bloß eingelassen."

Was er da vor seinen Augen liegen sah, übertraf alle Erwartungen um ein Vielfaches. Bestechlichkeit und Abartigkeit von verschiedenen einflussreichen Politikern bis hoch in Regierungen verschiedener, europäischer Staaten. Alles mit umfangreichen Dossiers und reichlich Fotomaterial belegt. Dagegen verblassten Skandale wie die Enttarnung des Kanzlerberaters als DDR-Spion, zu Bühnenstücken drittklassiger Boulevardtheater. Ungeheuerlich!

Das alles wollte man einsetzten, um die Betroffenen zu manipulieren. Schritt für Schritt sollte damit der Boden für eine Revolution vorbereitet werden. Unter direkter Leitung der alten Genossen. Von den dort verzeichneten Namen waren ihm einige von seiner früheren Tätigkeit beim MfS bekannt.

Seine Kehle fühlte sich plötzlich trocken an. Mit einer hastigen Bewegung schob er die brisanten Unterlagen von sich weg, als könnte er damit seine Kenntnis ungeschehen machen. Fieberhaft begann er zu überlegen. Wie sollte er sich aus dieser Sache heraus winden? Ohne das verdammte Päckchen wäre er wahrscheinlich davongekommen. Die erbeuteten Millionen hätten die Bestohlenen verkraftet. Jetzt aber würde man ihn jagen. Gnadenlos. Bis ans Ende der Welt. Tausende ehemalige Angehörige von Mielkes Imperium. Viele von ihnen saßen bereits wieder an den Schalthebeln der Macht.

Bei Staatsanwaltschaft und Polizei. In allen möglichen anderen Behörden. Schon nach wenigen Stunden dürften sie alle in Trab gesetzt worden sein. Dann gäbe es kein Entrinnen mehr. Ganz gleich, in welchen Winkel der Welt er sich verkröche.

Wie ein Blitz schoss der rettende Gedanke durch den Kopf des Mörders. Er hat die Papiere gar nicht gesichtet! Überhaupt nicht einsehen können. Weil sie schon vorher vernichtet worden sind. Unter Zeugen. Unmittelbar nach Verlassen der Bank. Geniale Idee, überlegte er mit neuer Zuversicht. Nun hieß es unverzüglich zu handeln.

Innerhalb kurzer Zeit gelang es ihm, den heimtückischen Mechanismus wieder in seinen ursprünglichen Zustand zu versetzen, obgleich er die Arbeit mehrfach unterbrechen musste, weil ihm noch immer die Hände zitterten. Als er schließlich das gefährliche Paket in der Reisetasche verstaut hatte, zählte er sechs Geldbündel ab und legte sie dazu:

"Scheiß auf die paar Kröten", sagte er zu sich selbst: "Mein Leben ist mir wichtiger."

Kurz darauf verließ er das Hotel.

Misstrauisch starrte der verwahrloste Jugendliche auf den Fremden. Sonderbar genug, was der von ihm wollte. Erst ein nagelneuer Tausendmarkschein zerstreute seine Bedenken schlagartig. Nach getaner Arbeit würde er einen zweiten erhalten. Zweitausend DM. Der Kerl muss verrückt sein, dachte er, während er sich zu der Stelle bewegte, wo sein Auftritt stattfinden sollte.

Knapp zehn Minuten nach dieser seltsamen Unterredung überquerte ein etwa fünfundvierzigjähriger, gepflegt aussehender Mann die Bahnhofstraße in Höhe des Bankhauses Löbecke & Co.

Flink wie ein Wiesel lief ein Jugendlicher an ihm vorbei und versuchte, dessen Reisetasche mit einem Ruck an sich zu bringen.

Offenbar war der Mann ziemlich geistesgegenwärtig, gelang ihm doch, den versuchten Diebstahl zu verhindern. Allerdings stürzte seine Tasche dabei zu Boden. Gleich darauf flüchtete der Räuber unverrichteter Dinge, dabei etliche Passanten rücksichtslos beiseite stoßend.

Noch ehe der Betroffene sein Eigentum vom Straßenpflaster aufheben konnte, entströmte der Tasche unter heftigem Gezische eine rotbraune Wolke. Erschrocken prallten einige Fußgänger zurück.

Der Inhaber des ungewöhnlichen Gegenstandes verzichtete auf seine Ansprüche und verschwand unerkannt zwischen den herumstehenden Passanten. Später traf Kantonspolizei am Ort des Geschehens ein und sperrte die Umgebung ab, damit Bombenexperten genauere Untersuchungen an dem verdächtigen Asservat vornehmen konnten.

Ungefähr zur gleichen Zeit begegneten sich an einem vereinbarten Treffpunkt zwei Personen unterschiedlichen Alters. Ein weiterer Tausender wechselte den Besitzer.

Kriminalhauptkommissar Gunther Schmolke überflog noch einmal die persönlichen Daten des Verunglückten.

Reinhardt Brieske, geboren 1948 in der Gemeinde Sedlitz. Seit 1990 wohnhaft in Berlin. Am 17. April 1996 um 23. 34 Uhr beim Überqueren der Gleisanlagen...

Das Klingeln des Telefons unterbrach seine Arbeit. Der Pathologe teilte ihm das vorläufige Ergebnis der Untersuchung mit: "Ein endgültiger Autopsiebefund liegt noch nicht vor. Aber ich hab schon mal Blutuntersuchung durchgeführt."

"Und? Irgendwelche außergewöhnlichen Umstände?"

Im Hörer ertönt trockenes Lachen: "Außergewöhnlich ist nur, wie dieser Mensch noch den Bahndamm raufgekommen ist. Total zu, der Kerl. 4,3 Promille. Für mich ansonsten alles klar. Glatter Unfall. Verstehe nicht, was der Vorgang beim Morddezernat soll."

Nachdenklich legte Schmolke den Hörer auf. Nach kurzem Zögern wandte er sich seinem jüngeren Kollegen zu, der im gleichen Zimmer saß: "Ist erledigt, der Fall Brieske. Tipp du den Abschlussbericht für die Akte. Ich hab anderes zu tun. Und vergiss nicht, vorher das Protokoll in der Gauck-Behörde aufzunehmen. Nur der Form halber. Eine Seite genügt."

Stillschweigend fügte sich der Untergebene. Erst als der Vorgesetzte den Raum verlassen hatte, maulte er: "Das hab ich geahnt, den langweiligen Schriftkram darf wieder mal ich erledigen."

Unterdessen begab Schmolke sich in die Kantine. Dort stocherte er unschlüssig mit dem Löffel in seinem Kaffee herum. Irgendwas an der Sache gefiel ihm nicht. Es gab nicht den geringsten Hinweis auf Verwandte oder nähere Bekannte. Beide Eltern schon vor Jahren verstorben. Einziges Kind. Unverheiratet geblieben. Keine Freundin. Zumindest außergewöhnlich, das Ganze. Jetzt fielen ihm auch die Worte des medizinischen Kollegen am Telefon wieder ein.

...Wie der den Bahndamm raufgekommen ist, mit 4,3 Promille...

Sollte man ihn etwa da raufgeschleppt haben? Abrupt stand der Kommissar auf. Raschen Schrittes durcheilte er den Flur. Vor dem Dienstzimmer des Sachverständigen machte er halt. Dann zögerte er jedoch. Mit gerunzelter Stirn dachte er an die Gewohnheiten des Experten. Sicher würde der ihm erst einen halbstündigen Vortrag halten, ehe er zur Sache käme. Kurz entschlossen kehrte daher um und begab sich zurück in den eigenen Arbeitsraum. Hier griff er zum Telefon. Drei Minuten später besaß er die gewünschte Information.

Manch einer konnte schon bei zwei Promille nicht mehr gerade stehen. Andere fuhren sogar mit vier Promille noch relativ sicher Auto. Besonders Gewohnheitstrinker vermochten sich in der Regel selbst bei hohen Blutalkoholwerten erstaunlich gut zu bewegen. Das sprach eigentlich für die Unfalltheorie, denn Brieske war ein hochgradiger Alkoholiker. Die vielen leeren Flaschen bewiesen es eindeutig. Trotzdem wollte den Kommissar ein ungutes Gefühl nicht verlassen.

Morgen fahre ich nach Sedlitz und sehe mich dort um, entschied er sich schließlich. Vielleicht erführe er am Geburtsort etwas über die Vergangenheit des einsamen Mannes.

Peter Feuchtenberger, früher Oberstleutnant des MfS und Adjutant von Spionagechef Markus Wolf, blickte ungeduldig auf seine Armbanduhr. Dann betätigte er die Sprechanlage: "Rufen sie bitte Herrn Schaller an. So lange kann doch eine Unfallaufnahme nicht dauern."

Wenig später trat die Sekretärin in das Zimmer. Fragend schaute der stellvertretende Geschäftsführer auf.

"Über Mobilfunk nicht zu erreichen. Ich habe auch in der Wohnung angerufen. Seine Frau sagt, er hätte durch den Werkschutz ausrichten lassen, dass er nicht vor dem späten Nachmittag zu Hause sein werde. Hier bei uns habe es einen Unfall gegeben."

"Quatsch, mit seinem Wagen ist das passiert."

Gleichgültig zuckte die Sekretärin mit den Schultern: "Von einem Wasserrohrbruch war die Rede."

"Wasserrohrbruch?" Feuchtenbergers Augen verengten sich. Er verlor keine Zeit mit unnützen Spekulationen. Kurz darauf war der Informationsapparat einer illegalen, aber noch funktionierenden Organisation angelaufen.

Man konnte die Wohnung des Obersten durchaus als luxuriös bezeichnen. Sie füllte das gesamte Erdgeschoss einer Villa aus. Im der oberen Etage befand sich die Bibliothek.

Der Hausbesitzer und eine andere männliche Person mittleren Alters saßen in bequemen Sesseln und betrachteten einen

Videofilm, als ein weiterer Mann das Zimmer betrat. Ungefragt ließ er sich auf dem breiten Ledersofa nieder. Statt einer Begrüßung forderte er mit scharfer Stimme: "Wenn ich bitten darf Oberst, schalten sie den Fernseher ab."

Erstaunt über den anmaßenden Ton des Untergebenen zog der Angesprochene die Augenbrauen hoch, kam aber dessen Aufforderung nach.

"Darf ich ihnen etwas zu trinken anbieten", fragte er dann höflich: "Whisky? Kognak?"

Feuchtenberger winkte ab. Ihm war jetzt nicht nach Trinken zumute. Eine fahle Blässe überzog sein Gesicht: "Schaller ist verschwunden", stieß er ohne Einleitung hervor.

Jetzt versteinerte die Miene des Obersten: "Sagen sie das noch mal."

Der Gast zündete sich eine Zigarette an und erklärte stichwortartig: "Heute früh gegen zwei Uhr Anruf bei Schaller. Angeblich Werkschutz. Wasserrohrbruch im Betrieb. Schaller verlässt Wohnung. 8.30 Uhr erneuter Anruf bei seiner Frau. Ebenfalls Werkschutz. Ihr Mann käme erst am späten Nachmittag. Kurz darauf Anruf Schaller in Firma. Verkehrsunfall. Werde durch Formalitäten aufgehalten. Mit Eintreffen nicht vor Nachmittag zu rechnen. Sein Handy ist gegenwärtig nicht mehr im Funknetz."

Oberst Kretschmars Lippen waren schmal geworden: "Sind diese Angaben überprüft?"

"Selbstverständlich."

Nun mischte sich der dritte Anwesende ein: "Sieh einer an. Ausgeflogen, der Vogel."

Ungehalten wies der Oberst ihn zurecht. "Unterlassen sie gefälligst derartige Anspielungen. Wenn der Genosse Schaller tatsächlich verschwunden ist, dann mit Sicherheit gegen seinen Willen. Für seine Treue zur Sache verbürge ich mich persönlich."

Kretschmar versank kurz in Nachdenken und richtete seinen Blick dann auf Feuchtenberger. "Was denken sie, Genosse

Oberstleutnant?"

"Zeder", antwortete der Gefragte ohne Zögern.

"Richtig. Alles andere ist zweitrangig. Ich muss noch Verschiedenes recherchieren. Inzwischen leiten sie die Fahndung ein. Sonderfall."

Mit einer Behändigkeit, die man seiner untersetzten Figur kaum zutrauen mochte, war der Oberst aufgesprungen und begann mit auf dem Rücken verschränkten Armen auf und ab zu laufen, während Feuchtenberger über die abhörsichere Telefonleitung verschiedene Anordnungen traf. Vor dem dritten Mann blieb er schließlich stehen: "Und sie, Genosse Abisch, fahren zu seiner Frau und ermitteln dort. Weiter können wir im Augenblick nichts tun."

Feuchtenberger hatte den Hörer aufgelegt und wandte sich wieder dem Obersten zu: "Wir sollten umgehend den General unterrichten."

"Das war ohnehin meine Absicht", gab Kretschmar mit müder Stimme zurück.

"Muss ich daraus entnehmen, dass sie befürchten, man könnte Schaller über zeder ausquetschen?" fragte Major Abisch den anderen.

Nach einem schnellen Blick zum Oberstleutnant antwortete Kretschmar: "Wenn es bloß das wäre. Der komplette Plan befindet sich in Schallers Zürcher Bankschließfach."

Für einen Augenblick klappte die Kinnlade des Majors nach unten, bevor er mit stockender Stimme feststellte: "Nein, das ist ja...eine... Katastrophe."

Seinen beiden Genossen war das längst bewusst.

Bedächtig trat der Arzt zwei Schritte zurück. Angeekelt streifte er die Gummihandschuhe ab. Offenbar behagte ihn die bedrückende Enge des Kellerraumes, dessen abgestandene Luft von Blutgeruch durchdrungen war, nicht besonders, denn er wandte sich um und sprach zu dem Hauptkommissar:

"Kommen sie, wir gehen nach draußen."

Während die Kollegen von der Spurensicherung den Tatort in Beschlag nahmen, sog Schmolke auf dem Hof erleichtert die frische Luft ein.

Unaufgefordert begann der Mediziner seinen Bericht: "Solch eine Schweinerei ist mir noch nicht begegnet. Nach vorläufiger Schätzung könnte der Tod bereits vor 18 bis 20 Stunden eingetreten sein. Verursacht durch aufgesetzten Kopfschuss. Kaliber wahrscheinlich neun Millimeter. Die Verletzungen im Kniebereich, sowie an anderen Körperstellen lassen die Schlussfolgerung zu, dass der Tote gefoltert wurde. Mit außergewöhnlicher Brutalität. Anscheinend kannte der Täter sich darin gut aus."

"Kann es sich dabei um einen Geisteskranken handeln? Derartige Verletzungen bringt doch kein normaler Mensch bei."

"Eher glaube ich an einen oder mehrere eiskalte Verbrecher." Für einen Augenblick unterbrach der Arzt die Rede, um sich eine Zigarette anzuzünden, dann setzte er hinzu: "Bitte betrachten sie das als meine persönliche Vermutung. Gesicherte Angaben dürften erst nach erfolgter Autopsie möglich sein."

Schmolke beschloss, in seine Dienststelle zu fahren. Hier konnte er ohnehin nichts mehr ausrichten. Die Kollegen würden alle Spuren sichern und erforderliche Befragungen vornehmen. Mit der Frau des Toten hatte er bereits selbst gesprochen.

Trotz dieser späten Stunde waren etliche Fenster des Morddezernates hell erleuchtet. Im Dienstzimmer wurde der Kommissar schon von seinem jüngeren Mitarbeiter erwartete.

"Und? Scheint ja ein dolles Ding zu sein." Fragend schaute der Sprecher auf den Angekommenen.

Abwehrend hob Schmolke beide Hände: "Noch viel zu früh für endgültige Feststellungen. Du schnappst erst mal die vorhandenen Unterlagen und setzt dich an deinen Computer. Ich will jetzt alles über die Vergangenheit des Toten wissen. Auch über seine Arbeit. Besonders interessiert mich die Firma. Seine Frau gab dazu nur ausweichende Antworten. Dort ist irgendetwas faul. Davon bin ich jetzt überzeugt."

Auf der Stirn des Untergebenen bildete sich eine steile Falte, als er zu bedenken gab: "Alles personenbezogene Daten. Ganz zu schweigen von den betrieblichen Sachen. Das müssen wir erst richterlich genehmigen lassen."

"Quatsch! Dauert mir doch viel zu lange. Wenn meine Vermutung stimmt, haben diese Herren bis dahin die relevanten Daten aus ihren Rechnern entfernt", erwiderte Schmolke unwillig.

"Okay", gab der andere nach: "Ich hack mich in den Laden rein. Aber wenn was schief geht, brauch ich Rückendeckung."

"Damit habe ich überhaupt nichts zu tun", verkündete der Hauptkommissar mit gespielter Unschuldsmiene.

Gähnend streckte der Kriminalist seine Glieder. War er doch tatsächlich eingeschlafen. Vor ihm stand triumphierend sein Kollege.

"Mensch", sagte der jetzt mit erregter Stimme: "weißt du, was ich raus gefunden habe? Hier ist was ganz Großes im Gange."

Langsam kehrte Schmolkes Aufnahmevermögen zurück: "Rede schon", befahl er gespannt.

"Also, dieser Schaller war bis 1989 Major des MfS in der Berliner Hauptverwaltung. Dort stellte er so eine Art Verbindungsmann zu KOKO her. Das heißt kommerzielle Koordinierung. Muss eine Art Devisenschieberbande gewesen sein. Da soll übrigens auch dieser Schalk-Golodkowski gemauschelt haben. Seit 91 ist Schaller Abteilungsleiter bei technotron GmbH. Gehörte vor der Wende zum ROBOTRON-Kombinat, der Laden. Und nun kommt der Hammer. Gesellschafter der Firma sind neben Schaller die Herren Tilo Kretschmar, Oberst unter Mielke, Joachim Abisch, Major im gleichen Verein und Stasi-Oberstleutnant Peter Feuchtenberger, ehemals der Adjutant von Markus Wolf, dem früheren Spionagechef. Auch alle übrigen Angestellten dieser feinen Firma, runter bis zum Pförtner, waren hauptamtliche Angehörige desselben Ministeriums."

Schmolke verzog keine Miene: "Kann später jemand zurückverfolgen, wer diese Daten abgerufen hat?"

Beleidigt mangels des erhofften Lobes schüttelte der Gefragte seinen Kopf: "Dürfte schwer möglich sein. Alle Spuren sind beseitigt."

"Aber hier auf deinem Rechner dürfte das nachweisbar sein."

Der andere grinste breit: "Die Kollegen haben gerade den Computer eines Festgenommenen beim Wickel. Wollen wohl in dessen Festplatte rumschnüffeln. Den hab ich benutzt. Man könnte also bestenfalls die Daten des Besitzers ermitteln."

"Wer mit dir zusammenarbeitet, steht mit einem Bein im Zuchthaus", entgegnete Schmolke und warf einen Blick auf den gereichten Computerausdruck.

Nachdenklich schaute er dann zu dem Untergebenen: "Brieske, der Verunglückte, war bei der Gauck-Behörde angestellt. Bearbeitete dort Stasi-Unterlagen. Kaum ein paar Stunden nach dessen Tod stirbt der Schaller durch Mord. Früher Stasi-Offizier. Ist das nicht ein komischer Zufall?"

"Stimmt", bestätigte der Jüngere: "Wir sollten noch mal recherchieren."

Schmolke nickte mit dem Kopf: "Ich gehe jetzt nach Hause. Gleich morgen Vormittag fahre ich in Brieskes Geburtsort. Hatte ich mir sowieso vorgenommen."

Die dicke Luft im Raum hätte man mit einem Messer schneiden können. Ohne Unterbrechung rauchten die anwesenden Beratungsteilnehmer Zigaretten.

"Wollen sie nicht mal die Lüftung anschalten", fragte Kretschmar verärgert.

Wortlos betätigte Feuchtenberger den Wandschalter für die Klimaanlage, trat dann an das Faxgerät, das geräuschvoll zu arbeiten begonnen hatte und riss die ausgeschobene Seite ab. Sein Gesicht begann sich zunehmend aufzuhellen, als er den Text las. Erleichtert verkündete er dann: "Genossen, ich habe soeben eine Nachricht unseres Gewährsmannes der Zürcher Kantonpolizei erhalten. Gestern Mittag gegen 12. 30 Uhr Ortszeit kam es im Fußgängerbereich der Bahnhofstraße in Höhe des Bankhauses Löbecke & Co zu einem versuchten Raub. Dabei wurde in einer Reisetasche eine chemische Farbreaktion ausgelöst. Neben hierdurch unbrauchbar gewordenem Bargeld, befand sich darin auch die Umhüllung eines Päckchens. Dessen Inhalt bestand aus völlig zersetzten Papieren. Es konnte keinerlei lesbare Schrift festgestellt werden. Der Taschenbesitzer blieb unbekannt."

"Na also." Oberst Kretschmar rieb sich zufrieden die Hände: "Hat sich ausgezahlt, die spezielle Sicherung, Ich unterrichte den General unverzüglich davon."

"Damit wäre der äußere Sachverhalt wohl klar", schaltete Major Abisch sich ein: "Die Täter lockten Schaller aus seiner Wohnung, erpressten von ihm den Zugangscode und verschafften sich durch manipulierte Telefonanrufe einen zeitlichen Vorsprung."

"Genau. An sich könnten wir die Angelegenheit auf sich beruhen lassen, zumal sie die nun die Geprellten sind." Kretschmar drückte seine Zigarette aus bevor er weiter sprach: "Aber der Tod unseres Genossen Schaller darf keinesfalls ungesühnt bleiben. Ermitteln sie also, wer die Schuldigen sind und handeln sie entsprechend."

Offenbar meinte er mit den letzten Worten die Beseitigung der Übeltäter. Für ihn war die Angelegenheit damit erledigt.

Schmolke parkte seinen Passat neben dem Gemeindeamt und stieg aus. An der Treppe zur Eingangstür verharrte er.

Das Gebäude schien unbenutzt. Deutliche Spuren fortschreitenden Verfalls zeigten dies.

"Verfluchte Gebietsreform", schimpfte der Kriminalist halblaut: "Haben rücksichtslos die kleineren Ämter einfach dichtgemacht."

Ungeduldig schaute er umher, bevor er seine Schritte zum nahen Dorfgasthof lenkte. Dort war er um diese frühe Stunde der einzige Gast. Ein Wunder, dass überhaupt geöffnet ist, dachte er.

Hinter der Theke hantierte eine dickliche Frau mit griesgrämiger Miene. Über die betreffende Person konnte sie keine Auskunft geben. Sie kannte nicht einmal den Namen der Familie des Toten. Mit einem halben Liter Bier spülte der Hauptkommissar seinen Ärger herunter. Dann beglich er die geringe Rechnung und brach in Richtung der kleinen Dorfkirche auf.

Im erstaunlich gepflegten Vorgarten, dessen Sauberkeit im Widerspruch zum halbzerfallenen Zustand umliegender Häuser stand, fegte ein älterer Mann trotz des regnerischen Wetters den Zugangsweg.

Schmolke sprach ihn an: "Guten Morgen. Entschuldigen sie, ich hätte gern den Pfarrer gesprochen."

Ächzend stützte der Alte sich auf den Stiel seines Besens. "Grüß Gott, junger Mann. Ich bin hier der Pfarrer." Freundlich blickte er auf den Fremden. "Gehen wir doch ins Haus, da ist es angenehmer."

Später, in der Pfarrstube, nachdem Schmolke sein Anliegen vorgebracht hatte, schwieg der Pastor nachdenklich eine Weile, ehe er sprach: "Wissen sie, ihr Ansinnen mutet ein wenig sonderbar an. Dürfte ich vielleicht wissen, wozu sie Auskünfte über diese Person benötigen?"

Ohne Zögern legte der Kripo-Mann seinen Dienstausweis vor: "Morddezernat. Herr Brieske wurde vorgestern von einem Eisenbahnzug überrollt."

"Seltsam", entgegnete der Pfarrer sichtlich verwundert: "Vor langer Zeit habe ich diesen Menschen getauft. So wie alle christlichen Anwohner der näheren Umgebung. Aber was sie mir gerade sagten, kann ich nicht glauben."

Verblüfft blickte Schmolke auf den alten Seelsorger: "Aber weshalb denn nicht?"

Wortlos erhob sich der Alte und ging aus dem Zimmer. Verunsichert lief der Kriminalist hinterher. Der Pfarrer schlug den Weg zum angrenzenden Kirchhof ein. Gleich neben dem Eingang blieb er stehen. Seine linke Hand wies auf einen kleinen Grabstein:

"Darum", sagte er mit fester Stimme: "Weil dieser Reinhardt Brieske am 22. Dezember 1953 im zarten Alter von fünf Jahren an Lungenentzündung gestorben ist."

Während Kretschmar Bericht erstattete, wandte ihm der General den Rücken zu und blickte aus dem Fenster. Erst als der Redner schwieg, drehte er sich um. Nichts an seinem Äußeren deutete darauf hin, dass dieser Mann noch vor kurzer Zeit den gefürchteten Geheimdienst der früheren DDR geleitet haben sollte. Wenn auch nur aus dem Hintergrund.

Mit undurchdringlichem Blick musterte Markus Wolf den Obersten. Dann griff er zum Telefon und tippte einen geheimen Code ein. In den Hörer sprach er kurz: "Zürich. Bankhaus Löbecke. Öffnungszeiten." Zu dem Besucher sagte er lächelnd: "Ich bin von Natur aus misstrauisch."

"Sie meinen. . . ?"

Unwillig schnitt der General dem anderen das Wort ab. "Gar nichts meine ich. Zumindest vorläufig. Mir gefällt die Sache einfach nicht. Zu schnell lösen sich mit einem mal unsere Probleme auf. Deshalb will ich jetzt Klarheit haben. An einer Tatsache besteht allerdings schon jetzt kein Zweifel. Der Täter stammt aus den eigenen Reihen. Ansonsten besäße er keine Kenntnis von der Existenz des Schließfaches und Schallers Zugangsberechtigung."

"Anscheinend waren hier mehrere Halunken am Werkt", beeilte sich Kretschmar, den Feststellungen des Generals hinzuzufügen: "Das beweist die ziemlich perfekte Organisation von Entführung und anschließender Verzögerung der Tatentdeckung",

"Abwarten, Oberst. Seien sie da nicht zu voreilig."

Am Telefonapparat begann eine rote Lampe zu blinken. Klingelgeräusche liebte der Chef nicht. Den Anruf nahm er mit unbewegter Miene entgegen. Nachdem er den Hörer wieder aufgelegt hatte, fixierte er mit schmalen Augen den Obersten: "Zwischen 11. 30 Uhr und 13 Uhr war Löbeckes Bank geschlossen. Das bedeutet, die Ladung ist frühestens eine Stunde nach der Schließfachentnahme hochgegangen."

Gefährlich leise setzte er hinzu: "Wollen sie mir vielleicht weismachen, der Täter habe so lange vor dem Bankhaus gewartet? Mit der Beute?"

Kretschmar fühlte sich mit plötzlich unwohl. Er musste mehrfach krampfhaft schlucken, ehe er wieder sprechen konnte: "Wir sollten den Sachverhalt an Ort und Stelle überprüfen."

Zustimmend nickte der General und befahl: "Veranlassen sie alles Notwendige. Ich fliege persönlich nach Zürich. Sie begleiten mich"

Dezent ausgestattete Stilmöbel verliehen dem Raum eine fast prunkvolle Atmosphäre, ohne verschwenderisch zu wirken. Potentiellen Geldanlegern und anderen willkommenen Geschäftskunden wollte man damit den Eindruck wohlgeordneten und auf Dauer gesicherten Reichtums vermitteln.

Löbecke Junior wies den beiden Besuchern Sitzplätze auf einer riesigen Ledergarnitur an: "Womit darf ich den Herren behilflich sein?"

Der Ältere nahm das Wort: "Im Verlauf des gestrigen Tages verschaffte sich ein Unbekannter Zugang zum Schließfach AX 89 352 47. Mich interessieren der genaue Zeitpunkt und das Aussehen der betreffenden Person."

"Aber meine Herren", wehrte der Bankdirektor entrüstet ab: "Bei allem Verständnis für ihren Wunsch; wir sind ein seriöses Haus. Unsere Kunden erwarten absolute Diskretion."

Trotz dieser klaren Abweisung lächelte Wolf freundlich: "Vor einigen Jahren hatte ich hier geschäftlich zu tun. Mit ihrem Vater. Er verhielt sich sehr moderat."

Ein rötlicher Farbton legte sich über Löbeckes Miene. Mühsam verbarg er den Ärger über diese Anspielung: "Kann ich ihnen sonst noch von Nutzen sein, meine Herren?"

Offenbar deutete er damit das Ende des Gespräches an.

Dieser unerwartete Widerstand reizte den General. Sein kalter Blick heftete sich drohend auf den widerspenstigen Banker. Dennoch blieb sein Ton nachsichtig: "Durch die Kenntnis des Codes dürfte meine Zugangsberechtigung hinreichend bewiesen sein. Was hindert sie also an einer Auskunft?"

"Mein Herr, sie können jederzeit über das Schließfach verfügen, sofern sie im Besitz eines Schlüssels sind. Personenbezogene Daten sind allerdings nur dem Inhaber selbst zugänglich. Sollten sie der ursprüngliche Nutzer sein, müssten sie sich ausweisen. In diesem Falle ersuch ich um Entschuldigung."

Unwirsch winkte Wolf ab. Löbecke fasste das als Verneinung auf: "Und was das Aussehen von Personen betrifft, so gehört es zu den Gepflogenheiten unseres Hauses, deren Gesichter sofort zu vergessen. Wir. . ."

"Nun machen sie mal halblang, "fuhr Wolf ärgerlich dazwischen: "Sie scheinen nicht zu wissen, wen sie vor sich haben. Seit Jahren liegt mein Geld auf ihrer Bank. Daher kann ich ein wenig Kooperationsbereitschaft voraussetzen."

Als der Direktor seinen Mund zu einer Erwiderung öffnen wollte, veranlasste ihn eine herrische Handbewegung zum Schweigen. Der General diktierte nun die Nummer eines Geheimkontos und fügte sachlich hinzu: "Ich möchte das Konto auflösen. Sicher finde ich hier in Zürich eine andere

Bank, die entgegenkommender ist."

Mit ausdrucksloser Miene überhörte Löbecke den letzten Satz und betätigte eine versteckte Klingel. Gleich darauf trat ein Angestellter in das Zimmer. Diesem übergab er einen Zettel mit der notierten Nummer: "Sofort Guthaben feststellen und zur Auszahlung vorbereiten."

Lautlos zog der Beauftragte sich zurück. Zu den Kunden gewandt, fragte der Direktor sehr höflich: "Wünschen sie Transfer? Oder direkte Abwicklung?"

"Bar", entgegnete Wolf einsilbig. Dabei glitt ein kaum merkliches Lächeln aber seine Züge.

Drei Minuten später kam der Angestellte wieder herein. Diesmal war sein Gesicht blasser als zuvor. Wortlos legte er einen Zettel vor seinen Chef und stellte sich abwartend neben dessen Schreibtisch. Nun wich die Farbe auch aus Löbeckes Kopf. Entsetzt starrte er auf das Papier. Dann bedeutete er seinem Mitarbeiter durch eine knappe Geste, sich zu entfernen. Mit heiserer Stimme sprach er zu den Besuchern:

"Zweiundsechzigeinhalb Millionen Franken,"

Amüsiert lachte der General kurz auf, bat aber dann im ernsten Ton um die Bestellung eines bewachten Geldtransporters.

Unschlüssigkeit beherrschte den Bankdirektor. Die sofortige Auszahlung in solcher Höhe würde dem Finanzgefüge der Firma einen schweren Schlag versetzen. Außerdem erforderte sie eine gewisse Vorbereitungszeit. Ausweichend sagte er deshalb: "Bargeld in einer solchen Größenordnung befindet sich leider nicht in unserem Tresor. Sie müssten sich daher bis morgen Vormittag gedulden."

"Kein Problem", stimmte Wolf großzügig zu: "Drei Tage Zahlungsfrist war ohnehin Bestandteil meiner früheren Abmachung mit ihrem Vater."

Anscheinend wollte Löbecke etwas entgegnen, fand aber wohl nicht die richtigen Worte.

"Darf ich Sie bei ihren Überlegungen unterstützen?" erbot

sich der General zuvorkommend, aber mit einem ironischen Unterton in der Stimme. Er bewegte seinen Oberkörper nach vorn, als er weiter sprach:

"Zweiundsechzigeinhalb Millionen. Bei ihren aktuellen Geldanlagen erzielen sie derzeit einen durchschnittlichen Gewinn von 12, 37 Prozent. Das macht allein bei meinen Einlagen jedes Jahr rund siebenkommasieben Millionen. Nicht schlecht, ihre Renditen. Erstaunlich, wie leicht sie sich davon trennen wollen."

Sichtlich schockiert von der genauen Kenntnis dieser sorgsam gehüteten, hausinternen Prozentzahl, war Löbecke einen Augenblick zu keiner Antwort fähig. Schließlich begriff er das versteckte Angebot des Generals. Obgleich sein Inneres sich heftig sträubte, lenkte er ein: "Wenn sie mir versichern, dass die betreffende Person sich zu Unrecht an dem Schließfach vergriffen hat. . . ?"

"Davon dürfen sie überzeugt sein, Herr Löbecke."

Nun betätigte der Bankchef erneut den Klingelknopf. Als der Angestellte in der Tür erschien, stand Löbecke auf, trat zu ihm und sprach mit eisiger Stimme: "Die beiden Herren ermitteln in einer Strafsache. Geben sie ihnen alle erwünschten Auskünfte."

Mit einem steifen Kopfnicken verabschiedete sich der Direktor. Markus Wolf lächelte nachsichtig. Er war es gewohnt, seinen Willen durchzusetzen.

Nachdenklich saß Schmolke am Schreibtisch und rauchte eine Zigarette. Die wirkliche Identität der Eisenbahnleiche war aufgeklärt. Ein Buchhalter. Lebte in geordneten Verhältnissen. Keinerlei Hinweis auf kriminelle Verbindungen. Vermutlich nur auf Grund von Alter und Körpermaßen zum Opfer geworden, weil er darin dem Täter ähnelte und dieser unter dem Namen des in Wahrheit bereits 1953 verstorbenen Reinhardt Brieske, einen Unfall vortäuschen wollte.

Was ihm auch beinahe gelungen wäre, dachte der Kommissar. Also eindeutiger Mord. Inzwischen lag auch der endgültige Autopsiebefund vor. Danach trug der Tote bis kurz vor sein Ableben Handfesseln. Das rundete die Sache ab. Aber warum lebte der Mörder unter einem falschen Namen? Wie heißt er wirklich? Warum gibt er plötzlich seine jahrelange Legende auf? Ist ihm jemand auf die Spur gekommen?

Schmolke grübelte angestrengt. Plötzlich fiel es ihm wie Schuppen von den Augen. Möglicherweise war der Mann selber auf eine Spur gestoßen. Er hatte etwas, offenbar seit langem Vorbereitetes erreicht. Nun, am Ziel angekommen, wollte er seine bisherige Identität beenden, deren Zweck einzig in der Durchführung einer bestimmten Aktion bestand. Um lästige Fragen zu vermeiden und zugleich jeglichen Hinweis auf seinen weiteren Verbleib zu unterbinden, musste der andere sterben. Deshalb inszenierte er diesen Scheinunfall, recherchierte Schmolke.

Eine Stunde später saß der Hauptkommissar am ehemaligen Arbeitsplatz des Mörders und blätterte in den Aktenordnern, die der Verschwundene laut Eintragung im Kontrollbuch zuletzt bearbeitet hatte.

Erst spät am Abend verließ Schmolke schlecht gelaunt das Gebäude der Gauck-Behörde. Er war keinen Schritt weiter gekommen.

Betroffen schauten die Anwesenden sich gegenseitig an. Wie ein Fallbeil schwebten die Worte des Generals über ihren Köpfen: "Unternehmen zeder ist akut gefährdet."

Von der absoluten Geheimhaltung und dem Gelingen dieses Projektes hing ihrer aller Existenz ab. Allein das persönliche Erscheinen des Chefs, der gewöhnlich nur mit Kretschmar sprach, zeigte den Ernst der Situation.

Endlich wagte Feuchtenberger einen schwachen Einwand: "So schlimm kann es gar nicht sein. Auch wenn Schaller vor seinem Tode geredet hat, konnte er keine Details preisgeben. Den genauen Inhalt der Akte kannte er nicht."

"Und wenn das Material fotokopiert wurde? Es steht nämlich inzwischen eindeutig fest, dass die Zerstörung erst zweieinhalb Stunden nach der Bankentnahme erfolgt ist."

Jetzt schaute Feuchtenberger erstaunt zu dem General. Auf diese Neuigkeit wusste er nichts zu entgegnen.

Wolf führte nun weiter aus: "Übrigens beinhaltete die benutzte Tasche lediglich sechshunderttausend Mark. Obwohl das Schließfach leer ist. Also erbeutete der Täter fast drei Millionen."

Nun erst schwieg der General und blickte fragend zu seinem Der stand auf und reichte dem Oberstleutnant ein Bild über den Tisch: "Das stammt aus den Videoaufnahmen der Bank. Dieser Mann hat das Fach geplündert."

Interessiert betrachtete Feuchtenberger das sehr grob gerasterte Foto: "Schlechte Qualität. Würde trotzdem sagen, Perücke, künstlicher Schnauzbart und gestellter Brillenträger."

Oberst Kretschmar holte eine weitere Aufnahme hervor, übergab sie diesmal jedoch dem General: "So sieht die Person wahrscheinlich in Wirklichkeit aus. Die mutmaßliche Verkleidung wurde im Computer entfernt."

Zu dem Oberstleutnant gewandt, fügte er hinzu: "Sehr zutreffend ihre Feststellung."

Markus Wolf überließ das Bild seinen Genossen zur weiteren Begutachtung. Obgleich er den Gerüchten zufolge ein unfehlbares Personengedächtnis besaß, konnte er sich anscheinend nicht an den Mann erinnern. Sein Blick heftete sich auf den Obersten.

Schulterzuckend sagte Kretschmar: "Vielleicht war das sein Komplize? Hat in Zürich gewartet und die Geheimzahl telefonisch erhalten?"

Schweigend schüttelte der General den Kopf. Mit vorgeschobener Unterlippe dachte er nach. Unvermittelt schlug er seine flache Hand auf die Tischplatte: "Telefon, sagten sie eben?

Als Schaller früh den Anruf erhielt, wie viel Zeit verging dann noch, bis er seine Wohnung verließ?"

Irritiert sah Kretschmar zu Feuchtenberger. Offenbar verstand er den Zusammenhang nicht. Der Oberstleutnant antwortete für ihn: "Maximal fünf Minuten. Nach Aussage der Frau hat er nicht mal Kaffee getrunken. Aber ich verstehe nicht, was damit geklärt werden soll?"

Unbeeindruckt fragte der General weiter: "Wo befindet sich die nächste öffentliche Telefonzelle, von Schallers Wohnung aus gesehen?"

"An einer Straßenkreuzung. Etwa dreihundert Meter weg."

"Gehen sie einmal davon aus, es handelt sich um einen Einzeltäter und versetzen sie sich in dessen Lage. Würden sie von der Zelle aus angerufen haben?"

Jetzt Endlich schien Feuchtenberger zu begreifen: "Ich bewundere ihren Scharfsinn, Genosse General. Natürlich konnte der Täter das nicht riskieren, wenn er Schaller noch im Hausflur abfangen wollte. Und so war es ja offensichtlich geplant. Eher glaube ich. . ."

"Über Handy erfolgte der Anruf", warf Kretschmar ein, der inzwischen ebenfalls begriffen hatte, worauf es dem Chef ankam: "Zu diesem Zeitpunkt war er noch nicht im Besitz von Schallers Telefon und hat möglicherweise das eigene benutzt. Sämtliche hier in Betracht kommenden Verbindungen müssen unverzüglich ermittelt werden."

"Unmöglich", warf Kretschmar ein: "Das wird das eine endlose Liste. Es gibt bereits hunderttausende Mobilkunden."

"Beschränken sie ihre Überprüfungen auf ehemalige Angehörige des Ministeriums. In drei Stunden will ich den Namen des Mannes, der diesen Anruf getätigt hat."

Sollte sich der Chef doch noch an die Person auf dem Bild zumindest entfernt erinnert haben? Woher nimmt er sonst die Sicherheit, von einem früheren Mitarbeiter auszugehen, dachte Kretschmar, als er den Raum verließ, um die Ausführung des Auftrages zu veranlassen.

Beim Betreten des Dienstzimmers stutzte Hauptkommissar Schmolke. Sein jüngerer Kollege hatte beide Füße auf die Schreibtischplatte gelegt und glotzte den Vorgesetzten herausfordernd an.

"Mensch", stieß er dann erregt hervor und setzte sich ordentlich hin: "Seit einer Ewigkeit warte ich schon auf dich."

Aus einem Schubfach holte er ein Stapel Papiere hervor: "Computerausdrucke. Alles Besitzer von Funktelefonen. Namen und komplette Anschrift. Sämtliche Anrufe von ihnen, die vorgestern zwischen zwei und neun geführt wurden, sind hier registriert, Natürlich nicht der Inhalt. Aber Anfangs und Endzeit, sowie Zielnummer."

"Was soll ich damit?" fragte Schmolke verständnislos.

"Pass auf, ich erkläre es dir."

Der andere war um den Schreibtisch herumgekommen und sprach erregt weiter: "Vorhin hab ich mich in den Speicher von Telekom rein gehackt. Bloß so, aus langer Weile. Plötzlich klinkt sich da noch einer rein. Natürlich illegal. Über ISDN-Anschluss. Ausgerechnet von der Firma technotron. Hab ich gleich rausgekriegt."

Mit einem Schlage spannte sich die Miene des Zuhörers: "Und?"

"Er gab jede Menge Personaldaten ein, um festzustellen wer von diesen Leuten ein Funktelefon besitzt. Mehr als dreihundert haben einen Vertrag über Mobiltelefon oder Autoanschluss. Hab ich alle auf meiner Liste. Dann gab er zwei Telefonnummern ein und ließ sich ausdrucken, welcher von den vorher eingegebenen Personen diese in der fraglichen Zeit angerufen hat. Total bescheuert, der Kerl. Hätte die ganzen Namen gar nicht übertragen brauchen. Aber was schätzt du, wer die Teilnehmer unter den beiden Nummern sind?"

"Schallers Hausanschluss und technotron."

Nun war der Frager verblüfft. "Woher weißt du das?"

"Rede weiter."

Der Untergebene nahm einen gesonderten Ausdruck zur Hand

und zeigte mit dem Finger auf eine Stelle: "Da! 02. 13Uhr. Rufnummer 03044907622, Schallers Wohnung. Weiter um 08. 30Uhr. Gleiche Nummer. Und schon vier Minuten ein weiterer Berliner Anschluss. 636 1199, das ist die Firma."

Schmolke war beeindruckt: "Erstklassige Arbeit."

"Die Hauptsache kommt noch", entgegnete der Kollege geschmeichelt: "Besitzer des zuerst benutzten Handys, ist ein Steffen Baum und die letzten beiden Anrufe wurden mit dem Gerät des zu diesem Zeitpunkt bereits toten Schaller geführt."

In diesem Augenblick klingelte das Telefon auf dem Schreibtisch des Ermittlungsführers: "Schmolke."

"Hauptwache. Du bekommst gleich Besuch, Gunther. Irgendwelche Arschlöcher in Zivil. Haben sich ganz schön affig."

"Danke."

Nachdenklich legte der Kommissar den Hörer auf die Gabel. Einen kurzen Moment zögerte er. Dann befahl er: "Nimm sofort die Anruflisten und mach dich unsichtbar. Deponiere das Zeug irgendwo. Kein Wort darüber zu jemand anderen."

Blitzschnell raffte der Jüngere die Computerausdrucke zusammen und verließ damit den Raum. Er stellte keine überflüssigen Fragen, denn in der Stimme des Vorgesetzten hatte ein warnender Unterton mitgeschwungen.

Ohne anzuklopfen traten mehrere Herren in den Raum.

"Hauptkommissar Schmolke?" vergewisserte sich einer der Eindringlinge und zeigte seinen Ausweis vor: "Bundesverfassungsschutz. Der Fall Schaller unterliegt ab sofort besonderen Bestimmungen. Staatsschutzsache. Die Ermittlungen werden ausschließlich von uns geführt."

Gelassen erwiderte Schmolke: "In diesem Haus nehme ich Befehle nur von meinem Vorgesetzten entgegen. Ihre Wünsche können sie dort anmelden."

Von der Tür her ertönte die Stimme des Dienststellenleiters: "Lassen sie es gut sein. Betrachten sie diese Weisung als von mir kommend."

"Bitte. Wenn dem so ist, habe ich keine Einwände mehr", gab der Hauptkommissar scheinbar nach, setzte jedoch hinzu: "Wenn ich meinen Zwischenbericht fertig gestellt habe, gebe ich die Sachakte auf dem üblichen Dienstweg ab."

"Wir möchten den Vorgang sofort übernehmen. Sie brauchen nur diesen Raum verlassen. Welche Berichte erforderlich sind und wer sie anfertigt, entscheiden wir von jetzt an selber," widersprach einer der unerwünschten Besucher.

Nun wurde die Stimme des Kriminallisten frostig, als er seinen Chef fragte: "Übernehmen sie die Verantwortung für eine derartige Vorgehensweise?"

"Kommen sie, Schmolke. Diese Herren verstehen ihr Handwerk. Trinken sie inzwischen mit mir einen Kaffee. Nach ein paar Stunden können sie wieder hier rein."

"Na dann viel Spaß", entgegnete Schmolke wütend und verließ sein eigenes Arbeitszimmer.

Nur fünf Minuten später, im Büro des Vorgesetzten, schimpfte er los: "Was soll diese Scheiße? Das ist gegen alle Vorschriften. Seit wann bestimmen solche Affen hier?"

"Um Gottes Willen, bleiben sie ruhig", versuchte der Chef den Wütenden zu besänftigen. Ich bekam Weisung von allerhöchster Stelle."

Flüsternd fügte er hinzu: "Hier steckt der BND dahinter."

"Pullach? Was geht die das an? Ist da was faul an der Sache?"

"Denken sie, was sie wollen. Aber seien sie bloß vorsichtig mit ihren Äußerungen. An so was hat sich schon mancher die Finger verbrannt."

Schmolke winkte ärgerlich ab und wollte das Zimmer verlassen. Seine Hand lag bereits auf der Türklinke, da machte er plötzlich kehrt. "Der Fall Reinhardt Brieske, was ist damit?"

"Brieske?" Verwundert zog der Abteilungsleiter die Augenbrauen hoch: "Noch nicht erledigt? War doch klarer Unfall!"

Nun lachte Schmolke auf: "Völliger Irrtum. Eindeutig Mord. Übrigens ist der Brieske schon mehr als vierzig Jahre tot."

Verständnislosigkeit spiegelte sich im Gesicht des Dienststellenleiters: "Wie soll ich das verstehen?"

"Der Bericht liegt seit heute früh auf ihrem Schreibtisch. Sie sollten eben nichts liegenlassen."

Die Anzüglichkeit des Untergebenen ignorierend, sagte der Chef. "Ist ja wunderbar. Damit haben sie genügend zu tun."

"Also darf ich diesen Fall weiter bearbeiten?" vergewisserte sich der Hauptkommissar.

"Sicher. Da dürfen sie beruhigt sein. Geben sie sich der Sache ganz hin. Aber lassen sie die Finger von Schaller."

"Den Gefallen kann ich ihnen leider nicht tun. Und ahnen sie auch, warum?" Schmolke trat nah an den Schreibtisch des Vorgesetzten heran und grinste ironisch: "Weil dieses Eisenbahnopfer und Schaller den selben Mörder haben. Ob sie das den Arschlöchern erzählen, überlasse ich ihrer Entscheidung."

Noch ehe der verblüffte Dienststellenleiter etwas entgegnen konnte, hatte Schmolke den Raum verlassen.

Mit schnellen Schritten eilte der General zur Mitte des Zimmers. Als die Versammelten zu seiner Begrüßung aufstehen wollten, winkte er jovial ab: "Nicht so förmlich. Genossen."

Bescheiden nahm er auf dem angebotenen Stuhl Platz. Dann heftete er seinen Blick auf den Oberstleutnant: "Nur das Wesentliche bitte."

Feuchtenberger, der eine vor wenigen Stunden abgeschlossene Aktion geleitet hatte, begann seinen Bericht: "Wie sie bereits zutreffend vermuteten, war der Täter früher Mitarbeiter unseres Ministeriums. Ein Oberleutnant Steffen Baum. Nach Ermittlung von Name und gegenwärtiger Anschrift durch das besagte Telefongespräch, habe ich den Mann in Begleitung dreier zuverlässiger Genossen aufgesucht. Eigenes Grundstück am Rande von Königswusterhausen. Wohnte dort allein. Keine Angehörigen festgestellt. Noch kurz vor seinem Ableben legte er ein umfassendes Geständnis ab. Wird gerade vom Band niedergeschrieben. Hat seit zwei Jahren bei der

Gauck-Behörde gearbeitet. Allein zu dem Zweck, Material über von uns ausgelagerte Werte in die Hand zu bekommen. Hintergrundinformationen besaß er noch von seiner damaligen Tätigkeit in der Hauptverwaltung. Abteilung VI unter General Neiber. Nachdem er fündig geworden war, inszenierte er einen Eisenbahnunfall und verschaffte zuvor dem Opfer seine eigene, allerdings falsche Identität."

Missmutig musterte Markus Wolf den Sprecher: "Fündig geworden? Über unsere früheren Transaktionen durften keine Unterlagen in den Akten enthalten gewesen sein. Wurden im Zuge von ZEDER alle beseitigt. Bereits im August 89."

"Leider nicht vollständig. Er entdeckte ein Schreiben betreffs der finanztechnischen Eignung des Genossen Schaller. Da hat er gleich zugeschlagen."

"Allerhand. Haben sie die Fehlsumme sichergestellt?"

"Jawohl. 2, 7 Millionen Mark."

"Fahren sie fort."

"Die Vortat selbst verlief so, wie wir sie bereits rekonstruiert haben. Später, nach unberechtigtem Zugriff auf das Bankfach und Einblick in die Akte ZEDER, wurde ihm bewusst, dass die Kenntnis des Unternehmens seinen Untergang bedeutete. Deshalb organisierte er eine gestellte Vernichtung der Papiere, um uns damit glauben zu machen, er habe sie nicht einsehen können. Abschließend möchte ich feststellen; es gibt keine Mittäter. Die Unterlagen wurden nicht kopiert."

"Sind sie da völlig sicher?" schaltete Kretschmar sich zweifelnd ein.

"Vernehmungen gehören zu meinen Spezialitäten." Feuchtenbergers Stimme klang beleidigt.

"Ich verlasse mich in dieser Frage auf die Fachkenntnis des Genossen Oberstleutnant", beendete der General die kleine Meinungsverschiedenheit: "Haben sie das Haus reinigen lassen?"

"Ein entsprechendes Kommando ist unterwegs", antwortete Feuchtenberger eifrig und führte dann weiter aus: "Allerdings mache ich mir Sorgen wegen der Ermittlung im Fall Brieske. Unter diesem Namen starb das Eisenbahnopfer. Es ist zu erwarten, dass die Kripo früher oder später zwischen ihm und Schaller einen Zusammenhang erkennt. Immerhin haben sie schon in der Firma angefangen rumzuschnüffeln."

"Seien sie unbesorgt, Oberstleutnant. Die sind aus der Ermittlung bereits raus. Heute Vormittag wurde alles Notwendige veranlasst. Über Pullach und Wiesbaden."

Auf dem Tisch piepte ein Telefon. Kretschmar nahm das Gespräch entgegen. Gleich darauf sagte er: "Für sie. Genosse General."

Wolf griff nach dem gereichten Hörer. Während er lauschte, verfinsterte sich sein Gesicht: "Gut", befahl er dann: "Bringen sie das Zeug rein."

Schweigend schaute er zu dem Obersten.

Nach einer knappen Minute ging die Tür auf und ein jüngerer Mitarbeiter betrat den Raum. Wortlos legte er etliche Seiten Papier vor den General und entfernte sich wieder.

Ungelesen schob Markus Wolf die Blätter über den Tisch: "Kommt ihnen das bekannt vor, Kretschmar?"

Misstrauisch blickte der Gefragte auf die Unterlagen. Dann hob den Kopf. In seinen Augen stand Verwunderung: "Das ist ja die gleiche Liste wie ich sie heute erhalten habe. Nur auf anderem Papier. Alles Daten unserer früheren Mitarbeiter, die jetzt ein Funktelefon besitzen. Woher stammen die?"

Gefährlich ruhig klang die Stimme des Generals durch die plötzlich eingetretene Totenstille: "Von einem Kripo-Mann. Hat zugegeben, sie illegal erlangt zu haben."

Unvermittelt brüllte er los: "Mein Gott, bin ich denn nur von Versagern umgeben?"

Am liebsten wäre Kretschmar im Erdboden versunken. Aber der gefürchtete Mann hatte sich bereits wieder in der Gewalt. In ganz normalem Ton sprach er weiter: "Offenbar ist es dem Kriminalisten gelungen, die Daten aus unserer Firma abzugreifen, bevor sie wieder gelöscht worden sind. Das legt die

Vermutung einer gezielten Überwachung unserer Anschlüsse nahe. Sonst hätte man den kurzen Zeitraum der Datenübertragung kaum ausnutzen können."

"Demzufolge wissen die Bullen bereits Bescheid", stellte Feuchtenberger sarkastisch fest.

"Nur dieser Computerspezialist und möglicherweise ein gewisser Hauptkommissar Schmolke", schränkte der General ein und blickte vielsagend zu dem Obersten, um mit leiser Stimme hinzuzufügen: "Zumindest gegenwärtig."

Kretschmar begriff sofort und stand auf: "Gestatten sie, dass ich meinen Fehler wieder gutmache, Genosse General?"

Mit einem kaum merklichen Nicken bestätigte Markus Wolf das Todesurteil über zwei Kriminalbeamte.

Schmolke nutzte die fortgeschrittene Dämmerung aus. Zusätzlich gedeckt von niedrigen Obstbäumen und verschiedenen Hecken näherte er sich der hinteren Front des Einfamilienhauses. Vorsichtig jedes auffällige Geräusch vermeidend, zog die handliche Heckler & Koch aus dem Schulterholster. Sogleich wich die Nervosität von ihm.

Vor der angebauten Garage stutzte er. Die Blechtür war nicht völlig geschlossen. Einige Sekunden lang zögerte der Kommissar. Was ich hier tue, ist illegal, dachte er. Sollte er lieber einen Durchsuchungsbefehl anfordern? Und den mutmaßlichen Killer durch ein Sonderkommando festnehmen lassen? Da fielen ihm die überheblichen Gesichter der Arschlöcher ein. Die würden sicher alles verpfuschen in ihrer offen zur Schau getragenen, selbstherrlichen Arroganz. Vielleicht besaßen sie sogar einen triftigen Grund dafür. Entschlossen drückte er die Tür noch weiter auf und trat lautlos in das Innere. Im Lichtkegel seiner Taschenlampe erblickte er den Kühlergrill eines modernen BMW. Gleich darauf wurde im hinteren Teil der Garage der vermutete Durchgang zum Wohngebäude sichtbar. Auch dort war die Tür unverschlossen.

Schritt für Schritt tastete Schmolke sich vorwärts. Auf die Lampe verzichtete er jetzt. Sie würde ihn nur verraten haben. Über einige Stufen gelangte der Kriminalist in den Flur des Erdgeschosses. Hier drang ein penetranter Geruch in seine Nase. Riecht nach Verbranntem, dachte er angewidert. Wie angesengtes Fleisch.

Sämtliche Türen standen offen. Keine Menschenseele schien in der Nähe zu sein. Zumindest keine lebende. Das fühlte er deutlich. Deshalb schaltete er seine Lampe wieder ein und leuchtete in einen Raum. Küchenmöbel traten aus dem Dunkel hervor. Die nächste Tür führte in die Wohnstube. Von dort aus schien sich der stechende Geruch in der Luft auszubreiten. Schnell ging er hinein.

Im steinernen Kamin glimmten noch einige Glutreste. Der angesengte Körper des Hauseigentümers hing in grotesker Verrenkung über der gemauerten Feuerschwelle. Sein entstellter Kopf besaß keine Augen mehr. Eiserne Feuerhaken lagen umher. Damit hatte man dem Toten die verheerenden Brandwunden zugefügt.

Schmollkes Mageninhalt wollte nach oben kommen. Nur mit Mühe konnte er den aufkommenden Brechreiz unterdrücken. Anschwellendes Motorengeräusch ließ ihn aufhorchen. Geistesgegenwärtig knipste er die Lampe aus.

Nicht weit entfernt hielten zwei Fahrzeuge. Durch die Glasscheibe der Veranda gewahrte er etliche Gestalten, die sich vom Vorgarten her dem Gebäude näherten. Unterdessen fuhren die Autos wieder davon.

Mit wenigen Schritten gelangte der Kommissar in die Küche. Schnell öffnete er das Fenster. Als die anderen durch die Garage das Haus betraten, sprang er mit einem Satz in den Garten. Geduckt verharrte er dort eine Weile. Niemand schien etwas bemerkt zu haben. Ungesehen zog er sich dann im Schutz der Bäume zurück. Fünf Minuten später erreichte er den abseits geparkten Passat.

Vor der Wohnung seines Kollegen stellte Hauptkommissar Schmolke den Wagen ab. Dann überquerte er eilig die menschenleere Straße und klingelte an der Haustür.

"Misst, verdammter", fluchte er nach einigen vergeblichen Versuchen, als plötzlich ganz in der Nähe ein Motor aufheulte. Ohne Beleuchtung schob sich ein Wagen mit quietschenden Reifen aus einer Reihe von parkenden Fahrzeugen hervor. Mit zunehmender Geschwindigkeit raste er auf den Überraschten zu. Erst im letzten Augenblick konnte Schmolke sich zur Seite werfen. Das Auto huschte vorbei.

Noch benommen vom harten Aufprall erhob er sich fluchend vom Straßenpflaster: "Besoffener Idiot. Hätte mich glatt über den Haufen gefahren."

Gleich darauf verstummte er und blickte angestrengt in die Fluchtrichtung des vermeintlich Betrunkenen. Dessen Wagen war nämlich stehen geblieben. Gleich darauf vollführte er eine elegante Wende, zu der Verrückte und Betrunkene wohl kaum fähig waren. Noch immer ohne eingeschaltetes Licht. Als er dann unvermittelt stark beschleunigte, begriff Schmolke endlich. Diesmal wartete er nicht ab, bis das Auto herangekommen war, sondern sprang eilig hinter einen PKW.

Als das Fahrzeug des Angreifers auf gleicher Höhe war, blitzte es mehrmals nacheinander auf und neben der Deckung des Kommissars schlugen Projektile in das Blech einer Karosserie. Zugleich drang das Knallen der Schüsse an seine Ohren.

Erbost riss er jetzt die Pistole aus dem Holster. In geduckter Stellung feuerte er den gesamten Inhalt des Magazins in Richtung seines Gegners. Anscheinend traf er wohl nicht richtig, denn dessen Wagen verschwand mit brüllendem Motor in einer Nebenstraße. Nun rannte Schmolke, nach beiden Seiten sichernd, über die Fahrbahn. Nur weg von hier dachte er, ehe die Anwohner aufmerksam werden.

Wenige Minuten danach bremste er den Passat neben einer Telefonzelle ab. Während er zugleich die Umgebung beobachtete, wählte er die Privatnummer seines Vorgesetzten.

Mit Erstaunen erfuhr er von dessen Frau, dass der Chef trotz der späten Stunde noch in der Dienststelle verweilte. Der macht doch immer pünktlich Feierabend, wunderte Schmolke sich und gab die Amtsnummer ein.

"Kriminalpolizeiinspektion. Fachinger", meldete sich der Angerufene.

"Hallo Chef. Hier spricht Schmolke. Eben wurde auf mich ein Anschlag verübt. Was ist hier los, verdammt noch mal?"

"Erzählen sie keinen Scheiß. Wenn einer was zu erklären hat, dann sind sie das. Kommen sie sofort her. Sie stehen unter Mordverdacht."

Hauptkommissar Schmolke war wie vor den Kopf geschlagen.

Der Chef sprach weiter: "Hören sie? Ihr Mitarbeiter ist erschossen aufgefunden worden. Eindeutig fingierter Selbstmord. In einem Geräteraum der Klimaanlage. Was glauben sie, wessen Fingerabdrücke man dort festgestellt hat? Sie Idiot. Hab ich ihnen nicht geraten, die Pfoten von der Sache Schaller zu lassen? Erscheinen sie entweder unverzüglich in der Dienststelle, dann werde ich sehen, ob ich ihnen helfen kann oder setzen sie sich schnellstens ab. Im letzteren Fall hat dieses Gespräch nie stattgefunden. Mehr kann ich nicht für sie tun."

Ein leises Knacken in der Leitung verkündete das Ende der Unterhaltung.

Geistesabwesend hing der Kriminallist den Hörer ein. Er war tatsächlich mit dem Kollegen in die Klimakammer gegangen, als er die Telefondaten des vermeintlichen Mörders haben wollte, denn dort hatte sein jüngerer Mitarbeiter die Computerauszüge versteckt. Daher meine Fingerabdrücke, überlegte Schmolke resigniert. Wütend schlug er mit der geballten Faust gegen den Metallrahmen der Zelle.

Stechender Schmerz in der Hand brachte ihn in die Realität zurück. Sein Blick fiel auf den Passat. Damit würde man ihn bald schnappen, falls er sich nicht beeilte. Wenn er an die

Gesichter der Arschlöcher dachte, als die in sein Dienstzimmer eingedrungen waren, hegte er keinen Zweifel, wer den Tod des Kollegen und seine beschissene Lage verursacht hatte. Die kannten keine Gnade. Am besten, er tauchte erst mal ab. Nur so könnte er vielleichtspäter etwas ausrichten.

Eine halbe Minute später stieg er in seinen Wagen und fuhr über Nebenstraßen in Richtung Ortsausgang. Immer wieder schaute er in den Rückspiegel, um mögliche Verfolger frühzeitig zu entdecken.

Wider Erwarten reagierte der General eher gelassen, als Kretschmar ihm den teilweisen Misserfolg seiner Leute eingestand. Wolf lächelte sogar: "Nur eine Frage der Zeit, bis uns der Mann ins Netzt geht. Viel Schaden kann er bis dahin nicht anrichten. Im ungünstigsten Fall kennt er ein paar Namen unserer ehemaligen Mitarbeiter von der Computerliste. Zudem steht er unter dringendem Mordverdacht, der durch seine Flucht weiter erhärtet wird. Haftbefehl ist ausgestellt. Die Behörden fahnden nach ihm. Da kommt er nicht weit. Schwamm drüber. Wenden wir uns der Zukunft zu."

Prüfend sah der General jetzt auf seinen Genossen: "Haben sie konkrete Vorschläge?"

"Jawohl. Wir sollten die Lehren aus dieser Sache ziehen und auf mehr Sicherheit achten", antwortete der Oberst mit einer inhaltslosen Phrase, weil er nicht wusste, worauf der Chef hinaus wollte.

"Im Grunde zutreffend. Was wir aber vor allem benötigen, ist eine geeignete Person, die schnell und präzise auftretende Mängel erkennt und beseitigt. In jeder Situation und mit allen Vollmachten. Schließlich kann ich mich nicht selbst um alles kümmern."

Kretschmar hörte aufmerksam zu, verstand aber noch immer nicht, was der hohe Vorgesetzte beabsichtigte.

Markus Wolf sprach weiter: "Ich habe da jemanden für sie.

Den Sohn des verstorbenen Genossen Skorpischnik. Er ist noch ziemlich jung, besitzt aber mein uneingeschränktes Vertrauen. Hat bereits etliche Einsätze in Serbien und anderen Krisengebieten hinter sich. Nach hervorragender Spezialausbildung bei unseren sowjetischen Kollegen."

Nun unterbrach der General seine Rede und musterte den Untergebenen mit scharfem Blick: "Achten sie genau auf das, was ich jetzt sage, Genosse Oberst. Gegenwärtig besitzt der junge Mann nur den Rang eines Hauptmannes. Aber das hat nichts zu sagen. Sie weisen ihn persönlich in jede Einzelheit von ZEDER ein."

Verblüffung breitete sich auf den Gesichtszügen des Obersten aus: "Wollen sie wirklich...?"

"Diskutieren sie nicht, wenn sie nicht gefragt werden. Hier entscheide ich allein. Ist ihnen das klar?" schnitt ihm Markus Wolf das Wort ab.

"Jawohl, Genosse General."

Besänftigt sprach der andere weiter: "Schon bald werden sie merken, wie fähig der Genosse ist. Spuren hinterlässt er grundsätzlich nicht. Die wenigen Eingeweihten, die von seiner. . . äh. . . beruflichen Laufbahn wissen, nennen ihn Skorpion. Und nicht zu Unrecht, das dürfen sie mir glauben."

Wolf nahm den Telefonhörer ab und sprach hinein: "Soll reinkommen."

Wenige Augenblicke danach öffnete sich eine Nebentür und ein bullig wirkender Mann von etwa 27 Jahren trat in den Raum. Sein stechender Blick aus kalten Augen traf sekundenlang den Obersten. Dann erst wandte sich der Eingetretene dem Chef zu: "Melde mich zur Stelle, Genosse Generaloberst."

Mit offensichtlichem Wohlwollen betrachtete Markus Wolf den Untergebenen, befahl jedoch in barschem Ton: "Der Genosse Oberst wird sie in eine gegenwärtig laufende Operation einführen. Ihre Aufgabe besteht insbesondere darin, für die Sicherheit der Unternehmung zu sorgen. Handeln sie dabei ihren Vorstellungen gemäß. Sie sind nur mir persönlich Rechenschaft schuldig."

Damit betrachtete der General diese Unterredung als beendet.

Schweigend verließ Kretschmar in Begleitung des neuen Mitarbeiters das Zimmer. Nur mit Mühe verbarg er seine Entrüstung über die unverständliche Anordnung des illegalen Stasi-Führers. Nur wenige Dutzend, nach allerstrengsten Maßstäben ausgewählte Menschen waren bisher in das Unternehmen ZEDER eingeweiht. Und nun sollte die gesamte Verantwortung für die Sicherheit einem unerfahrenen, ihm bisher unbekannten Mann übertragen werden, der zudem unter Umgehung üblicher Gepflogenheiten direkt dem Befehl des obersten Chefs unterstellt war?

Nach einer Weile legte sich die Verärgerung wieder und schließlich gab der Oberst seinen inneren Widerstand auf. Wolf wird schon wissen, was er tut, dachte er halbwegs beruhigt. Außerdem gab es über den Sinn von Befehlen nichts zu spekulieren.

Das Gelände des ehemaligen Truppenübungsplatzes schien menschenleer. Oberst Kretschmar stellte seinen PKW am Waldrand ab. Darum kümmerten sich später die Genossen. Er selbst wollte die letzten dreihundert Meter bis zu ihrem geheimen Hauptquartier zu Fuß gehen. Sein jüngerer Begleiter lief schweigend neben ihm her.

Wehmut erfasste den Obersten jedes Mal, wenn er die würzige Luft der kargen Heidelandschaft einatmete. Hier, auf diesem Grund und Boden hatte vor vielen Jahren seine Laufbahn beim Ministerium begonnen. Während seiner Ausbildung im Wachregiment „Feliks Dzierżyński" waren hohe Vorgesetzte auf die besonderen Fähigkeiten des damaligen Gefreiten aufmerksam geworden und hatten ihn für eine Offizierslaufbahn in Mielkes Imperium empfohlen.

Jetzt drehte er den Kopf zu seinen Begleiter und sagte in

freundlichem Ton: "Schöne Landschaft. Finden sie nicht?"
Der jüngere Genosse nickte nur mit unbewegter Miene. Kretschmar verlangsamte seinen Schritt und sprach: "Sie werden
heute noch einiges zu sehen bekommen. Dann verstehen sie
besser, was ich ihnen über ZEDER zu berichten habe. Wissen
sie, was ein Virus ist?"
Skorpion schürzte nur verächtlich die Lippen, ohne zu antworten.
"Entschuldigen sie", fuhr der Oberst fort: "War ja auch eine
dumme Frage. Am besten, ich fang ganz von vorne an."
Der Sprecher schaute sich kurz um, als wollte er sich verge-
wissern, dass kein ungebetener Zuhörer in der Nähe war.
Dann redete er weiter: "Es begann eigentlich schon im Jahre
1977. Damals existierte in der Nähe der Stadt Greifswald eine
Versuchsanstalt zur Bekämpfung von Tierseuchen. In Wirklichkeit war das Institut nur die Tarnung für ein biologisches
Speziallabor im abgelegenen Teil des Geländes. Vielfach
gesichert von Genossen des Ministeriums. Dort ist unter abso-
luter Geheimhaltung ein besonders gefährliches Virus ge-
züchtet worden, dass das Immunsystem eines jeden infizierten
Menschen mittelfristig zerstört und letztendlich zum Tode
führt. Allerdings primär durch verschiedene Krankheiten,
weil der Körper sich nicht mehr dagegen wehren kann. Bei
gezieltem Einsatz hätte man damit jeden beliebigen Feind,
auch in größerer Zahl, ausschalten können, ohne dass es uns
nachzuweisen gewesen wäre. Verstehen sie die außerordentli-
che Bedeutung dieser Sache?"
Von der Seite her musterte Kretschmar den jüngeren Genossen. Lediglich ein knappes Nicken gewahrte er. "Um ein
gleichzeitig in Entwicklung befindliches Gegenmittel zu
testen, impfte man zwei Personen mit dem Virus. Eine der
beiden, ein krimineller Mörder, wartete ohnehin auf die
Vollstreckung seines Todesurteils. Die andere war zuvor
Angehöriger des Ministeriums. Ein Offizier, der Verrat bege-
hen wollte. Sie zählten beide nicht mehr zu den Lebenden.

Immerhin erhielten sie durch den medizinischen Versuch Gelegenheit, einen kleinen Teil ihrer Schuld wieder gutzumachen. An einem Sommerabend des betreffenden Jahres geschah dann etwas Ungeheuerliches, das später zum Untergang der Sowjetunion führte."

Bei den letzten Worten des Redners zeigte der Zuhörer zum ersten Mal eine deutliche Reaktion. Erstaunen lag jetzt in dessen Zügen.

"Ja, so ist es", bekräftigte der Oberst seine, dem Jüngeren völlig unbegreifliche Behauptung: "Doch unterbrechen wir das Gespräch für einige Minuten. Wir sind gleich am Bunker angelangt. Bei einer gemütlichen Flasche Wein spricht es sich leichter. Vor allem, wenn es sich um eine Angelegenheit mit solcherart schwerwiegenden Folgen handelt. Ich. . ."

Kretschmars Stimme versagte. In den Augen standen Tränen. Doch gleich darauf er gewann die Fassung wieder zurück. Seine Empfindungen gingen nun in grenzenlosen Hass über: "Verdammtes Virus!"

2. Buch

Das Virus

1977. Hochsicherheitsgeländes des MfS
Dumpfes Grollen weckte den Wachhabenden. Benommen
fuhr er hoch und wankte an das Fenster. In der Ferne flackerten kurzlebige Blitze. Gott sei Dank, endlich ein Gewitter. Es
würde Abkühlung bringen. Die seit Tagen anhaltende Hitzewelle machte ihm stark zu schaffen.
Scheiß Nachtdienst, dachte er nach einem Blick auf die Uhr.
Noch fünf Stunden bis zur nächsten Ablösung. Dann erst
würde er sich in der Kantine besaufen können. Als er an das
Waschbecken trat, um sei Gesicht zu erfrischen, erblickte er
im Spiegel die elektrische Wanduhr. Nun durchzuckte ihn ein
gewaltiger Schreck. Hatte er doch den Kontrollgang verschla-
fen! Aber er fasste sich gleich wieder, hielt prustend seinen
Kopf unter den lauwarmen Wasserstrahl, trocknete sich danach ab und streifte den weißen Kittel über die Uniform, wie
es Vorschrift war. Nun trat in den lang gestreckten Flur. Über
die Treppe eilte er hinab zum Zellenbunker.
Der unterirdisch angelegte Trakt blieb Tag und Nacht erleuchtet. Auch in den beiden belegten Räumen brannte ständig Licht.
Zuerst lenkte der Unteroffizier seine Schritte an die Zelle des
zum Tode verurteilten Doppelmörders. Zumindest sollte es
Gerüchten zufolge einer sein. Genauere Informationen besaß
keiner der unteren Dienstgrade.
Geräuschlos schob der Wächter den dunklen Stofflappen
beiseite und spähte durch das postkartengroße Spiegelglas in
der ausbruchssicheren Tür.

Hinter dem eisernen Zwischengitter, das den Haftraum unterteilte und Eintretende vor überraschenden Angriffen aus toten Winkeln schützen sollte, lief der Insasse trotz später Stunde mit kleinen Schritten ruhelos hin und her. Für ihn spielte die Tageszeit kaum noch Rolle, denn seine Armbanduhr hatte man ihm längst abgenommen. Abrupt blieb er jetzt stehen und richtete sein bärtiges Gesicht auf den Türspion. Dabei grinste er bösartig. Offenbar konnte er die Kontrolle fühlen.

Verärgert ließ der Wachmann von der Zellentür ab und begab sich hinüber zum Verwahrraum des zweiten Häftlings. Ein höhnisches Lachen begleitete ihn.

Arschloch, dachte er. Du wirst früher oder später hier unten krepieren. Bis dahin wird dir das Lachen vergangen sein. Kurz darauf stockte ihm der Atem. Erschrocken presste er sein Gesicht an die Glasscheibe. Es gab keinen Zweifel. Der andere Gefangene lag auf dem Betonfußboden. Inmitten einer Blutlache. Die obere Halspartie der bewegungslosen Gestalt wies eine lange Schnittwunde auf.

Im ersten Moment wollte der Unteroffizier losstürzen und der Zentrale telefonisch Meldung erstatten, so wie es der Dienstvorschrift entsprach. Mindestens vier Personen würden dann den Haftraum betreten, während gleichzeitig zwei weitere den einzigen Zugang zum Zellentrakt besetzt hielten.

Scheiße, überlegte er dann. Gottverfluchte Scheiße! Bis dahin war der längst verblutet. Und ihm lastete man das an. Weil er den Kontrollgang zu spät durchgeführt hatte. In solchen Dingen verstanden die Genossen keinen Spaß. Beide Patienten waren unersetzlich. Immer wieder war der Wachmannschaft das eingeschärft worden.

Wild durcheinander kreisten die Gedanken im Kopf des Wächters. Falls der Mann bereits tot war, dürfte er selbst sein restliches Leben irgendwo in abgelegenen, sibirischen Erzgruben der sowjetischen Freunde verbringen. Das war ziemlich sicher. Also musste er zunächst einmal feststellen, ob der

Gefangene noch lebte und zu retten war. Andernfalls blieb nur die Flucht, obgleich ein Gelingen angesichts der aufwendigen Objektsicherung nahezu ausgeschlossen schien.

Also öffnete der Unteroffizier die dreifache Verriegelung der Stahlpanzertür. Mit zitternden Händen führte er dann den Schlüssel in das Schloss des inneren Zwischengitters.

Zu weiteren Verstößen gegen die strenge Vorschrift blieb ihm keine Gelegenheit mehr, denn als er sich über die vermeintlich wehrlose Gestalt beugte, um deren Puls zu messen, warf diese sich überraschend herum und zog den Kopf des Wächters mit einem kurzen, aber kräftigen Ruck zu sich heran. Dem fehlte die Zeit zu jeglicher Gegenwehr.

Im speziellen Griff des Angreifers brach das Genick des Weißbekittelten.

Harald Berg, vormals Oberleutnant des Ministeriums für Staatssicherheit der DDR, gegenwärtig des Verrats an der Arbeiterklasse überführter Todeskandidat, richtete sich taumelnd auf. Mit einem nassen Handtuch wischte er die Blutspuren von seinem Hals, die den Einschnitt an der Halsschlagader vorgetäuscht hatten. In Wirklichkeit stammte das Blut ebenso wie die mit Wasser verdünnte Lache am Fußboden, aus einer Vene des Unterarmes, wo er den Austritt kontrollieren konnte. Dennoch schien ihn der Blutverlust geschwächt zu haben. Jetzt galt es, sich zusammenzureißen. Vom Handgelenk des Toten streifte er die Armbanduhr ab. Lauschend hob er dann seinen Kopf. Doch außer dem gleichmäßigen Rauschen der Luftzufuhr war nichts zu vernehmen.

Wenig später stand er im Personalzimmer der Wachmannschaft. Er hatte richtig vermutet. Nachts war die Abteilung von nur einem Posten besetzt. Aus dem Wachbuch konnte er den genauen Zeitpunkt der nächsten Ablösung ersehen. Noch fast sechs Stunden bis dahin, dachte er zufrieden. Ausreichend Zeit um sein Vorhaben auszuführen. Allerdings würde er sich erst einmal orientieren müssen, wie das Objekt gesichert war.

Eine Windböe fegte durch das offene Fenster. In ziemlicher Entfernung schlugen Blitze auf die Erdoberfläche. Harald Berg stieg die Treppe wieder hinab.

Reglos stand der zweifache Mörder am Zwischengitter. Mit seinen stark behaarten Händen umklammerte er die Eisenstäbe. Irgendwas dort draußen war anders als sonst. Das spürte er deutlich. Nachdem der Schließer von seinem Haftraum weggegangen war, hatte sein durch die Haft geschärftes Gehör Riegel und Schlüsselgeräusche wahrgenommen. Als sei die Tür der anderen Zelle geöffnet worden. Um diese Stunde sehr ungewöhnlich. Dennoch waren keine Stimmen auszumachen gewesen. Dass es Nacht sein musste, konnte sich der Mörder am Rhythmus der Essenausgabe errechnen.

Das metallische Quietschen schlecht geölter Riegel an der eigenen Zellentür unterbrach seine Gedanken. Gleich darauf trat ein Mann von etwa achtunddreißig Jahren in den Raum. Ebenso wie er selbst war dieser mit einem rotbraunen Trainingsanzug bekleidet.

Wortlos heftete der Eingetretene seinen Blick auf den anderen. Dann betätigte er das Schloss am Zwischengitter. In den Augen des Mörders glomm ein gefährliches Funkeln auf. Seine stark abfallenden Schultern und die überlangen, kräftigen Arme verliehen ihm die Gestalt eines Gorillas.

"Was wollen sie von mir?" stieß er mit heiserer Stimme hervor.

Der Angesprochene antwortete nicht, gab ihm aber durch eine knappe Kopfbewegung zu verstehen, dass er folgen solle. Misstrauisch kam der Gorilla dieser Aufforderung nach. Als er eine halbe Minute später den uniformierten Posten mit seltsam verdrehtem Kopf auf dem Betonfußboden liegen sah, verzog sein Gesicht sich zu einem bösartigen Grinsen.

"Entscheide dich", verlangte der ehemalige Stasi-Offizier: "Willst du hier bleiben oder tun, was ich befehle?"

Mit dem Fuß trat der Gefragte in das Gesicht des Toten, bevor er zischend hervorstieß: "Wo sind die anderen Schweine? Ich will sie alle umbringen."

"Dazu wirst du bald Gelegenheit erhalten. Jetzt aber komm, wir müssen uns beeilen."

Im Schrank der Wachstube entdeckten die Ausbrecher etliche Uniformen. Schon wenige Minuten später saßen sie umgekleidet am Tisch und besprachen die Situation. Draußen wütete das nähergekommene Gewitter.

"Was ist das hier für ein Nest?" wollte der Gorilla wissen. Berg zuckte mit den Schultern: "Irgendein Objekt des MfS. Vermutlich in Küstennähe. Das erklärt den salzigen Geschmack in der Luft. Mich hat man übrigens im geschlossenen Fahrzeug hertransportiert."

"Hast du auch die Spritzen gekriegt? Wozu waren die?"

"Das musst du die Quacksalber fragen. Vielleicht wohnen sie hier im Gelände."

"Hoffentlich", entgegnete der Mörder zähnefletschend: "Die haben mir außerdem dauernd Blut abgezapft."

Berg sah von einem Lageplan auf, den er im Schreibtisch der Wachstube vorgefunden hatte: "Hier ist die genaue Gebäudeanordnung eingezeichnet. Da steht Labor I dran. Etwa hundertfünfzig Meter entfernt."

Mit dem Zeigefinger tippte er auf einen Grundriss: "Das nehmen wir uns jetzt vor. Ich will erst wissen, was hier vorgeht, ehe wir verschwinden."

Der andere war aufgestanden und spähte unruhig zum Fenster hinaus: "Wieso finden wir in der Wache keine Ballermänner?"

"In derartigen Objekten sind gewöhnlich nur die Außenposten bewaffnet. Eventuell noch die höheren Offiziere."

Nun warf auch der Gorilla einen flüchtigen Blick auf die Karte und stellte fest: "Scheint ganz schön groß zu sein, die

Anlage."

Ein Pfeifen kündigte das Kochen des aufgesetzten Wassers an. Berg füllte die bereitgestellten Tassen und sagte: "Wir trinken in Ruhe den Kaffee aus, dann geht es los. Aber ich warne dich, Mach keinen Scheiß! Du befolgst exakt meine Befehle. Umgelegt wird nur, wenn ich es ausdrücklich gestatte. Ist das klar?"

Unzufrieden maulte der Gorilla vor sich hin.

"Mann", herrschte der frühere Stasi-Oberleutnant, der jetzt die Uniform eines Feldwebels trug, den Komplizen an: "Du kannst die Ratten zerquetschen. Allerdings erst, wenn wir alles von ihnen wissen."

Endlich verstand der Mörder. Der andere wollte ihm den Spaß gar nicht verderben.

Doktor Mehnert schlug die Augen auf. Anscheinend hatte er gerade einen Alptraum, denn neben seinem Bett standen die beiden Patienten aus dem Zellenbunker. Heftig schüttelte er den Kopf, um die unangenehme Halluzination zu vertreiben. Doch die Gestalten blieben da. Langsam richtete er den Oberkörper auf. Endlich begriff er. Es war die Wirklichkeit. Voller Entsetzen wollte er einen Schrei ausstoßen. Doch die Hand des Gorillas war schneller und verschloss ihm den Mund.

"Vorsicht", rief Berg dem anderen zu.

Der Mörder nickte mit dem Kopf, während er das Gesicht seines Opfers in die Kissen drückte: "Ich pass schon auf. Bevor der abkratzt, lass ich los. Dann kannst du deine Fragen stellen."

Vergeblich bäumte der Arzt sich auf, als ihm die Luft knapp zu werden begann. Erst in dem Augenblicke, als seine Sinne zu schwinden begannen, lockerte der Gorilla den eisernen Griff. Japsend schnappte der dem Ersticken nahe gewesene Mann nach Luft.

Berg ließ ihm genügend Zeit zur Erholung ehe er fragte: "Wie viele Personen befinden sich außer ihnen in diesem Gebäude? Und wer ist der Befehlshaber des gesamten Objektes."

"Niemand, das übrige Personal ist in der näheren Umgebung untergebracht. Der Chef ist Generalmajor Gerlinger," erklärte der Bedrängte mit unsicherer Stimme.

"Hören sie gut zu. Wir gehen jetzt gemeinsam in das Labor. Machen sie dabei nicht den Versuch, meinen Weisungen zuwiderzuhandeln. Es würde ihnen leid tun."

"Unmöglich! Der Laborbunker ist elektronisch gesichert. Den Zugangscode besitzt nur der Chef. Nachts würde außerdem die Objektwache alarmiert, wenn jemand die Geheimzahl zur Unzeit eingäbe", versuchte der Doktor auszuweichen.

Wütend stieß der Gorilla den Sprecher in das Kissen zurück: "So ein Scheiß, was der da quatscht. Er ist doch selber der Chef. Lass dir von dem Arsch keine Märchen erzählen."

Erst als erneut ein Erstickungsanfall drohte, ließ er das Opfer wieder los. In den schreckgeweiteten Augen des Arztes stand nun das blanke Entsetzen.

Berg fragte mit eiskalter Stimme: "Wenn nachts niemand Zugang zum Labor hat, weshalb schlafen sie dann hier?"

Unruhig flackerte der Blick des Mannes zwischen den Eindringlingen hin und her.

"Na wird's bald?" fuhr ihn der Mörder an und wollte erneut nach seinem Kopf greifen.

"Nein!" stieß der Arzt schrill hervor und wandte sich an den scheinbar Humaneren der beiden: "Ich kann sie da nicht reinbringen. Das ist viel zu geheim. Verstehen sie? Die bringen uns um, wenn etwas nach draußen dringt."

"Vielleicht ist es auch eine Lebensversicherung", entgegnete Berg gelassen: "Wollen sie kooperieren oder soll ich sie mit meinem Freund allein lassen? Der bringt sie gleich hier um."

Bei den letzten Worten des anderen bleckte der Gorilla die Zähne.

Oberstleutnant Dr. Mehnert gab seinen Widerstand auf. Ächzend stieg er aus dem Bett und langte mit zitternden Händen nach verschiedenen Kleidungsstücken. Dabei suchte er fieberhaft einen Ausweg.

"Geben sie sich keine Mühe, wenn sie weiterleben möchten", riet Harald Berg, der die Gedanken des Mannes erraten hatte.

Resigniert trottete der Arzt voran. Als er die Tür zu dem Aufzug öffnen wollte, befahl der hinter ihm her gehende, frühere Stasi-Mann: "Halt! Wir nehmen die Treppe."

"Aber hier gibt es keine. Auch keinen Notausstieg. Nur der Fahrstuhl fährt nach unten."

Auf einen drohenden Blick des Mörders hin, setzte er eilig hinzu: "Wirklich. Das Labor befindet sich in etwa dreißig Metern Tiefe."

"Los, vorwärts!" Berg zögerte nicht länger.

Die Fahrt nach unten dauerte fünfundzwanzig Sekunden. Dann traten die nächtlichen Besucher in einen Vorraum mit kahlen Wänden. Seitlich befand sich ein gepanzertes Schott. Daneben war in Brusthöhe eine Tastatur angebracht.

"Weiter! Aber schnell?" knurrte der Gorilla bösartig und nahm eine aggressive Haltung an.

Schlagartig verschwanden die letzten Hemmungen des Doktors. Mit zusammengepressten Zähnen gab er den erforderlichen Zahlencode ein. Dann drehte er mit Hilfe eines Hebels die innere Verriegelung auf.

Durch die offene Tür blickte Berg in einen lang gestreckten Flur: "Wo sind die Experimentalräume?"

"Am Ende des Ganges befinden sich die Umkleide und Duschkabinen. Dahinter liegen die Labors. Sie können nur in vollständiger Schutzausrüstung betreten werden."

"Dahin wollen wir vorerst gar nicht", entgegnete Berg mit einem Seitenblick auf seinen Komplizen. Wir gehen in ihren privaten Arbeitsraum. Dort wo der Tresor steht."

Genau das hatte der Oberstleutnant zu vermeiden gehofft. Aber offensichtlich war der andere nicht zu täuschen.

Unschlüssig zögerte der Arzt einen Augenblick. Erst ein unwilliges Grunzen des Gorillas beschleunigte die Entscheidung des Erpressten.

Gerade wollte er auf die entsprechende Tür zulaufen, da stieß ihn der Mörder brutal gegen die Wand und legte ihm die Hände um den Hals. Gleichzeitig sagte Berg mit tonloser Stimme: "Ich frage sie nur einmal. Wird die Begehung tatsächlich von der Objektwache registriert?"

Auf Dr. Mehnerts Stirn bildeten sich Schweißperlen. Die Finger des Gorillas begannen sich weiter zu schließen.

"Nein", stöhnte der Arzt, sich der Ausweglosigkeit der Situation bewusst: "Ich leite die Forschungsabteilung und habe jederzeit unkontrollierten Zugang."

"Na also, Warum nicht gleich so?" Die Finger lockerten sich widerstrebend.

Das Büro des Chefs war etwa acht mal fünf Meter groß. Eine eher spartanische Einrichtung bezeugte die Zweckmäßigkeit des Raumes.

Mit Hilfe einer Schnur, die der Mörder aus dem Wachzimmer entwendet hatte, fesselten die beiden Verbrecher den Doktor an seinen eigenen Stuhl. Gleich darauf deutete Berg auf den massiven Tresor in der Ecke des Raumes: "Die Geheimzahlen, aber schnell."

„Und wenn sie mich umbringen, ich kenne nur den Code für das obere Schloss", erwiderte der Gefragte mit weinerlicher Stimme.

In der Mitte des mannshohen Panzerschrankes befand sich über und unter dem Drehgriff jeweils eine Scheibe mit eingestanzten Ziffern.

"Die zweite Kombination besitzt der Chef des gesamten Projektes, Generalleutnant Nerlinger."

Leise flüsterte der frühere Stasi-Mann dem Komplizen etwas ins Ohr. Grinsend verließ der Gorilla daraufhin das Zimmer.

Nun wandte Berg sich wieder dem Arzt zu: "Wo befinden wir uns hier? Was ist das für ein Objekt? Und wie wird der Komplex bewacht?"

"Südöstlich von Greifswald. Das Gelände gehört zum MfS."

Als der andere nichts sagte, sondern seinen Blick starr auf den Redner gerichtet hielt, setzte dieser hinzu: "Offiziell sind wir ein staatliches Institut zur Tierseuchenbekämpfung. Niemand kommt hier unbemerkt rein oder raus."

"Beantworten sie gefälligst nur meine Fragen. Schlussfolgerungen ziehe ich dann selbst", herrschte Berg den Gefesselten an.

"Posten im Außenbereich. Der innere Sperrkreis ist mit Stacheldraht und Hochspannung gesichert."

"Wer befindet sich gegenwärtig innerhalb der geheimen Zone?"

"Wachmannschaften. Nicht mehr als dreißig Leute. Das medizinische Personal, Handwerker und verschiedene Offiziere. Insgesamt zirka achtzig Personen. Nur die höheren Dienstgrade wohnen in Bungalows außerhalb des inneren Ringes."

Nachdenklich lief Berg auf und ab. Vor dem Arzt blieb er schließlich stehen: "Wie genau kontrolliert man deren Wagen, wenn sie das Objekt ganz verlassen?"

Der Doktor lachte leise auf: "Sie ahnen nicht, um was es hier geht. Außer dem General darf keiner raus. Seit fast einem Jahr ist strengste Quarantäne angeordnet."

Überrascht schaute der Frager auf den Sprecher. Mit einer Hand hob er dessen Kinn, bis die Blicke der beiden Männer sich trafen.

"Ich will alles wissen. Und sie werden es jetzt erzählen. Sonst sterben sie scheibenweise. Mein Kumpel kennt sich da aus."

Im selben Augenblick trat der Genannte ein. Mit beiden Armen trug er ein Tablett. Verschiedene chirurgische Instrumente und Spritzen lagen darauf. Behutsam stellte er seine Last im Sichtbereich des Arztes ab. Dessen Gesicht hatte alle Farbe verloren.

"Das. . . das, kö. . . können sie nicht machen", stotterte er entsetzt.

Unbeeindruckt zog sich der Eingetretene Gummihandschuh über. Zähnefletschend musterte er dabei sein Opfer. Doktor

Mehnert kannte die Akte des Mörders. Der bluffte nicht.

"Ich will alles sagen, aber halten sie mir diesen Typ vom Halse", flehte er den ehemaligen Genossen an.

"Für jede Lüge schneide ich dir was ab, du Schwein", drohte der Gorilla wütend: "Du hast mir die Scheiße gespritzt. Dafür wirst du jetzt büßen. Dir werde ich. .. "

"Halts Maul", schnitt Berg ihm das Wort ab: "Jetzt rede ich."

Zu dem Arzt gewandt, fuhr er fort: "Wenn mir ihre Antworten nicht gefallen, gehe ich aus dem Raum. Mein Freund wird das Gespräch dann allein weiterführen."

Mit eisiger Stimme setzte er nach einer kurzen Pause hinzu: " Ich will die Kombinationen wissen. Beide!"

Blitzschnell schlug der Mörder mit der scharfen Seite eines Skalpells gegen den Hals des Opfers. Nur wenige Millimeter vor der Haut bremste er das gefährliche Instrument ab.

Das Herz des Doktors drohte zu versagen. Krampfhaft röchelnd schnappte er nach Luft. Erst nach einer Minute hatte er sich vom Schock so weit erholt, dass er die gewünschten Zahlen nennen konnte.

Während Berg an den Mechanismen drehte, musste er ein Lächeln unterdrücken. Äußerst brauchbar, dieser Gorilla, dachte er zufrieden. Muss nur einen Dämpfer bekommen, damit er weiß, wer der Chef ist.

Im Tresor befanden sich verschiedene Papiere und ein kleiner Holzkasten.

"Such irgendwo eine Tasche oder etwas Ähnliches. Die Unterlagen nehmen wir mit", befahl Berg.

Als der Komplize erneut das Zimmer verließ, begann der andere den Kasten näher in Augenschein zu nehmen. Der bestand aus einem doppelten, mit weichem Leder ausgelegten Fach. Daraus zog er nacheinander zwei gleichartige, nur etwa zwölf Zentimeter hohe Flaschen hervor.

"Seien sie um Gottes Willen vorsichtig", warnte der Arzt entsetzt: "Das ist ein tödliches Virus."

In den beiden, offenbar dickwandigen Gefäßen schimmerte

jeweils eine grünliche Flüssigkeit. Auf jedem von ihnen war ein beschrifteter Aufkleber angebracht. Berg las laut vor: "Hundertsiebenundsiebzig und hundertneunundneunzig. Warum dieser Unterschied?"

Doktor Mehnert leistete keinen Widerstand mehr: "Die eine beinhaltet das Virus, die andere sein Gegenmittel."

"Mit diesem Zeug wurden wir also geimpft", stellte Berg scheinbar gelassen fest: "Ich will alles über die Auswirkungen wissen. In Stichpunkten."

"177 legt das menschliche Immunsystem völlig lahm. Inkubationszeit vermutlich ein bis drei Jahre. Führt in jedem Fall unweigerlich zum Tode, infolge primärer Krankheiten wie Lungenendzündung, Grippe oder anderen beliebigen Infektionen. Ist praktisch nicht nachweisbar. Übertragung durch Blut, Geschlechtsverkehr und möglicherweise Speichel. Genau wissen wir das noch nicht."

"Damit wolltet ihr wohl den Kapitalismus ausrotten?" höhnte Berg.

Mehnert rechtfertigte sich: "Ich bin Forscher. Für das Tun meiner Vorgesetzten trifft mich keine Verantwortung."

Verächtlich winkte Berg ab: "Haben sie mir und dem anderen das Gegenmittel schon injiziert?"

Der Arzt schwieg unschlüssig. Ungeduldig wiederholte sein Widersacher die Frage. Nun schüttelte Mehnert den Kopf. Leise sagte er: "Außer mir weiß niemand, dass der rettende Impfstoff bereist existiert."

Überrascht pfiff Berg durch die Zähne: "Das müssen sie mir näher erläutern."

"Dieses Antipräparat habe ich praktisch allein entwickelt." Nun zögerte der Wissenschaftler, ehe er weiter sprach: "Ich hegte die Befürchtung, dass mein Leben nicht mehr viel wert sein wird, wenn die Vorgesetzten das komplette Ergebnis erst in den Händen halten. Man würde mich dann kaum noch benötigen."

Berg lachte zynisch auf: "So? Dachten sie? Da können sie

ganz beruhigt sein. Die Genossen hätten sie weiter forschen lassen an neuen Projekten oder sie ausgeliehen an die Russen. Irgendwo im tiefsten Sibirien. An die Öffentlichkeit währen sie allerdings nie mehr gelangt."

Inzwischen war der Mörder mit einem gummibeschichteten Segeltuchsack zurückgekehrt. Auf Weisung seines Komplizen stopfte er sämtliche im Tresor vorgefundenen Papiere hinein.

"Was wird mit den Flaschen?" fragte er dann.

"Die benötigen wir noch."

Betont langsam streifte Berg die Gummihandschuhe über seine Hände und wandte sich den beiden Glasbehältern zu: "Reich mir mal eine Spritze", befahl er.

Mit weit aufgerissenen Augen verfolgte der Arzt das Geschehen. Unvermittelt wurde er angefahren: "Welche Menge und wie oft verabreicht, führt zur Neutralisierung des Virus?"

Erleichtert atmete der Gefragte auf: "Prophylaktisch drei Kubikzentimeter, intramuskulär. Einmalig genügt. Wirkt lebenslang immunisierend."

"Und wenn man bereits infiziert ist?"

Auf der Stirn des Doktors bildeten sich Schweißperlen. Offenbar wagte er nicht zu lügen. Die Hand des Gorillas fuhr zum Skalpell. Einhalt gebietend hob Berg seinen Arm: "Ich warte."

"Dreimal zwei Kubikzentimeter im Abstand von vier Tagen. Erste Injektion innerhalb von sechs Wochen nach der Infektion."

"Was soll das heißen, du Ratte?" schaltete sich der Mörder erregt in das Gespräch ein: "Ihr habt mich schon vor acht Monaten mit dem Giftzeug geimpft."

Schulterzuckend blickte der beschuldigte Arzt zu dem Sprecher. Dessen Gesicht war vor Wut rot angelaufen: "Ach so ist das", stieß er verzerrt hervor: "Ich darf also daran krepieren, weil der Antidreck zu spät kommt."

Er war ganz nahe an den gefesselten Mann herangetreten.

"Stopp!" befahl Berg mit erhobener Hand unwirsch: "Gibt es

noch die Möglichkeit der Rettung für uns?"

In den Augen des Wissenschaftlers glimmte Hoffnung auf: "Ich arbeite gerade an einer Verbesserung."

"Du lügst!" unterbrach der Gorilla die Worte des Arztes.

Sein Komplize deutete auf die Behälter: "Welcher davon enthält das Virus? 199?"

"Nein, der andere."

Daraufhin löste Berg vorsichtig den Spezialverschluss von 199 und saugte die Spritze halbvoll, um sie dann dem Mörder zu reichen: "Angeblich das Gegenmittel. Injiziere es dem Mann." Damit wollte er lediglich die Wahrheit von dessen Angabe überprüfen.

Der Beauftragte trennte mit einem kurzen Schnitt des Skalpells die Hosen am Oberschenkel des Doktors auf, ohne diesen dabei zu verletzen. Als er jedoch die Spritze ansetzen wollte, protestierte der Arzt energisch: "Sie müssen erst die Luft rausdrücken und die Einstichstelle mit Alkohol desinfizieren."

"Warum?" fragte der Angesprochene scheinbar erstaunt.

Wie kann man nur so dumm sein, dachte Mehnert verächtlich. Laut sagte er: "Weil durch Bakterien ansonsten die Wunde entzündet."

Jetzt verzog sich das bärtige Gesicht des Mörders zu einem teuflischen Grinsen: "So schnell geht keine Entzündung, als dass sie dir noch schaden könnte." Mit meinem Ruck stieß er die Nadel in das Fleisch.

Berg hatte unterdessen die Behälter in den Kasten zurückgesetzt und ihn zu den Unterlagen in den Sack gesteckt. Nun nahm er die Last auf. Zum Mörder sagte er: "Du hast genau zehn Minuten Zeit. Dann brauche ich dich."

Ungerührt von den bettelnden Rufen des Mediziners verließ er das Zimmer.

Nur gedämpft drangen die Schreie des Opfers bis in den Flur. Als der Gorilla eine knappe Viertelstunde später den Vorraum betrat, hantierte Berg dort an einem kesselartigen Gerät.

"Was ist das?" wollte der Hinzugekommene wissen.

"Ein Sterilisator. Besitzt eine Zeitschaltuhr. Du gehst jetzt zu den Regalen am Eingang. Dort stehen Behälter mit reinem Alkohol. Aber sauf nicht davon. In jedes Zimmer stellst du einen von ihnen rein. Mit offenem Verschluss. Zuletzt kippst du den Rest auf dem Flur aus. Sei aber vorsichtig, das Zeug entzündet leicht."

Widerspruchslos machte der andere sich an die Arbeit.

Kurze Zeit danach, als beide Verbrecher im Aufzug nach oben fuhren, fragte der Gorilla seinen Gefährten: "Wie soll das funktionieren?"

"In genau fünfundfünfzig Minuten gibt es einen Kurzschluss. Bis dahin ist der größte Teil des Alkohols verdunstet. Die Entlüftung habe ich abgestellt, damit er nicht abzieht. Viel wird da nicht übrigbleiben von dem Labor."

Am Handgelenk des Mörders glänzte die goldene Armbanduhr des Doktors. Nach einem kurzen Blick auf das Zifferblatt sagte er: "Aha, das ist gut. Übrigens hat der Pillendreher noch geredet, bevor er ausgeblutet ist. Hier gibt es einen Hubschrauberlandeplatz."

"Wo genau? In welcher Richtung?"

Beschämt schwieg der Gorilla. Danach hatte er nicht gefragt.

"Idiot", schimpfte Berg und trat aus dem Fahrstuhl.

Hinter ihm ließ der Gerügte ein drohendes Knurren ertönen. Blitzschnell fuhr der ehemalige Stasi-Offizier herum und versetzte dem anderen zwei harte Schläge in die Lebergegend. Wie ein nasser Mehlsack plumpste der Angegriffene zu Boden. Ungerührt stellte Berg seinen rechten Fuß auf den Hals des Komplizen und sprach mit kalter Stimme: "Wenn du noch mal aufmuckst, kannst du allein zusehen, wie du von hier fort kommst. Nachdem ich dir sämtliche Knochen gebrochen habe. Hast Du mich verstanden?"

Mit einiger Mühe rappelte der Niedergeschlagene sich auf und erwiderte zähneknirschend: "Entschuldige. Kommt nicht wieder vor." Nach einer kurzen Pause fügte er hinzu: "Chef."

Eine heftige Windböe trieb ihm warme Regenschauer ins Gesicht, als Berg die Haustür öffnete. Blitze zuckten herab. Krachend schlug der Donner fast zeitgleich in seine Ohren. Das Gewitter musste unmittelbar über dem Objekt stehen. Fluchend trat er zurück. Aus seiner Jackentasche nahm er den zusammengefalteten Lageplan.

"Der Alte hat noch ausgespuckt, Chef", ließ der Mörder sich vernehmen", dass hier am Gebäude ein Jeep steht. Der selber darf damit im Gelände rumkutschen, wann er wollte."

"Durfte", verbesserte Berg mit Anerkennung in der Stimme: "Bevor du ihn medizinisch behandelt hast."

Geschmeichelt schlug der Gorilla vor: "Ich hole das Ding. Du kannst dann hier einsteigen."

"Quatsch, ich vertrage den Regen genauso gut wie du."

Den Garagenanbau entdeckten sie sofort. Die Einfahrtstür war unverschlossen.

"Sachsenring P4 M", stellte Berg sachkundig fest: "Sogar der Zündschlüssel steckt."

Heftig zerrte der Sturm an dem Planenverdeck, als sie in Schrittgeschwindigkeit mit eingeschaltetem Licht einen Plattenweg entlang rollten, der laut Lageplan ins Zentrum des Objektes führte musste. Dort war ein freier Platz eingezeichnet. Es konnte sich dabei um das Flugfeld handeln. Auf beiden Seiten des gut befestigten Weges gewahrten sie im kurzlebigen Schein zahlreicher Blitze, zwischen lockerem Wald verschiedene flache Bauten.

"Die Bungalows der Bonzen", kommentierte der Gorilla verächtlich. Doch wenig später stieß er erregt hervor: "Mensch, da vorn steht die Mühle."

Der Scheinwerferkegel hatte die Silhouette eines Helikopters erfasst. Sofort bremste Berg den Wagen ab und setzte etliche Dutzend Meter zurück. Dort zweigte ein Weg in die Richtung ab, wo sich nach der Karte die Hauptkantine befinden musste. Eventuelle Posten sollten glauben, dass sie dahin gelangen wollten, sich aber wegen des Unwetters verfahren hatten.

Auf halbem Wege schaltete Berg das Licht ab und lenkte das Auto zu einer kleineren Baumgruppe. Hier stellte er den Motor ab. Sein Blick streifte das Leuchtzifferblatt der Fahrzeuguhr. "Noch etwa fünfunddreißig Minuten bis zum Knall. Wir erkunden das Gelände ums Flugfeld. Du gehst rechts, ich in die andere Richtung. Achte auf mögliche Posten. Wo sie stehen oder patrouillieren. Klar?"
Wortlos nickte der Doppelmörder mit dem Kopf und sprang aus dem Wagen. Nach wenigen Schritten hatte ihn die Dunkelheit verschluckt.

Gelangweilt döste der Mechaniker vor sich hin. Ab und zu nippte er an seinem Wodka. Träge schaute er dabei zu dem Piloten hin, der seitlich auf dem Feldbett lag und in einem Krimi las. Seit Tagen schon gab es für sie nichts mehr zu tun. Verdammter Job, dachte der Mechaniker gerade resignierend, schon ewig keinen Urlaub mehr gehabt. Dann nahm er einen kräftigen Schluck aus der Flasche. Sein Kamerad schaute kurz auf und sagte mahnend: "Sauf nicht so viel. Sonst bist du beim Einsatz nicht zu gebrauchen. Du weißt, was das für Strafen zur Folge hat."
Der Gerügte kommentierte die Kritik mit einem Fluch und setzte hinzu: "Hast du mal die Wetterlage betrachtet? Wer soll da fliegen?" Demonstrativ griff er erneut zur Flasche.

Die Blitze waren nun seltener geworden. Auch dem Donner fehlte jetzt die volle Kraft. Selbst der Regen schien dünner geworden zu sein. Nur der Wind wollte nicht nachlassen. Wütend peitschte er nasse Schwaden vor sich her.
Niemand bemerkte den Mann der sorgfältig die nähere Umgebung beobachtete. Längs der Zufahrt zum Landeplatz entdeckte er die Umrisse einer flachen Betonbaracke. Aus dem geöffneten Fenster eines beleuchteten Zimmers drangen

dumpfe Bässe moderner Rockmusik. Berg schlich geduckt neben der Hauswand entlang. Dicht an den Beton geschmiegt näherte er sich dem Fenster. Vorsichtig spähte er dann in den Raum. Danach zog er sich wieder zurück. Kurz darauf traf sein Komplize ein und berichtete, dass in der Nähe des Hubschraubers keine Wachen postiert waren.

Gerade als der Mechaniker die Wodkaflasche erneut an seine Lippen führe wollte, wurde mit einem Ruck die Tür aufgerissen. Ein gorillaartiger Typ stürmte herein und schlug dem überraschten Trinker die Flasche aus der Hand. Auf den Piloten stürzte sich ein zweiter Angreifer. Drei Minuten später lagen beide Zimmerinsassen notdürftig gefesselt am Boden.
"Hol das Zeug her. Benutze zurück den Wagen", befahl Berg dem Mörder. Ich unterhalte mich inzwischen mit den Jungs."
Sofort verließ der Gorilla das Zimmer, um den Auftrag auszuführen. Ohne Probleme erreichte er den Geländewagen. Als er auf dem Rückweg das Fahrzeug aus dem Wäldchen lenkte, stieg in etlicher Entfernung eine Stichflamme empor. Fast gleichzeitig vibrierte der Erdboden. Jetzt ist das Labor in die Luft geflogen, stellte der Fahrer zufrieden fest.
Nun konnten die Flammen durch den Aufzugsschacht nach oben rasen und den überirdischen Teil der Anlage in Brand setzen. Mit höhnisch verzerrtem Gesicht lachte der Gorilla vor sich hin.

Berg recherchierte angestrengt. Was er eben von der Besatzung erfahren hatte, machte seinen bisherigen Plan zunichte. Weil der Hubschrauber vom Typ Kamov lediglich zum Besprühen bestimmter Flächen mit Chemikalien vorgesehen war und daher ausschließlich in der inneren Sperrzone fliegen durfte. Sobald er sich der Grenze des Sicherheitsbereiches auf weniger als hundert Meter näherte, würde warnungslos das Feuer eröffnet.

Die Bewacher der geheimen Zone waren mit etlichen Schilkas ausgerüstet. Russische Vierlingsflak. Kaliber 23 mm. 53 Schuss pro Sekunde. Diese, mit Infrarotzieleinrichtung versehenen Selbstfahrlafetten waren daher für den Helikopter selbst bei Dunkelheit nicht zu überwinden. Sie flögen also in den sicheren Tod.

Auch auf dem Landwege musste jeder Fluchtversuch scheitern, denn nach der erwarteten Explosion dürfte mit verschärften Sicherungsvorkehrungen zu rechnen sein, überlegte der ehemalige Stasi-Mann. Nach Entdeckung ihrer Flucht unweigerlich einsetzende Fandungsmaßnahmen endeten erst, wenn man die Ausbrecher gefasst hätte. Lebendig oder tot.

Plötzlich schoss ihm die rettende Idee durch den Kopf. Blitzschnell überschlug er sämtliche Eventualitäten.

Ein dumpfes, nicht lautes Grollen riss ihn aus seinen Gedanken. Der Blick auf die Uhr zeigte ihm, dass es nicht vom abziehenden Gewitter stammte.

Unruhig registrierten die Gefesselten ein leichtes, aber ungewohntes Beben des Fußbodens. Lächelnd erklärte Berg: "Das war eure Giftküche. Sie ist eben explodiert."

Draußen ertönte aus der Ferne eine Sirene. Eilig begann Berg seinen neuen Plan umzusetzen. Mit Mullbinden und Heftpflaster aus einem Sanitätskasten verschloss er die Münder seiner Geiseln.

Der Doppelmörder schaltete den Motor ab, als Berg an das eingetroffene Fahrzeug trat und die neue Situation erklärte: "Wir müssen jetzt schnell handeln. Soeben ging ein telefonischer Befehl im Flugstützpunkt ein. Gegenwärtig wird ein Unglücksfall im Laborkomplex vermutet. Der Hubschrauber soll unverzüglich starten und die nähere Umgebung des Brandes mit chemischen Präparaten besprühen. Für den Fall, dass

Giftstoffe ausgetreten sind. Ideal für unser Vorhaben. Du wirst vorn beim Piloten sitzen und Weisung geben. Währenddessen führe ich mit dem zweiten Mann im Frachtraum ein Gespräch. Der war früher Fahrer bei einem General. Kennt dessen Datsche in der Nähe von Stralsund. Dort fliegen wir hin, holen uns Klamotten und alles was wir brauchen. Gibt es dazu noch Fragen?"

"In welche Richtung starten wir?"

"Sehr gut. Ich sehe, dass du mitdenkst", lobte Berg den Kumpan und klopfte ihm anerkennend auf die Schulter: "Hör genau zu. Beim Abflug lasse ich auf die richtige Kompasszahl drehen. Das entsprechende Gerät zeige ich dir. Den Kurs hat der Pilot ständig zu halten. Egal was passiert. Dafür sorgst du. Gleich neben dem Flugfeld befindet sich ein kleiner See. Den überfliegen wir mit geringer Höhe und Geschwindigkeit. Bis dahin führe ich das Kommando. Exakt zwanzig Sekunden, nachdem ich hintergangen bin, lässt du auf zweihundert Meter steigen. Da sind wir aus dem Sichtbereich der Wachen bereits verschwunden. Dann vollen Power geradeaus."

"Kann ich mir alles merken", entgegnete der Mörder stolz."

„Ach, da ist noch was. Die Fressen der beiden Kerle habe ich verklebt. Sonst reden die nur Scheiß. Und das Pflaster des Piloten bleibt dran. Es genügt, wenn er deine Befehle hört."

"Da kannst du sicher sein." Tatendurstig leuchteten die Augen des Gorillas. Mit einer schnellen Bewegung zog er das Skalpell hervor: "Der wird mir aus der Hand fressen wenn er dieses Ding an seiner Kehle spürt."

"Los jetzt. Holen wir die Burschen. Bis zur Maschine können sie hüpfen. Drinnen kannst du dem Piloten die Fesseln abnehmen. Den Sack schlepp ich selber."

Vollalarm! An alle Posten war telefonisch Befehl ergangen, bei jeglicher Verletzung des inneren Sicherheitsbereiches ohne Warnung von der Waffe Gebrauch zu machen.

Unterdessen suchten die alarmierten Besatzungen der Schilkas mit Infrarotscheinwerfern die Umgebung nach möglichen, tief fliegenden Zielobjekten ab. Die zentrale Feuerleitstelle hingegen war mit einem Rundsichtradar ausgestattet. Damit konnten auch weiter entfernte und höher fliegende Objekte erfasst werden.

In der Kommandantur hatten sich die verantwortlichen Offiziere versammelt. Hier glaubte man zu keinem Zeitpunkt an ein Unglück.

Knapp Zehn Minuten nach der kurzen Besprechung lag der Mechaniker verschnürt im Frachtraum des Helikopters. Um den Hals des Piloten hatte der Gorilla eine Schlinge gelegt, die in seiner linken Hand endete. Mit rechts hielt er das Skalpell. Er selbst saß bequem im Sitz des zweiten Flugzeugführers. Berg stand hinter den Beiden. Mit finsterem Gesicht gab er den Befehl zum Anlassen der Turbinen. Offenbar wollte der Pilot etwas sagen. Aber aus seinem verstopften Mund drangen nur verstümmelte Laute. Die Schneide des Skalpells berührte die Haut an seinem Kehlkopf und brachte ihn zum Schweigen.

Langsam liefen die gegenläufigen Koaxialrotoren an. Das unregelmäßige Knattern der beiden Gasturbinen ging allmählich in gleichmäßiges Brummen über und wurde schließlich von einem hohen Pfeifton überlagert. Berg rief in den Lärm der Aggregate: "Abheben. Sofort. Auf zwanzig Meter Höhe gehen. Kurs Nord-West."

Wieder musste die stählerne Schneide in Aktion treten, ehe der Pilot den Weisungen nachkam. Starke seitliche Windböen erfassten das Fluggerät. Dennoch gelang ein sicherer Start.

"Dreißig Stundenkilometer, Vorwärts!"

Diesmal gehorchte der Mann sofort. Der Regen schien wieder stärker geworden zu sein. Die Scheibenwischer hatten voll zu tun, um wenigstens eine mäßige Sicht zu schaffen. Unablässig peitschten Wasserschwaden gegen die Frontscheiben.

Nur schwach erkennbar bewegten sich in der Ferne Lichter von Löschfahrzeugen und anderen Spezialwagen. Unter dem Helikopter huschten Flugfeldbegrenzungen aus Maschendraht hindurch. Danach begann die Wasserfläche des kleinen Sees. Nun befahl Berg eine Flughöhe von nur fünf Metern. Dann tippte er dem Komplizen auf die Schulter und verschwand im Frachtraum. Dabei schloss er die Verbindungstür. Den Sack mit den Dokumenten und der gefährlichen Holzkiste trug er bei sich.

Genau zwanzig Sekunden später brüllte der Doppelmörder dem Flugzeugführer in das Ohr: "Steigen! Auf zweihundert Meter."

Heftig schüttelte der Aufgeforderte seinen Kopf. Er nahm eine Hand von den Steuergeräten und zerrte an dem Heftpflaster vor seinem Mund. Es war jedoch mehrfach herumgewickelt und außerdem drückte das Skalpell erneut gegen seine Kehle:

"Du störrischer Kadaver", tobte der Gorilla wütend: "Hoch die Kiste, oder ich lass dich ausbluten."

Verzweifelt befolgte der Pilot nun die selbstmörderische Weisung. Dabei beobachtete der Gorilla aufmerksam den Höhenmesser, dessen Funktion ihm der Komplize vor dem Start erklärt hatte. Genau nach Erreichen der vorgeschriebenen Höhe befahl er: "Halt! Nicht weiter steigen. Geradeaus mit vollem Dampf. Na los, wird's bald? Immer in die gleiche Richtung."

Er befand sich auf dem höchsten Gipfel des Glücks. Nun befehligte er sogar einen Hubschrauber. Das hatte er noch vor drei Stunden nicht einmal zu träumen gewagt. Sein Kumpel vertraute ihm. Der ist in Ordnung, dachte er froh.

Welch verhängnisvollem Irrtum er unterlag, würde nicht mehr in sein Bewusstsein gelangen.

Hauptfeldwebel Schindler schaute konzentriert auf den grünen Monitor des Rundsichtradars. Dann griff er zum Hörer des Feldtelefons: "Kontrollstelle Luftabwehr. Unberechtigtes Flugobjekt aus innerem Sperrbereich nähert sich dem Sicherheitsring aus Richtung SÜD."

Die vierköpfige Besatzung der ZSU-234 Schilka war hellwach. Ihre zwei Funkorter aktivierten das Funkmeßfeuerleitgerät, in dem alle zur Steuerung des Aggregates notwendigen Komponenten vereint waren. Schon wenige Sekunden danach drehte die Hydraulik der mobilen Flakbatterie ihre vier Schnellfeuerkanonen in die genau ermittelte Anflugrichtung. Ohne Zögern befahl der Kommandant: „Feuer!"

In rascher Folge verließ großkalibrige Leuchtspurmunition die Stahlrohre der Maschinenwaffen. Vier parallele Geschoßbahnen bohrten sich in das Dunkel der Nacht.

Angestrengt spähte der selbsternannte Befehlshaber des Hubschraubers durch die Frontscheibe. Trotz der infolge schlechten Wetters stark eingeschränkten Sicht gewahrte er seitlich voraus, unterhalb des Helikopters ein helles Aufblitzen. Noch ehe er begreifen konnte, dass es sich um Mündungsfeuer handelte, rasten tödliche Projektile heran und rissen die seitliche Blechverkleidung auf. Unmittelbar danach schlugen weitere Explosivgeschosse schräg von unten in das Fluggerät ein. Diesmal trafen sie den komplizierten Mechanismus der Blattwinkelsteuerung. Dadurch ging die Fähigkeit verloren, kontrollierte Flugmanöver durchzuführen. Der Hubschrauber begann sich schwerfällig um die eigene Achse zu drehen, um schließlich taumelnd wie ein verletztes Insekt, an Höhe zu verlieren.

Prasselnd peitschte eine weitere Salve den Rumpf, traf die oberhalb angebrachten Gasturbinen Die Unwucht der dadurch beschädigten Turbinenblätter riss beide Triebwerke auseinander. Antriebslos stürzte die Maschine, deren beschädigte

Steuertechnik auch eine Autorotation nicht mehr möglich machte, in die Tiefe. Noch in der Luft fingen die Tanks Feuer. Augenblicke später krachte das Wrack auf den Erdboden. Eine grelle Stichflamme erhellte die Umgebung, als das Flugbenzin explodierte.

Keiner der Insassen überlebte den Absturz.

Die warmen Strahlen der Augustsonne trockneten die letzten, vom Unwetter der vergangenen Nacht übriggebliebenen, nassen Flecken.

Generalmajor Nerlinger blickte gedankenverloren aus dem offenen Fenster seines Dienstzimmers. Mittelgroße Kiefern versperrten die Sicht auf den etwa vierhundert Meter entfernt liegenden Laborkomplex. Dünne Rauchschwaden über den Wipfeln verrieten jedoch den Standort der noch immer schwelenden Ruine.

Vor einer knappen Stunde, also unmittelbar nach der Meldung, dass zwischen den Resten der ausgebrannten Maschine die völlig verkohlten Leichen mehrerer Personen gefunden worden waren, hatte der Objektkommandant erleichtert die besonderen Sicherungsmaßnahmen aufheben lassen. Zu diesem Zeitpunkt wusste man noch nicht genau, wie es den beiden Gefangenen gelungen war, aus dem Zellenbunker zu entweichen. Detaillierte Auskünfte über die tatsächlichen Geschehnisse dürften erst nach eingehender Untersuchung vorliegen.

Berlin war schon von der erfolgreichen Fluchtverhinderung in Kenntnis gesetzt worden. Dennoch graute dem General vor der unvermeidlichen Begegnung mit seinem Vorgesetzten.

Nerlinger drehte sich jetzt um und sah einen Untergebenen an, der schweigend auf die Worte des Generals wartete. Schließlich fragte der: "Was können sie berichten?"

"Die Spurensicherung im Labor ist schwierig und geht nur langsam voran. Meine Leute müssen in bakteriologischen

Schutzanzügen mit interner Luftversorgung arbeiten. Der komplette Aufzugsmechanismus wurde total zerstört. Gegenwärtig bringen wir eine behelfsmäßige Vorrichtung an. Immerhin liegt der Bunker in dreißig Metern Tiefe."

Ungehalten kniff Nerlinger die Augenbrauen zusammen.

"Beschleunigen sie die Ermittlungen. Ich brauche kurzfristig verwertbare Ergebnisse."

Als der Untergebene den Raum verließ, stieg unvermittelt dumpfe Wut im General auf. Hasserfüllt dachte er an den ehemaligen Angehörigen des Ministeriums, der durch seinen sinnlosen Fluchtversuch die gegenwärtigen Ungelegenheiten verursacht hatte. Dabei er gar nicht, welchen Ärger der vermeintlich Tote ihm noch verschaffen sollte.

Harald Berg spähte vorsichtig durch eine Lücke in der dichten Hecke. Nur wenige Meter von ihm entfernt stand der Wolga des Generals. Niemand schien sich in der Nähe aufzuhalten.

Alles oder nichts, sagte sich der Liegende jetzt und schlängelte seinen Körper zwischen das biegsame Gezweig. Dicht an den Erdboden gepresst robbte er dann über die freie Fläche zum Fahrzeug. Dessen Kofferraum war unverschlossen. Ein Stein fiel dem Flüchtling vom Herzen. Kurz entschlossen wälzte er sich über die Ladekante. Mit metallenem Geräusch rastete die Blechklappe wieder ein. Minutenlang wartete er darauf, dass der Kofferraum aufgerissen würde. Doch es geschah nicht. Anscheinend hatte keiner etwas bemerkt.

Langsam fiel die Spannung der letzten Stunden von dem blinden Passagier ab. Nun musste er seinem Glück vertrauen. Ich habe alles getan um den Feind zu täuschen, dachte er erschöpft. Den Absturz aus einer Höhe von zweihundert Metern und die anschließende Explosion konnte kein Mensch überlebt haben. Vorerst würden die Genossen den dritten Körper oder was noch davon übrig war, für seine Leiche halten. Sicherheitshalber hatte er, bevor er sich in fünf Meter Höhe aus der Heckklappe des Frachtraumes fallen ließ, dem Mechaniker das Genick gebrochen und erst danach Fesseln und Knebel entfernt, damit kein Zweifel entstand. Nur schade, dass der Sack mit dem erbeuteten Material beim Aufprall auf die Wasseroberfläche abhanden gekommen war.

"Gottverdammte Scheiße", fluchte er in Gedanken vor sich hin. Aber das nackte Leben war wichtiger als diese Papiere. Und das verloren gegangene Gegenmittel konnte ihn ohnehin nicht mehr retten, wie der Arzt zugegeben hatte.

Nach den durchgemachten Anstrengungen überkam ihn nun ein starkes Müdigkeitsgefühl. Mit aller Kraft musste er sich jetzt zum Munterbleiben zwingen, denn er wollte genau verfolgen, was um das Auto herum geschah. Angestrengt lauschte er in das Dunkel seines selbstgewählten Gefängnisses.

Im Büro des Generals hatten sich etliche Mitarbeiter zur Lagebesprechung eingefunden.

Unter der Decke ballten sich dichte Qualmwolken zusammen, denn die Untergebenen rauchten ununterbrochen, während sie dem Chef aufmerksam zuhörten. Mitten in dessen Rede hinein klingelte das Telefon. Verärgert hob Nerlinger den Hörer ab und sprach ungehalten in das Mikrofon: "Hab ich nicht deutlich genug angewiesen, dass ich nicht gestört werden möchte?"

Als jedoch eine wohlbekannte Stimme aus der Muschel klang, nahm der Nerlinger unbewusst im Sitzen Haltung an. Mit höchster Gespanntheit lauschte er jetzt den Worten seines Gesprächspartners. Eine knappe Minute später sagte er beflissen: "Zu Befehl, Genosse Minister. Unverzüglich."

Mit zitternder Hand legte er den Hörer zurück auf die Gabel. Im Raum herrschte Totenstille.

Nun wandte sich der Chef an seine Mitarbeiter: "Genossen, verfahren sie entsprechend den getroffenen Beschlüssen. Jede

Einzelheit der jüngsten Vorkommnisse möchte ich schriftlich auf meinem Schreibtisch liegen haben. Dazu ausführliche Stellungnahmen der verantwortlichen Bereichsleiter. Warum es zu dem Ausbruch, dem Brand und dem Raub des Helikopters überhaupt kommen konnte, ohne dass die Wachmannschaften rechtzeitig davon etwas bemerkten. Des Weiteren sind Vorschläge zu unterbreiten, wie derartige Pannen künftig ausgeschlossen werden können."

Bei den letzten Worten begann der General hastig, verschiedene Unterlagen von seinem Schreibtisch in eine Aktentasche zu packen.

Die Schritte hatte der Mann im Kofferraum gar nicht vernommen. Erst als die Fahrertür geöffnet wurde, war er schlagartig hellwach. Kurz darauf sprang der Motor an. Wenig später holperte der Wolga über unebene Betonplattenwege.

Schon nach fünf Minuten blieb der Wagen wieder stehen. Nur gedämpft vernehmbare Stimmen erklangen. Dann verließ der Fahrzeugführer bei laufender Maschine das Auto. Die hintere Tür klappte. Berg konnte die Ursache der Geräusche unterscheiden. Zuletzt wurde die vordere zugeschlagen. Nerlinger hat das Fahrzeug bisher selbst gesteuert und ist nun nach hinten umgestiegen, schlussfolgerte der heimliche Passagier. Demnach befinden wir uns bereits außerhalb des inneren Sperrkreises. Offenbar durfte der Fahrer, der eben zugestiegen war, diesen nicht betreten.

Niemand kümmerte sich um den Kofferraum. Berg atmete tief durch, als der Wagen erneut anfuhr. Die gefährlichste Situation war gemeistert. Erstaunlich, wie leichtsinnig die Wachmannschaft die Durchfahrt des Generals handhabe. Bei einem derart geheimen Objekt. Kaum zu glauben. Man musste mächtigen Schiss vor dem Chef haben. Ihm sollte das nur recht sein. Trotz der unbequemen Haltung und den harten Stößen, die er bei jeder Bodenunebenheit einstecken musste, schlief er erschöpft ein

Als der blinde Passagier apäter wieder zu sich kam, war bereits einige Zeit vergangen. Gleichmäßiges, monotones Rauschen des Fahrtwindes drang an seine Ohren. In kurzen Abständen schlugen die Reifen gegen eine Unebenheit. Autobahnplatten, vermutete er sofort.

Sein Gesicht war schweißüberströmt. Der Atem ging schwer. Wahrscheinlich ist die Luft im Kofferraum verbraucht, dachte er resigniert. Wenn er die Klappe öffnete, würde der Sog sie völlig aufreißen. Mit großer Anstrengung zwang er sich zu langsamerem Atmen. Dabei verspürte er einen schwachen Luftzug. Gott sei Dank, der Kofferraum schien doch nicht ganz dicht zu sein.

Eine Weile versuchte er erfolglos, ein Gespräch zwischen den Insassen des Autos zu erlauschen. Aber der General unterhielt sich nicht mit seinem Fahrer. So döste Berg vor sich hin, um nur gelegentlich aus seinem Schlummer gerissen zu werden, wenn der Wagen bremste oder die Fahrtrichtung änderte. Dabei merkte er nicht, wie die Zeit verrann.

Plötzlich eintretende Stille ließ den ehemaligen Stasi-Mann aufschrecken. Fahrzeugtüren klappten. Schritte entfernten sich. Danach blieb alles ruhig. Berg tastete in der Dunkelheit nach dem Mechanismus der Kofferraumklappe. Dann schob er die Abdeckung langsam ein kleines Stück nach oben. Gleich darauf blendete ihn helles Tageslicht. Seine Augen schmerzten. Blinzelnd spähte er durch die spaltbreite Öffnung. Unmittelbar vor ihm ragte eine weiß gekalkte Mauer auf. Der Wolga parkte mit dem Heckteil direkt an der Außenwand eines Gebäudes. Beiderseits standen zahlreiche Autos.

Mit einem Ruck schob der Mann das Blech weiter nach oben. Auf alles gefasst glitt er aus dem Wagen. Schnell drückte er die Klappe wieder zu und warf sich auf den Erdboden, jede Sekunde eines Anrufes gewärtig. Er hatte Glück. Sein Ausstieg schien von niemand bemerkt worden zu sein. Ächzend änderte er die Körperhaltung. Alle Knochen taten ihm weh. Auf die hintere Stoßstange gestützt, hob er seinen Kopf über den Kotflügel. Sekunden danach ließ er sich erneut zu Boden gleiten. Ratlosigkeit spiegelte sich in seinen Gesichtszügen. Nichts konnte ihn schlimmer treffen als das, was er gerade gesehen hatte.

Er befand sich mitten in Berlin. Normannenstraße. Hauptquartier des Ministeriums für Staatssicherheit.

Alle vier Stellvertreter des Ministers wohnten der kurzfristig anberaumten Beratung bei. Sie warteten darauf, dass der Minister die Besprechung begann.

Erich Mielke fixierte den in Ungnade gefallenen General aus halbgeschlossenen Augen. Nerlinger hielt dem Blick des obersten Vorgesetzten stand. Ein Ausweichen würde dieser ungünstiger bewertet haben. Wenigstens musste die Ungewissheit bald vorüber sein. Zwei Stunden hatte man ihn im Vorzimmer schmoren lassen.

"Sie haben versagt. Vollständig versagt", stellte der Chef in sachlichem Ton fest, um anklagend hinzuzufügen: "Das Projekt wird durch ihr Verschulden um Jahre zurückgeworfen."

Nach diesen Worten schwieg der Redner einen Augenblick um dann scheinbar freundlich zu fragen: "Möchten sie dem noch etwas hinzufügen? Zu ihrer Verteidigung?"

Nerlinger ließ sich nicht täuschen. Nur ehrliche Reue konnte ihn jetzt noch retten: "Nein, Genosse Minister. Ich bekenne mich in vollem Umfang schuldig. Die Ausführung meiner Befehle hätte ich kontrollieren müssen. Deshalb trage ich allein die Verantwortung für sämtliche Folgen von Nachlässigkeiten in meinem Bereich. Geben sie mir bitte Gelegenheit, einen Teil des Schadens wieder gutzumachen."

"Hört ihr?" wandte sich der Minister an seine engsten Mitarbeiter. Das ist die Antwort eines wirklichen Kommunisten. Steht für seine Entscheidungen gerade. Nehmt euch daran ein

Beispiel. Ihr hingegen kommt mir ständig mit irgendwelchen Ausflüchten, wenn etwas schiefgelaufen ist."

Als einer der Stellvertreter den Mund zur Erwiderung öffnen wollte, winkte der Chef ungehalten ab: "Das ist einfach eine Klassenfrage, Genossen. Darüber gibt es nichts zu diskutieren. Kommen wir lieber zur Sache."

Ein Ordonanzoffizier betrat den Raum, eilte zum Minister und flüsterte ihm etwas ins Ohr.

"Was? Das ist doch unmöglich." Auf Mielkes Gesicht zeichnete sich tiefe Bestürzung ab:

"Sagen sie das laut", befahl er dann.

"Vor wenigen Minuten wurde Generalleutnant Franz Gold, Leiter der Hauptabteilung Personenschutz, mit gebrochenem Genick in seinem Dienstzimmer aufgefunden. Er trug nur Unterwäsche. Neben der Leiche liegt eine verdreckte Mannschaftsuniform. Seine Ausweisdokumente sind verschwunden. Ebenso der Dienstwagen des Toten. Alle Objektausgänge wurden bis auf weiteres für sämtliche Personen gesperrt."

Die Generale erstarrten förmlich. Lediglich Mielke schien seine Fassung behalten zu haben.

Drohend vibrierte die Stimme des Ministers, als er befahl: "Los, los. An die Arbeit, Genossen. Erstatten sie mir unverzüglich Meldung, sobald erste Erkenntnisse vorliegen."

Eilig verließen die Abteilungsleiter den Raum.

In der Uniform des getöteten Generals war Berg mit dessen Dienstwagen ohne Personenkontrolle an der Objektwache vorbei, in den Berliner Straßenverkehr gelangt. Noch ehe seine früheren Kollegen umfangreiche Fahndungsmaßnahmen einleiten konnten, befand er sich bereits auf der Autobahn in Richtung Süden. Später wollte er auf Nebenstraßen sein vorläufiges Ziel erreichen. Dort würde er die notwendigen Papiere erhalten, die ein gefahrloses Verlassen des Landes ermöglichten. Im Ausland könnte er dann endgültig untertauchen.

Neben seinen Stellvertretern saß auch der persönliche Referent des Stasi-Chefs im Zimmer. Die meisten Plätze am langen Konferenztisch blieben jedoch unbesetzt. An der vorgesehenen Beratung sollten nur wenige Führungsleute teilnehmen.

Vorerst diskutierten die mächtigen Männer über den jüngsten Sieg des BFC Dynamo. Mit einem Federstrich hatte der Minister vor einiger Zeit die besten Fußballspieler des Landes der Berliner Mannschaft einverleibt, die von ihm persönlich protegiert wurde. Nun schien sich das endlich auszuzahlen.

Als die Tür aufging und General Nerlinger in Begleitung von zwei Unteroffizieren den Raum betrat, verstummte das angeregte Gespräch. Während die beiden offensichtlichen Bewacher sich wieder zurückzogen, setzte sich der in Ungnade gefallene General auf einen Stuhl. Sein Gruß an die Genossen bewirkte jedoch lediglich flüchtiges Kopfnicken. Jeder von ihnen hatte plötzlich mit seinen Unterlagen zu tun.

Kurz darauf erschien Erich Mielke. In seiner Begleitung befand sich ein Oberstleutnant. Die Wartenden erhoben sich.

Der Minister sagte: "Bleiben sie sitzen. Den Genossen Skorpischnik stellt mir Markus Wolf zur Verfügung. Er ist in alles eingeweiht. Den Rest erzählt er ihnen selber."

Mielke nahm an der Stirnseite des Tisches Platz und machte eine auffordernde Bewegung mit der Hand. Gelassen trat der bullig wirkende Oberstleutnant daraufhin an den Tisch, legte seine Papiere ab und begann zu berichten:

"Ich fasse die aktuellen Ermittlungsergebnisse zusammen. Am 23. August 1977 gelang es dem früheren Mitarbeiter Harald Berg durch gezieltes Vortäuschen eines Selbstmordversuches, den Wachhabenden im Zellenbereich des Greifswalder Objektes X zu überlisten. Er tötete ihn, befreite einen mit inhaftierten Doppelmörder, der ebenso wie er selbst zu medizinischen Versuchen vorgesehen war, überwältigte danach den wissenschaftlichen Leiter des Projektes 177 und drang in das unterirdische Labor ein. Offenbar folterten die

Ausbrecher den Arzt dort auf grausamste Weise, soweit das die verbrannte Leiche noch erkennen ließ und entwendeten den gesamten Inhalt des Panzerschrankes. Danach vernichteten sie das Labor durch Feuer und zwangen den Piloten des chemischen Sprühdienstes zum Flug aus der Sicherheitszone. Durch gezielten Flakeinsatz konnte die Flucht noch verhindert werden. Im Wrack des Hubschraubers befanden sich nach dem Ergebnis der Obduktion die Leichen von Pilot und Mechaniker, sowie des Mörders. Harald Berg war zum Zeitpunkt des Absturzes nicht in der Maschine. Das steht unzweifelhaft fest. Ebenso wenig die aus dem Tresor erbeuteten Unterlagen."

An dieser Stelle unterbrach der Redner seinen Bericht und schaute zu General Nerlinger. Dessen Gesicht war rot angelaufen. "Sind sie sicher? Wo soll denn der Kerl hin sein?"

"Hier stellen wir die Fragen", warf Mielke ungehalten ein: "Was konkret befand sich in dem Safe?"

Nerlinger machte sich klein auf seinem Stuhl: "Theoretisches Material zur die Entwicklung von 177 und hundert Kubikzentimeter des Präparates."

Schweigen erfüllte den Raum. Erst nach einer Weile befahl der Minister: "Weiter."

Skorpischnik schaute in seine Papiere und führte dann aus: "Nachdem der Genosse Nerlinger die Lockerung der verschärften Sicherheitsmaßnahmen veranlasst hatte, gelang es Berg, im Kofferraum von dessen Wagen die Sicherheitszone zu passieren."

Wütend fuhr der Beschuldigte hoch: "Das ist eine Lüge! Ist völlig, aus der Luft gegriffen, diese abenteuerliche Theorie."

"Maul halten", brüllte Mielke erbost. Zu Skorpischnik gewandt, fügte er hinzu: "Und nennen sie den Versager gefälligst nicht noch mal Genosse."

Als der General erneut zum Reden ansetzen wollte, schnitt ihm der oberste Chef mit einer herrischen Handbewegung jede weitere Äußerungsmöglichkeit ab:

"Sparen sie sich ihre Entschuldigungen für den Staatsanwalt auf."

Schwer atmend sank der Gemaßregelte auf seinen Stuhl zurück. Den folgenden Vortrag des Oberstleutnants vernahm er nur im Unterbewusstsein:

"Hier im Objekt verließ er unbemerkt den Kofferraum, drang in das Zimmer des Genossen Gold ein, tötete diesen mit einem Spezialgriff und verließ mit seinen Ausweispapieren und dessen Lada das Objekt. Diese Erkenntnisse beruhen auf der Spurensicherung an den einzelnen Tatorten und im Kofferraum des PKW."

Niemand sprach ein Wort. Mit verschränkten Armen lief Mielke jetzt hin und her. Schließlich blieb er stehen: "Also, was ist? Welche Vorschläge haben sie? Sind sie sich überhaupt im Klaren darüber, was das bedeutet? Der Mann ist im Besitz von hochbrisanten Unterlagen und einem Virus, mit dem letztendlich die ganze Welt vernichtet werden kann."

"Wenn sie gestatten, Genosse Minister, möchte ich dazu etwas feststellen", warf Skorpischnik ein.

"Bitte."

"Wie letztlich zweifelsfrei rekonstruiert werden konnte, entwendeten die Täter aus dem Materialraum des Labors einen innen mit Gummi beschichteten Segeltuchsack. Nach meiner Ansicht transportierten sie damit ihre Beute ab. Theoretisch müssten demnach im Kofferraum des Wolga Materialspuren von dem Sack vorhanden sein. Dies ist aber nicht der Fall."

"Meinen sie etwa, das kann man so genau feststellen", zweifelte Mielke mit gerunzelter Stirn: "Und überhaupt, woher wollen sie wissen, dass ein Stoffsack im Labor fehlt? Dort ist doch alles verbrannt."

"Ursprünglich befanden sich in dem Sack Wäschestücke. Aus der Lage der verbrannten Reste schlossen Experten, dass sie zuvor ausgekippt worden sind. Nicht von Tatortberechtigten. Das haben die Verhöre ergeben. Dies legt den Schluss nahe, man habe ein Transportbehältnis benötigt. Was die negative

Feststellung von Materialspuren im Wolga betrifft, so lassen sich allein an den Filzmatten, mit denen der Kofferraum ausgelegt ist, noch so winzige Partikel nachweisen. Ich gehe daher mit ziemlicher Sicherheit davon aus, dass die Beute sich noch im Greifswalder Objekt befindet."

"Aber das wäre ja dumm von dem Mann", entgegnete Mielke, noch immer nicht restlos überzeugt von den Darlegungen seines Untergebenen.

"Wir kennen die Umstände nicht, unter denen er lebend aus dem Hubschrauberwrack raus gekommen ist, was an sich schon undenkbar ist. Wenn er überhaupt da drinnen war. Keiner weiß bis jetzt, wie die Sache wirklich abgelaufen ist. Wir dürfen daher das Geschehen nicht einfach aus der Sicht des Täters mit uns logisch erscheinenden Handlungsweisen zu erklären versuchen."

An dieser Stelle wagte Nerlinger, sich erneut in das Gespräch einzuschalten: "Neben dem Flugfeld liegt ein See. Nach Angaben der Luftverteidigung überflog ihn der Helikopter in sehr geringer Höhe. Und auch sehr langsam. Möglicherweise ist dieser Berg dort abgesprungen. Und hat den Sack beim Aufprall auf das Wasser verloren."

Mielkes Gesicht hellte sich auf. Scharfsinnig erklärte er: "Dann hat er offenbar den anderen absichtlich geopfert, weil er wusste, dass die Luftabwehr nicht zu überwinden war. Und mit dem dritten Mann in der Maschine wollte er uns sichtlich täuschen. Genial. So ein abgebrühter Strolch. Wenn ihr nur auch mal so raffiniert voraus denken wolltet. Auf jeden Fall will ich den cleveren Burschen lebend. Habt ihr das gehört, Genossen?"

Der Minister blickte die Sitzenden jetzt streng an. Dabei schien er zu überlegen. Schließlich sagte er: "Ach was, legt ihn um. Aber dass mir dieser See unverzüglich abgesucht wird. Jeder einzelne Liter Wasser."

Sein Blick heftete sich auf den in Ungnade gefallenen General: "Das dürfen sie persönlich leiten, Nerlinger. Ich gebe ihnen die Chance. Finden sie mir ja dieses Zeug. Haben sie mich verstanden?"

"Jawohl, Genosse Minister", beeilte sich der Angesprochene erleichtert zu versichern.

Jetzt meldete Skorpischnik sich erneut zu Wort: "Unabhängig davon schlage ich Folgendes vor. Eingänge und Luftschächte des beschädigten Laborbunkers werden mit Beton versiegelt. Unmittelbar danach erfolgt die Einebnung des betreffenden Geländes und eine Anpflanzung schnell wachsenden Kieferngehölzes. Die Verteilung der Bäume geschieht ähnlich der Streuung in umliegenden Waldflächen. Sehr bald wird dann nichts mehr auf das ehemalige Labor hindeuten."

"Sehr gut, Genosse Oberstleutnant," stimmte Mielke zu: „Auch das wird Nerlinger veranlassen. Dabei kann er wenigstens keinen großen Schaden anrichten."

Pflichtbewusst lachten seine Untergebenen.

Einer der Anwesenden wandte sich an den Minister: "Damit ist der bisherige Zweck dieses Objektes entfallen. Was wird aus dem dort stationierten Personal? Die Leute sind bereits länger als ein Jahr in Quarantäne."

Mielke überlegte nicht lange: "Das Gelände wird künftig zu allgemeinen Ausbildungszwecken genutzt. Natürlich bleibt die innere Sperrzone vorerst erhalten. Schaffen sie alle, die Einzelheiten zu 177 wissen, sehr weit weg. Am besten nach Sibirien. Zumindest bis Gras über die Sache gewachsen ist. Setzen sie sich dazu mit unseren sowjetischen Genossen in Verbindung. So wird es für alle am besten sein. Keinesfalls darf irgendwas an die Öffentlichkeit gelangt."

General Nerlinger starrte fasziniert auf den durchsichtigen Spezialbehälter mit der Nummer 199. Gerade mal vor einer Stunde hatten Kampfschwimmer den gesuchten Sack vom Grunde des Sees bergen können. Von den noch immer nassen Papieren lief Wasser auf den Schreibtisch und tropfte über die

Kante hinab. Hundertneunundneunzig, grübelte der General jetzt. Der Flascheninhalt unterschied sich äußerlich in nichts von dem anderen Präparat mit der Aufschrift 177. Was war das? Warum die andere Zahl? Sollte es sich tatsächlich um das Gegenmittel handeln, dessen Herstellung im Widerspruch zu den Berichten des getöteten Doktors bereits gelungen war? Andere Möglichkeiten schloss der General nach einiger Überlegung aus.

Also hat mich dieser Strolch hintergangen, dachte Nerlinger erbost. Andererseits ist das gar nicht so übel. Nun konnte er dem Minister das komplette Ergebnis der Forschung vorlegen. Trotz des Laborverlustes also ein ungeheurer Erfolg. Die theoretischen Grundlagen dazu ergaben sich aus den sichergestellten Aufzeichnungen. Davon verstand er jedoch nichts. Das würden Fachleute überprüfen. Jetzt galt es lediglich, das Zeug ohne Zeitverzug nach Berlin zu überstellen, noch bevor dieser Skorpischnik davon erfuhr. Zum Glück war der gerade nicht anwesend. Sonst würde er die Lorbeeren selber einheimsen. In Nerlinger stieg Zorn auf. Ihm diesen Oberstleutnant als Babysitter aufzudrängen. Deshalb musste er schnell handeln. Vorsichtig stellte er das Gefäß zu dem anderen zurück in den Doppelkasten und verstaute dann die noch feuchten Papiere in seiner Aktentasche.

Oberstleutnant Skorpischnik trank bereits den dritten Kaffee aus. Nachdenklich saß er auf einem Stuhl in der Wachstube des Zuganges zum äußeren Sicherheitskreis. Vom Minister waren ihm zuvor alle Vollmachten übertragen worden, die im Zusammenhang mit der Ermittlung standen. Warum er sich zu diesem Zeitpunkt an der Kontrollstelle aufhielt, hätte er selbst nicht genau begründen können. Aber ein schwaches, unbestimmtes Gefühl sagte ihm, dass an dieser Stelle etwas Entscheidendes passieren könnte. Und er sollte Recht behalten.

Nerlinger passierte er den inneren Sicherheitskreis. Dabei gab es keine Probleme. Der Wachmann nickte ihm sogar freundlich zu, ohne der strengen Vorschrift zu entsprechen, wonach jegliche Person zu überprüfen war.

Während der Objektleiter den Wagen eigenhändig über Plattenweg in Richtung äußerer Kontrollstelle lenkte, griff der höfliche Postenführer zum Telefon.

Erst am Schlagbaum der Außensicherung bremste Nerlinger den Wagen wieder ab. Normalerweise brauchte er auch hier nicht völlig anzuhalten. Sobald die Uniformierten den Chef erkannten, winkten sie das langsam fahrende Auto durch. Heute lief das offenbar anders. Vorschriftsmäßig grüßend trat der Wachoffizier an die Wagentür: "Entschuldigen sie, Genosse General, darf ich bitte ihren Passagierschein sehen?"

Nerlinger lief rot an: "Wissen sie nicht, wer ich bin?"

„Das schon. Tut mir leid. Die äußere Zone darf nur noch mit besonderer Genehmigung verlassen werden. Ohne Ausnahme. Das wurde von Oberstleutnant Skorpischnik ausdrücklich angewiesen."

"Mann, sind sie wahnsinnig? Zum Teufel mit diesem Oberstleutnant. Ich bin es, der hier die Befehle erteilt. Machen sie sofort den Schlagbaum auf oder sie robben künftig als Gefreiter durch den Sand."

Jetzt war der Offizier blass geworden. Der Chef schien die Drohung ernst zu meinen. Unsicher schaute der Leutnant zu dem Feldwebel an der Schranke. Dieser deutete den Blick des Vorgesetzten als Aufforderung. Sogleich betätigte er den elektrischen Mechanismus. Die Sperre begann sich zu heben. Genau in diesem Augenblick trat Skorpischnik aus dem Wachgebäude. "Was geht hier vor?"

Schadenfroh blickte er zum Wolga des Generals. Doch gleich darauf hatte er die Situation erfasst und rief dem Wachposten lautstark zu: "Runter mit der Schranke."

Doch es war bereits zu spät. Mit aufheulendem Motor beschleunigte der Wagen.

Nerlinger frohlockte. Dem hatte er es aber gezeigt. In Berlin würde er sich schon zu rechtfertigen wissen. Er hörte nicht mehr, wie fünfzig Meter hinter ihm die wütende Stimme des verhassten Kollegen befahl:

"Schießen sie, ich verantworte es."

Erschrocken starrte der Posten den Oberstleutnant an. Ist der verrückt geworden? Auf den eigenen Chef schießen?

Skorpischnik war mit wenigen Schritten bei dem Mann, riss ihm den AK-47 aus den Händen und legte niederkniend das Sturmgewehr an. Trocken knatterte die Waffe los. In mehreren kurzen Feuerstößen leerte der Schütze das Magazin.

Erst die dritte Salve schlug in das Heck des Fahrzeuges. Ein Geschoss durchdrang die hintere Scheibe und traf den Fahrer in die rechte Schulter. Nerlinger verlor die Kontrolle. Augenblicklich geriet der Wagen ins Schlingern. Dabei stieß er mit dem vorderen Kotflügel gegen eine seitliche Begrenzung aus Beton. Sekundenbruchteile später überschlug sich das schwere Auto und schrammte dann über den harten Untergrund. Auslaufendes Benzin entzündete sich am funkensprühenden Blech. Kurz darauf schlugen aus dem Fahrzeug meterhohe Flammen empor.

Achtlos warf Skorpischnik die Waffe zu Boden und rannte in Richtung der Unfallstelle. Als er eine halbe Minute später dort eintraf, war es dem schwerverletzten General bereits gelungen, das brennende Wrack kriechend zu verlassen. Mit letzter Kraft schob er seinen Körper über die Betonplatten der Fahrbahn, um aus dem Bereich der züngelnden Flammen zu gelangen. Dann blieb er erschöpft liegen. Als er den Oberstleutnant vor sich stehen sah, stieß er abgehackt hervor:

"Das Antiserum. . . die Papiere. . . im Wagen."

Augenblicklich begriff Skorpischnik, Ohne Zögern näherte er sich dem Brandherd. Eine glühende Hitzewelle schlug ihm entgegen. Zweimal nahm er noch Anlauf, um in das Innere des brennenden Wracks zu gelangen. Dann gab er mit halbverbranntem Gesicht auf. Seine Kleidung glomm an mehreren

Stellen. Herbeieilende Mannschaften richteten Feuerlöscher auf ihn.

"Idioten", brüllte er verzweifelt: "Löscht den Wagen."

Verwirrt wandten sich die Männer dem brennenden Auto zu. Spezialschaum ergoss sich über die lodernden Flammen. Dennoch verbrannte der größte Teil der Papiere zu Asche. Beide Glasgefäße waren infolge großer Hitzeeinwirkung zerplatzt. An ihren Scherben konnte kein Tropfen der wertvollen Flüssigkeit sichergestellt werden.

Mielke raste vor Zorn, als man ihm das Vorgefallene meldet. "Bin ich nur von Dummköpfen umgeben? An die Drehbank sollte man euch stellen. Allesamt miteinander. Damit ihr Mal seht, was richtige Arbeit ist. Da macht ihr laufend neue Sprüche über Klassenbewusstsein und so, und wenn es drauf an kommt. . . ach was."

Resigniert winkte er ab. Erst nach einer Weile sprach er in ruhigem Ton weiter: "Nehmt mir das nicht übel, Genossen. Es ist nicht eure Schuld. Die ganze Sache war von Anfang an versaut. Wir haben einfach den falschen Leuten vertraut. Wollte dieser Nerlinger sich doch tatsächlich absetzen. Kann froh sein, dass er an den Folgen des Unfalls verstorben ist. Na ja, Schwamm drüber. Hat noch jemand was zu sagen?"

Einer der Genossen war aufgestanden: "Dieser Berg ist mit dem Virus infiziert. Und läuft noch frei herum."

Mielke schloss kurz die Augen als überlegte er: "Findet den Mann schleunigst. Das rate ich euch. Und legt ihn endlich um."

3. Buch

Die Bombe

Der Winter des Jahres 1984 neigte sich seinem Ende entgegen. Doch Väterchen Frost wollte nicht kampflos weichen und versah die teilweise schon abtauende Schneedecke mit einer harten Kruste. Eisige Winde pfiffen über die Hügellandschaft in der Umgebung Moskaus.

In der Datsche des sowjetischen Führers hingegen, herrschte angenehme Wärme. Juri Andropow schlürfte genüsslich seinem heißen Grog. Jeden Augenblick musste General Malenko, sein Nachfolger im Amt des KGB-Chefs, eintreffen. Dieser hatte um ein dringendes Gespräch unter vier Augen gebeten. Mit hochgezogenen Brauen schaute der mächtigste Mann des Ostblocks und vielleicht der ganzen Welt auf die altertümliche Kuckucksuhr an der Wand der bäuerlich eingerichteten Wohnstube. Er war es nicht gewohnt, warten zu müssen.

Seine gepanzerte Tschaika-Limousine musste der Chef des Geheimdienstes in einiger Entfernung von seinem Ziel zurücklassen. Der Generalsekretär duldete keine Fahrzeuge in unmittelbarer Umgebung der Hütte.

Für den Ankommenden unsichtbare, sorgfältig ausgewählte und speziell geschulte Posten verfolgten den Umweg des Gastes, als er die letzten hundert Meter durch den verharschten Schnee stapfte.

Am Eingang des kleinen Holzhauses empfing ihn eine dralle Frau in russischer Tracht. Wortlos nahm sie seinen Mantel entgegen und führte ihn dann in die Stube.

"Entschuldigen sie, Genosse Generalsekretär, dass ich so spät komme, aber ich . . ."

"Lassen sie nur, Miron Alexejewitsch", unterbrach der Parteiführer und Staatschef seinen Gast: "Möchten sie einen Grog?"

"Ja, aber ohne Wasser."

Andropow lachte auf: "Hören sie, Dunjaschka, Das ist ein ganz Schlimmer."

Die Frau verließ das Zimmer und brachte kurz darauf das Gewünschte. Danach zog sie sich lautlos zurück.

"Also mein Lieber, was führt sie zu mir?" begann Andropow nach einer Weile das Gespräch.

Der Angesprochene stellte das angetrunkene Glas auf den Tisch und sagte ohne Umschweife in ernstem Ton: "Unser Land ist in höchster Gefahr."

"Das ist es schon seit fünfundsechzig Jahren. Aber wir existieren immer noch", erwiderte der Nachfolger Lenins und Stalins gelassen. Freundlich setzte er hinzu: "Bislang konnten wir noch jeden Feind besiegen."

"Gewiss", beeilte sich der General zu versichern: "Ich zweifle nicht an unserer militärischen Macht. Nur haben wir es diesmal mit einem Gegner zu tun, den wir nicht sehen und deshalb nicht greifen können."

Jetzt zogen sich die Augenbrauen des obersten Chefs ungehalten zusammen. Fragend blickte er auf seinem Genossen.

"Hat dieser Gegner einen Namen?"

"HIV", antwortete der General einsilbig und zündete sich eine Zigarette an. Erst nach einigen tiefen Zügen sprach er weiter: "Wie ihnen sicher bekannt sein wird, tauchte dieses Virus erstmals 1979 in Südamerika auf. Es bewirkt eine Immunschwächekrankheit, die zu fast hundert Prozent tödlich verläuft. Nach Prognosen amerikanischer Wissenschaftler werden in den nächsten fünf Jahren weltweit bis zu dreihundert Millionen Menschen davon betroffen sein. Wirksame Gegenmittel existieren nicht. Im Jahre zweitausend wird sich fast ein Drittel der Menschheit damit infiziert haben."

"In erster Linie betreffen diese Voraussagen wohl die westliche Welt", stellte der Generalsekretär sarkastisch fest.

"Sie irren sich", widersprach der Gast mit leiser Stimme.

Andropow hob seinen Kopf und musterte den anderen scharf.

Leicht verstimmt sagte er dann: "Ich glaube, irgend etwas verschweigen sie mir."

Malenko nickte schuldbewusst mit dem Kopf: "Gestatten sie, dass ich den ursprünglichen Sachverhalt in kurzen Worten zusammenfasse?"

Auf eine knappe Handbewegung des Generalsekretärs hin, begann der Untergebene seinen Bericht: "1977 gelang deutschen Bakteriologen in einem geheimen Labor bei Greifswald die Entwicklung eines speziellen Stoffes, mit dem der Kapitalismus vernichtet werden sollte. Bevor jedoch ein wirksames Antiserum geschaffen, beziehungsweise ein bereits vorhandenes sichergestellt werden konnte, wurde das Labor zerstört und der leitende Forscher getötet. Einer Person, an der man das Virus gerade testete, gelang die Flucht. Neun Monate später wurde der Mann in Südamerika ausfindig gemacht und eliminiert. Das Labor selbst, hat man nach der Zerstörung mit Beton versiegelt und unkenntlich gemacht. Damals am Projekt beschäftigte Mitwisser übergab man uns zur Ansiedlung in Sibirien."

"Achtundsiebzig, Südamerika?" grübelte der Generalsekretär: "Lassen sie mich raten", rief er dann interessiert: "Das damals in Amerika aufgetretene HIV-Virus ist mit der Entwicklung unserer deutschen Genossen identisch."

"Stimmt. Das gilt als ziemlich gesichert. Der Mann hat das raus geschleppt und vermutlich später beim Kontakt mit südamerikanischen Frauen verbreitet."

"Trotzdem verstehe ich nicht, wieso wir, das Sowjetvolk, unmittelbar davon bedroht sein sollen," gab Andropow zu bedenken: "Es besteht doch kaum Reisekontakt mit den westlichen Staaten."

Der Geheimdienstchef ging nicht darauf ein und führte weiter aus: "Schon Ende 77 erhielten wir ohne Wissen des deutschen MfS, das die ganze Aktion organisierte, vom medizinischen Leiter des Projektes, einem gewissen Doktor Mehnert, eine bestimmte Menge des Präparates."

"Und, was weiter?" drängte der Generalsekretär nun ungeduldig: "Ich entsinne mich nur ganz verschwommen an eine derartige Sache. Sprechen sie schon."

"Unsere Mediziner planten sofort einen Großversuch und impften fast dreieinhalb tausend kriminelle Häftlinge damit."

Andropow war bei den letzten Worten des anderen aufgesprungen: "Was sagen sie da? Wieso wurde ich nicht darüber informiert. In meiner damaligen Eigenschaft als Minister für Staatssicherheit."

"Niemand konnte die spätere Entwicklung voraussehen. Wir erwarteten damals in Kürze das Gegenmittel. Leider stellte sich nach dem Tode Doktor Mehnerts heraus, dass darüber keine Unterlagen mehr existieren. Er hatte die Entwicklung praktisch allein betrieben. Daher kennt niemand die Zusammensetzung des Präparates. Alle unsere Forschungen brachten keinen Erfolg. Trotz Milliardenausgaben."

"Worauf warten sie noch? Lassen sie die infizierten Häftlinge schleunigst neutralisieren. Im Interesse des Landes ist das unumgänglich."

"Wenn das so einfach wäre, säße ich jetzt nicht hier und raubte ihre kostbare Zeit, Genosse Generalsekretär."

"Kommen sie schon und berichten sie mir endlich die schlimme Nachricht, wenn wir schon mal dabei sind", forderte der Parteiführer den KGB-General mit zynischem Unterton in der Stimme auf.

"Bei einem Grubeneinsturz vor drei Monaten gelang es einem Teil der betroffenen Häftlinge die Flucht. Die meisten von ihnen wurden bereits wieder gefasst."

Andropow stützte beide Arme auf den Tisch und schob den Oberkörper vor. Drohend musterte er den anderen, bevor er mit verhaltener Wut fragte: "Die meisten? Wie viele von denen fehlen noch?"

"Zweihundertelf", antwortete Malenko kleinlaut.

"Zweihundertundelf lebende Zeitbomben. Weit verstreut im Lande. Außerhalb jeder behördlichen Kontrolle. Verbreiten das Virus im Sowjetvolk. Mann, sind sie von allen guten Geistern verlassen? Wie konnte man mir das nur verschweigen?"

Kopfschüttelnd war der mächtige Mann in seinen Stuhl zurückgesunken. Einige Minuten schien er angestrengt zu überlegen. Dann befahl er mit fester Stimme: "Ich möchte in kürzester Frist folgendes Wissen. Wie viele Menschen sind bislang angesteckt worden? Wie wird sich die Krankheit weiter ausbreiten? Konkrete Zahlen bitte. Welche Maßnahmen können getroffen werden? Medizinische meine ich. In spätestens vierzehn Tagen hat ein detaillierter Bericht vorzuliegen. Dafür haften sie persönlich."

Malenko verließ die Datsche mit einem unguten Gefühl in der Magengegend. Der Generalsekretär hatte ihm zum Abschied keine Hand gereicht.

1988. Militärisches Sperrgebiet östlich von Semipalatinsk.

Markus Wolf war aus dem Geländewagen gestiegen und folgte seinem sowjetischen Kollegen, der in wenigen Schritten zu einem Plateau gelangte. Sanfte Winde trugen die frische, würzige Luft der endlosen Steppe heran.

Generaloberst Malenko trat an den schroffen Rand des steilen Abhanges und vollführte mit der rechten Hand eine umfassende Halbkreisbewegung: "Da, schau es dir an, Genosse. Das ist es, was ich dir persönlich zeigen wollte."

Vor den Augen des Stasi-Mannes tat sich eine mehrere Kilometer lange Schlucht auf. Tief unten, auf der Sohle des etwa vierhundert Meter breiten Einschnittes, schlängelte sich ein Fluss entlang. Eisenbahnschienen und befestigte Straßen zerteilten dort das Gelände. An der gegenüberliegenden Felswand schmiegten sich flache Betonbauten unterschiedlicher Größe an das Gestein.

"Nimm das Glas und sieh dir alles in Ruhe an. Später fahren wir runter. Dann werde ich dir zeigen, was man von hier oben aus nicht erkennt. Du wirst erstaunt sein."

Mit diesen Worten übergab der KGB-Chef dem Deutschen seinen Feldstecher.

Wolf richtete die Optik nacheinander auf verschiedene ausbetonierte Stellen an der anderen Hangseite. Dort verschwanden Straßen und Gleise im Felsen. Nach der Anzahl sichtbarer Eingänge und anderer oberirdischer Anlagen musste es sich um ein gigantisches, unterirdisches Tunnelsystem handeln. Überrascht hielt der Beobachter seinen Atem an.

Dem Begleiter war die Reaktion des anderen nicht entgangen, denn er sagte: "Überwältigend, nicht war?"

Gleich darauf setzte er sarkastisch hinzu: "Ein Moloch, der uns verschlingt."

Generaloberst Markus Wolf nahm das Glas herunter und fragte: "Raketensilos? Interkontinentale?"

"Nein", entgegnete Malenko mit müder Stimme und legte dem Deutschen eine Hand auf die Schulter: "Unter der Erde befindet sich der größte Laborkomplex der ganzen Welt. Hunderteinundzwanzigtausend Menschen arbeiten da drin."

Verblüffung zeichnete sich auf dem Gesicht des Gastes ab: "Das ist ja eine große Stadt. Aber wozu das Ganze?"

Gedankenversunken starrte der Gefragte eine zeit lang zu Boden, ehe er sprach: "Durch Umstände, auf die ich hier nicht näher eingehen möchte, kam es bei uns zur Infizierung einiger tausend Menschen mit dem von euch entwickelten Präparat 177."

Jetzt war der deutsche General sprachlos. Seine Überraschung ließ er sich aber nicht anmerken. Mit einem Kopfnicken forderte er den Russen zum Weiterreden auf.

"Auf Grund von Expertengutachten, die eine Ansteckung eines Großteils unserer Bevölkerung innerhalb der nächsten zehn Jahre voraus gesagt hatten, verfielen etliche Politbüromitglieder in Panik und beschlossen, die Entwicklung eines wirksamen Antiserums mit allen Mitteln voranzutreiben. Niemand wagte zu widersprechen. Mich eingeschlossen.

Deshalb wurde dieses Tunnelsystem, ursprünglich tatsächlich für Raketen vorgesehen, mit enormem Aufwand erweitert und ausgebaut. Inzwischen beherbergt es hunderte Einzellabore, die auf verschiedenen Wegen zum Ziel gelangen wollten. Alle mit modernsten Anlagen auch aus westlicher Produktion ausgerüstet. Von hoch spezialisierten Wissenschaftlern geleitet, benötigen sie erhebliche Mengen chemischer und biologischer Präparate, teuerste Schlangengifte und kostspielige Ersatzteile für medizinische Geräte. Das meiste müssen wir gegen harte Devise importieren. Inzwischen verschlingt das Projekt fast ein Viertel des gesamten Nationaleinkommens."

Beeindruckt vernahm der Stasi-Mann die Erklärungen seines sowjetischen Freundes.

"Mit welchen Erfolg?" wollte er dann ohne Umschweife wissen.

"Wir sind vom Ziel genauso weit entfernt wie am Anfang, als alles begann", gestand Malenko ein.

"Wozu eigentlich dieser Aufwand? Die Ausbreitung des Virus, nimmt bei weitem nicht den zuvor befürchteten, schnellen Verlauf", stellte Wolf fest.

"Das ist es ja eben. Unsere Wissenschaftler haben sich gründlich geirrt. Die Amerikaner übrigens auch. Doch diese Erkenntnis kommt leider zu spät. Nun fehlen uns die sinnlos verschwendeten Milliarden. Dadurch scheitern unsere dringend erforderlichen Reformen."

Verzweifelt schaute Malenko auf den Deutschen: "Verstehst du? Wir sind bankrott."

Ungläubig begegnete der Angesprochene dem Blick des anderen, als dieser in ernstem Ton weiter ausführte: "Innerhalb der nächsten zwei bis fünf Jahre ziehen wir unsere Truppen aus dem gesamten sozialistischen Ausland ab. Einschließlich der DDR."

Jetzt war Wolf endgültig sprachlos. Schockiert schwieg er eine Weile, ehe er zu bedenken gab: "Ohne euch können wir uns nicht lange halten"

Schulterzuckend erwiderte der KGB-Chef: "Es ist bereits unwiderruflich beschlossen. Allerdings weiß bisher nur das Politbüro davon. Ich riskiere meinen Kopf, indem ich dich unterrichte."

Markus Wolf setzte nach den letzten Worten seines russischen Kollegen das Doppelglas wieder an die Augen und richtete es erneut auf die Bunkereingänge, als wollte er sie noch einmal beobachten. In Wirklichkeit schossen tausend Gedanken durch seinen Kopf. Unvermittelt fragte er: "Welchen Preis muss ich für diese Information bezahlen?"

Lachend hieb sich der Russe die Hand auf den Oberschenkel. "So gefällst du mir. Ganz der Geschäftsmann."

Schlagartig wurde er wieder ernst: "Ich bitte dich nur um deinen Rat."

Hellhörig geworden sah der Deutsche den Sprecher an und wartete auf nähere Erläuterungen:

"Da drüben leben neben unzähligen Wissenschaftlern, Labortechnikern und anderen Arbeitern auch sämtliche Personen, die in irgendeiner Form und sei es nur bei der Materialbeschaffung oder in der Buchhaltung, etwas mit der Sache zu tun haben. Niemand kam bislang aus dem Sperrbezirk raus. Stell dir nun vor, wir lösten das Projekt auf und ließen die Beteiligten ziehen. Bald darauf wüsste die ganze Welt, was geschehen ist und woher das Virus in Wirklichkeit stammt. Wir würden unser Gesicht verlieren. Und ihr natürlich auch."

"Hunderteinundzwanzigtausend Menschen", murmelte Wolf vor sich hin: "Aber was ist das schon, gemessen am Wohle ganzer Völker."

Malenko hatte die Worte des perfekt russisch sprechenden Generals genau verstanden und ging sofort darauf ein: "Rein technisch gesehen, ist das eigentlich kein Problem. Eine genügend große Detonation und das da unten hat es nie gegeben." Der Sprecher unterbrach seine Rede kurz und musterte den Begleiter mit durchdringendem Blick, ehe er weiter ausführte: "Ich verfüge seit fünf Monaten über ein geeignetes

Gerät. Unvorstellbare Sprengkraft. Wurde allein von meinen Leuten unter strengster Geheimhaltung parallel zum Militär entwickelt. Dreieistufige Bombe. Kernspaltung mit nachfolgender Fusion und erneuter Spaltung. Unter Verwendung von Deuterit in Verbindung mit einem neuartigen Material. Halbwertzeiten von nur wenigen Stunden. Praktisch kaum Fallout. Also minimale Verseuchung der Umgebung. Leider befindet sich der Apparat sehr weit weg von dem Laborkomplex. Deshalb kann ich ihn dort nicht einsetzen. Es gäbe dabei zu viele Mitwisser. Piloten, Mechaniker, Luftraumüberwacher und weitere Personen, die an Start und Flug eines Trägersystems beteiligt sind. Von der amerikanischen Satellitenüberwachung ganz abgesehen. Früher wäre das gar keine Frage gewesene. Doch heutzutage? Seit Gorbatschow an der Macht ist, geht gar nichts mehr. Überall schnüffeln irgendwelche Kritiker herum. Dies hier ist einer der wenigen Flecken in der ganzen Sowjetunion, die noch vollständig unter Kontrolle des KGB stehen."

Nachdem der Russe geendet hatte, richtete Markus Wolf seine Augen auf den Grund der Schlucht. Zwischen spielzeugartigen Eisenbahnanlagen bewegten sich dort ameisengroße Gestalten. Einige Minuten verharrte er schweigend in dieser Stellung, dabei angestrengt nachdenkend. Dann fragte er leise, ohne sich umzudrehen:

"Welche Mittel stehen mir zur Verfügung? Ich meine in technischer Hinsicht?"

"Alles was du dir wünschst", versicherte der KGB-Chef erleichtert.

Das Leben von mehr als einhundert tausend Menschen war in seine letzte Phase getreten.

Oberst Skorpischnik war unzufrieden und stapfte er mit schweren Schritten im Dienstzimmer auf und ab. Seine Tätigkeit als Leiter einer Unterabteilung des Ministeriums für

Staatssicherheit bereitete ihm schon lange keinen Spaß mehr. Gedankenversunken blieb er vor einem kleinen Wandspiegel stehen. Mit der rechten Hand betastete er sein vernarbtes Gesicht. Dabei betrachtete er die stark entstellte Hälfte. Trotz wiederholter chirurgischer Behandlung war es den Ärzten nicht gelungen, die Folgen der Verbrennung gänzlich zu beseitigen.

Verdammter Idiot, der ich damals gewesen bin, fluchte der Oberst innerlich. Wie konnte ich bloß versuchen, das Material aus dem brennenden Wolga zu retten. Obgleich man ihm offiziell keine Schuld an der Vernichtung der Unterlagen und des Präparates angelastet hatte, mussten die elf Jahre zurückliegenden Ereignisse der Grund für seinen vergleichsweise bedeutungslosen Posten sein.

Das Telefon unterbrach die Überlegungen des Obersten. Misslaunig griff er zum Hörer. "Skorpischnik",

Seine Miene veränderte sich schlagartig, als er die Stimme des ehemaligen Leiters der Abteilung XV vernahm. Eine Minute später war er auf dem Weg in die besonders abgeteilten Diensträume von Markus Wolf.

Dumpfes Heulen der zwei Düsentriebwerke drang stark vermindert in das als Arbeitsraum ausgestattete Innere der Kabine. Die beiden einzigen Fluggäste beugten sich über eine Landkarte, die den größten Teil des Konferenztisches beanspruchte. Einer der Betrachter führte seinen Zeigefinger zu einem eingezeichneten, roten Punkt.

"Da, sehen sie? Sicherheitszone X. Nur einige hundert Kilometer von Semipalatinsk entfernt. Ideale Stelle. Nur unbewohnt Steppe. Nicht allzu weit entfernt finden seit vielen Jahren nukleare Versuchsexplosionen statt. Auf eine mehr oder weniger kommt es da nicht an." Ein zynisches Lächeln umspielte die Lippen des Generals: "Prägen sie sich den Zeitplan genau ein."

"Gestatten sie eine Frage, Genosse Wolf? Wozu gehen wir das Risiko des langen Transportweges ein? Könnte man nicht auf ein näher am Objekt liegendes Arsenal zurückgreifen?"

"Ausgeschlossen. Unter Umständen ließe sich das später nachvollziehen. Wir wollen aber jegliche Komplikation in dieser Hinsicht vermeiden. Außerdem gehört unser Gerät nicht zur Ausrüstung der Armee und steht daher nur an einer weit entfernten Stelle zur Verfügung. Es existiert sozusagen gar nicht. Ihre Begleitung besteht aus erstklassigen, sorgsam ausgesuchten Männern. Mit deren Hilfe werden sie unterwegs alle denkbaren Schwierigkeiten überwinden. Zusätzlich verfügen sie über besondere schriftliche Vollmachten. Damit kommen sie überall durch. Ich verlasse mich auf sie."

Aus der Pilotenkanzel trat ein uniformierter Flieger und sprach auf Russisch: "Schnallen sie sich bitte an Genossen, wir landen in wenigen Minuten."

Sorgsam verstaute Oberst Skorpischnik die Karte in seiner Aktentasche. Wenig später setzte die zweistrahlige Düsenmaschine vom Typ Tupolew auf einer vom Eis befreiten Piste auf.

Offenbar war die Ankunft der beiden Männer in Zivil gut vorbereitet worden, denn kaum hatten sie über die ausgeklappte Gangway das Flugzeug verlassen, liefen die Rotoren eines in unmittelbarer Nähe stehenden Hubschraubers an.

Schweigend verbrachten die Passagiere den Flug zum endgültigen Ziel. Der Helikopter senkte sich nach etwa 20 Minuten Flugzeit im hochgesicherten Bereich einer geheimen Basis des KGB zu Boden.

Durch die von den noch drehenden Rotorblättern aufgewirbelte Schneewolke liefen die Angekommenen zu einem bereits wartenden Geländewagen und stiegen ein.

Wortlos legte dessen Fahrer den Gang ein und lenkte das Fahrzeug auf einem kilometerlangen, schmalen Plattenweg zwischen zahlreichen, halbunterirdischen Lagerhallen hindurch. Vor einem flachen, rundum von Splitterwällen umgebenen Betongebäude hielt er schließlich an.

Markus Wolf stieg aus und lief zielgerichtet auf den Eingang des nur etwa acht Meter hohen Baues zu. Anscheinend kannte er sich hier aus. Der Begleiter lief hinter dem General her.

Als der Geländewagen sich entfernt hatte, steckte der Vorangehende eine Codekarte in den dafür vorgesehenen Schlitz neben dem Eingangstor. Langsam glitt die eine Hälfte der Schiebetür beiseite. Skorpischnik folgte dem Vorgesetzten ins Innere. Das stählerne Tor schloss sich automatisch. Leuchtstofflampen flackerten auf und tauchten die Umgebung in helles, gleichmäßiges Licht.

Im Hintergrund des großflächigen Raumes gewahrten die Besucher einen Sattelschlepper. Menschen waren nicht zu sehen.

"Da steht er", verkündete der Stasi General nicht ohne Stolz: "Hervorragende Technik. Über alle sechs Achsen angetrieben. Ganz speziell für diesen Einsatz vorbereitet. Beste Ausstattung. Voll Klimatisiert. Die sowjetischen Genossen haben sich jede erdenkliche Mühe gegeben. Natürlich ohne vom tatsächlichen Verwendungszweck das Geringste zu ahnen. Kommen sie, jetzt zeige ich ihnen die Bombe."

Während Wolf mit Hilfe seiner Codekarte eine seitlich in den Aufleger eingearbeitete Tür öffnete, erläuterte er: "Sehen sie? Die Lackierung ist so raffiniert gemacht, dass man diesen Einstieg kaum erkennt. Übrigens ist hintere Verladetür nur eine Attrappe. Das Objekt wurde von oben durch das Dach eingebracht."

Über eine ausklappbare Treppe stieg er in den Auflieger.

Taghelle Beleuchtung des Innenraumes empfing den nachfolgenden Obersten. In der Mitte, längs zur Fahrtrichtung war ein zylindrischer Körper von etwa sieben Metern Länge und einem reichlichen Meter Durchmesser flach über dem Boden aufgebockt und mit etlichen Stahlbändern festgezurrt.

Ehrfurchtsvoll blickte Skorpischnik auf den metallisch glänzenden Metallgenstand. Der Apparat faszinierte ihn, obgleich er ein Gefühl verspürte, als kröche eine feuchte Ratte seinen Rücken hinauf.

"Fünfzehn Megatonnen Sprengkraft. Etwa eintausend Hiroshimabomben. Welch schreckliche Waffe", flüsterte er sichtlich beeindruckt. Zwar hatte er schon oft von derartigen Vernichtungswaffen gehört, aber es war doch etwas ganz anderes, wenn man unmittelbar davor stand.

"Super H-Bombe. Entwickelt zwar enorme Sprengwirkung, ist aber speziell ausgelegt auf besonders hohe Temperaturen wie in der Sonne. Alles schmilzt dabei und versiegelt die Erdoberfläche am Einsatzort vollständig", erklärte Markus Wolf und klopfte mit der flachen Hand gegen die polierte Oberfläche des metallenen Ungeheuers, als handelte es sich um ein harmloses Spielzeug.

"Keine Angst. Mit dem Ding können sie über Stock und Stein fahren." Ein trockenes Lachen folgte seinen Worten ehe er weitersprach: "Hier, schauen sie? Diese Codekarte macht den Zugang zur Schalteinheit frei."

Wolf schob die flache Plastescheibe in einen Schlitz an der Stirnseite der Apparatur. Eine postkartengroße Platte glitt geräuschlos zur Seite und gab eine zuvor verborgene Tastatur frei. Daneben befand sich eine kleine Schlüsselöffnung. Nun entnahm der General seiner Aktentasche einen Sicherheitsschlüssel und reichte ihn dem Kollegen.

"Hüten sie ihn wie ihren Augapfel. Am Einsatzort betätigen sie damit das Schloss. Dadurch wird die elektrische Verriegelung deaktiviert, der interne Stromkreis geschlossen und der Computer in Betrieb gesetzt. Danach geben sie die hier notierte Geheimzahl ein."

Wolf übergab dem anderen einen Zettel und setzte hinzu: "Nach beendeter Eingabe ist die Bombe scharf."

Er bückte sich zu einem kleinen Lederkoffer, der neben dem Monstrum am Boden stand und klappte dessen Deckel auf: "Das hier ist ein Fernzünder. Unbegrenzte überirdische Reichweite durch Satellitenübertragung. Sie zünden in etwa hundertzwanzig Kilometern Entfernung. Genau zur festgesetzten Uhrzeit. Vom Flugzeug aus. Eine Maschine steht für sie auf dem dortigen Objektflugplatz bereit. Zum gegebenen Zeitpunkt wird der Start vorbereitet sein. Alles ist perfekt organisiert, ohne dass eine der beteiligten Personen konkrete Zusammenhänge kennt. Nur sie allein kommen zurück. Verstehen sie? Übrigens ist selbst die Begleitmannschaft nicht über den tatsächlichen Inhalt des Containers informiert. Deren Instruktion lautet lediglich auf Sicherung eines geheimen Transportes hochwertiger, wissenschaftlicher Geräte zu unbekanntem Zielort."

Skorpischnik lauschte aufmerksam den Worten des Generals. "Also noch mal. Karte reinstecken, Schlüssel drehen, Geheimzahl eingeben. Dann Aktivieren des Senders durch Codenummer zwei. Die ist auf der Rückseite des Zettels."

Wolf zeigte danach mit dem Finger auf eine Skala über der Tastatur im Koffer.

"Wenn der Zeiger nach Aktivierung im grünen Bereich steht, ist die Verbindung zur Bombe stabil. Die Funktion des roten Knopfes brauche ich wohl nicht näher beschreiben. Was die Sicherheit betrifft, können sie ganz beruhigt sein. Das Funksignal ist mehrfach verschlüsselt. Unautorisierte Auslösung daher völlig ausgeschlossen. Haben sie alles verstanden?"

"Jawohl ich werde meinen Auftrag ausführen."

Markus Wolf blickte dem Kollegen mit durchdringendem Blick in die Augen und lächelte dann freundlich: "Dazu wünsche ich ihnen viel Glück, Genosse General."

Überrascht schaute Skorpischnik auf. Mit einer derartigen Beförderung hatte er nicht gerechnet.

Entspannt lauschte der KGB-Chef den sanften Tönen einer Melodie von Tschaikowski. Ihm gegenüber saß der deutsche General in einem Sessel und blickte mit zusammengebissenen Zähnen er auf seine Armbanduhr. Als das Telefon klingelte,

112

zuckte er zusammen.

Malenko nahm den Hörer an das Ohr, ohne die Musik leiser zu stellen und konzentrierte sich auf die Stimme des Anrufers. Wortlos legte er wieder auf. Trotz seines fortgeschrittenen Alters sprang er dann mit jugendlichem Schwung auf, lief zur Hausbar und kam mit einer Flasche eisgekühlten Champagners zurück. Während er in die bereitstehenden Gläser einschenkte, sagte er wie nebenher: "Der Transport hat soeben den äußeren Sperrbezirk passiert. Wir liegen exakt im Zeitplan. Auf die Minute genau. Bei dieser langen Fahrstrecke eine hervorragende Leistung ihres Genossen."

Als sein Glas an das des deutschen Kollegen stieß, sprach er weiter." Auf unsere Aktion. Schon in wenigen Stunden wird geschmolzenes Gestein auf ewig sämtliche Spuren des verdammten Projektes unter sich begraben. Sofern überhaupt etwas davon übrig bleiben sollte."

Nach einer kurzen Pause fügte er hinzu: "Um deinen Mann ist es allerdings schade."

Irritiert schaute Wolf auf den Redner. "Ich verstehe nicht?"

"Ja glaubst du denn, jemand könnte solche eine Explosion überleben?"

"Aber der wird doch mehr als hundert Kilometer vom Epizentrum entfernt sein, wenn er das Ding zündet. Noch dazu in ziemlich großer Höhe. War das nicht alles perfekt vorbereitet worden?"

"Das ist richtig. Aber ich habe es mir anders überlegt." Über die Züge des Russen glitt ein zynisches Lächeln: "Die Bombe wurde nachträglich manipuliert. Nun erfolgt die Detonation unmittelbar nach Eingabe des ersten Codes"

Ohne Probleme hatte die kleine Fahrzeugkolonne den äußeren Sperrkreis der Sicherheitszone passiert.

Erstaunlich, welche Macht eine einzige Seite Papier zu besitzen schien, nur weil sich auf ihr Stempel und Unterschriften von Geheimdienstgeneralen befanden. Der Offizier am Kontrollpunkt war förmlich erstarrt, als Skorpischnik die Vollmacht vorgewiesen hatte. Jetzt lächelte der Stasi-Mann still vor sich hin, wurde aber sofort wieder ernst. Aus einem der Ablagefächer nahm er unterschiedliches Kartenmaterial und studierte es eingehend, so gut es die ständigen, durch Fahrbahnunebenheiten hervorgerufenen Erschütterungen zuließen. Nachdenklich lehnte er sich danach in den trotz seines militärischen Zweckes recht bequemen Sitz zurück. In zwanzig Minuten würde man den Zielort erreicht haben.

Röhrend übertrug der Motor den größten Teil seiner 800 Pferdestärken auf die Räder, als der schwere Truck eine Anhöhe hinauf kroch. Der Soldat am Lenkrad hatte mit Hilfe der Druckregelanlage die Auflagefläche der Reifen vergrößert, so dass deren grob geschnittene Profile auf der harten, gefrorenen Erde genügend Halt fanden.

Endlich gelangte der Sattelzug den Scheitelpunkt der Anhöhe. Sein Fahrer schaltete einen höheren Gang ein. Das Brüllen der Maschine ging in erträgliches Brummen über. Rechterhand der überwiegend unbefestigten, aber vom Schnee geräumten Piste, tauchten in einiger Entfernung die Anlagen des Flugplatzes auf.

"Halt!" befahl Skorpischnik unvermittelt, einer plötzlichen Eingebung folgend.

Das Zischen entweichender Luft kündete vom Einsatz der Bremssysteme. Die zwei wendigen Begleitfahrzeuge nahmen sofort ihre vorgeschriebenen Positionen ein.

Schneidende Kälte schlug dem Deutschen ins Gesicht, als er die Beifahrertür öffnete. Trotzdem verließ er das angenehm warme Fahrerhaus, blieb neben den Track stehen und wartete auf den russischen Kommandoführer aus dem ersten Wagen. Während er noch angestrengt überlegte, war dieser herangekommen. Skorpischnik teilte dem sowjetischen Offizier in dessen eigener Landessprache mit: "Genosse Major, sie sind für eine verantwortungsvolle Aufgabe ausersehen worden.

Auf allerhöchsten Befehl." Er unterbrach sich kurz, um seine Worte wirken zu lassen.

Der Uniformierte salutierte zackig. Mit heiserer Stimme bellte er: "Ich diene der Sowjetunion."

"Gut, Passen sie jetzt genau auf."

Ohne sich weiter aufzuhalten schob Skorpischnik seine vom General erhaltene Codekarte in den Schlitz an der Seite des Aufliegers und stieg durch die sich automatisch öffnende Tür.

Im Inneren des Containers erläuterte er dem anderen in knappen Worten, welch ungeheure Wichtigkeit dieses anstehende Experiment für die Landesverteidigung habe:

"Mit Hilfe des Metallzylinders können wir die Funktion sämtlicher Nachrichtensatelliten des Gegners über der diesseitigen Erdhälfte zeitweilig unterbrechen und damit dessen gesamtes Überwachungssystem lahm legen."

Staunend prägte der Russe sich die danach folgenden Anweisungen des Stasi-Offiziers ein. Zuletzt beschrieb Skorpischnik die Funktion des Koffers:

"Nach Aktivierung des Transmissionators", hier deutet er mit einer seitlichen Bewegung seines Kopfes auf die tödliche Fracht und musste dabei ein Lachen unterdrücken, aber schließlich konnte er den Begriff Bombe nicht verwenden, "verbleiben sie in unmittelbarer Nähe der Anlage. Hundertzwanzig Minuten später, exakt um 22. 05 Uhr Moskauer Zeit, geben sie den zweiten Code den Koffer ein."

"Jawohl, Genosse."

"Unsere Wissenschaftler haben natürlich eine besondere Sicherung in diesen Apparat eingebaut. Um jegliche Gefährdung von Menschenleben auszuschließen. Hier, diese Skala zeigt ihnen eine mögliche Gefahr an. Sollte der Zeiger in den grünen Bereich ausschlagen, zögern sie keinen Augenblick, den roten Knopf zu drücken. Damit deaktivieren sie das System. Haben sie verstanden?"

Prüfend blickte Skorpischnik auf den Russen: "Ich soll ihnen vom Genossen Malenko persönlich ausrichten; sie werden

den nächsten Dienstgrad überspringen."

Die Augen des Uniformierten leuchteten auf. Nachdem er über die letzte Wegstrecke bis zum endgültigen Zielort instruiert worden war, salutierte er vorschriftsmäßig und kletterte in das Führerhaus des Sattelschleppers. Zwei Minuten später setzte die Fahrzeugkolonne ihren Weg unter der Führung des sowjetischen Offiziers fort.

Skorpischnik hingegen saß allein am Lenkrad eines früheren Begleitautos und fuhr in Richtung Flugplatz.

Während der zu Beginn seines Auftrages zum General ernannte Deutsche den geschlossenen, allradgetriebenen Kübelwagen quer durch unwegsames, schneeverwehtes Gelände steuerte, überdachte er die Konsequenzen seines eigenständigen. Handels Immerhin verstieß er absichtlich gegen die konkreten Weisungen des Vorgesetzten. Um 20. 05 Uhr sollte er eigentlich persönlich die Bombe schärfen. Das würde nun der Russe für ihn tun. Er selbst wollte zu diesem Zeitpunkt lieber nicht in der Nähe sein.

"Diese kleine Eigenmächtigkeit müssen sie mir schon entschuldigen, lieber Genosse Wolf", sprach er in sarkastischem Ton vor sich hin: „aber ich glaube nicht, dass in ihrem Konzept ein Überleben von Tatzeugen vorgesehen ist."

Sollte er sich hingegen irren, wäre das nicht schlimm, da der Russe die Bombe in diesem Fall wie vorgesehen um 22. 05 Uhr zündete. Später existierte niemand mehr, der über den Ablauf des Geschehens Auskunft geben könnte.

Seine Hochstimmung währte nur Augenblicke. Dann holte ihn die Wirklichkeit ein. Eiskalt recherchierte er jetzt. Bis zur chinesischen Grenze war es mit dem Flugzeug nicht sehr weit. Allerdings musste er dort mit effektiver Luftraumüberwachung rechnen. Die Entfernung nach Japan hingegen betrug reichlich Viertausend Kilometer. Das könnte er mit einer MiG-29 gerade so schaffen. Natürlich ohne Bewaffnung unter

Verwendung von Zusatztanks. Jedoch würde man militärische Objekte umfliegen und die Nahtstellen zwischen den einzelnen Befehlszuständigkeiten der Luftabwehr nutzen müssen. Da kämen erhebliche Mehrkilometer zusammen. Aber eine Zwischenlandung zum Auftanken schied aus, denn unmittelbar nach erfolgter Atomexplosion würden alle Truppenteile im ganzen Land in hohe Alarmbereitschaft versetzt werden. Ohne angemeldeten Flug bekäme er auch unter Vorlage der Vollmacht keinen Tropfen Treibstoff mehr.

Verdammt, fluchte Skorpischnik wütend. Sollte er lieber versuchen, auf dem Landweg die Sowjetunion zu verlassen?

Während er noch unschlüssig über sein weiteres Vorgehen nachdachte, hatte er bereits die befestigte Zufahrt zum Flugfeld erreicht. Schwerbewaffnete Posten sicherten die am Boden stehenden Maschinen. Überwiegend MiG29 und einige superschnelle MiG25, die seit mehr als zehn Jahren noch immer beachtliche Weltrekorde hielten. Allerdings schienen sie allesamt nur für einen Piloten ausgelegt. Als er den Geländewagen zum Kommandogebäude lenkte, gewahrte er im Hintergrund zwischen aufgeschütteten Splitterschutzwällen das Doppelleitwerk eines einzelnen Kampfjets. Tatsächlich eine SU-27! Zweisitzige Spezialausführung. Damit hatte er nicht gerechnet. Skorpischnik atmete auf. Dieser von westlichen Militärs gefürchtete Kampfjet war das modernste, was die Russen besaßen. Fast allen Typen des Gegners deutlich überlegen. Damit würde er die 500 Kilometer bis nach China ohne großes Risiko überwinden können, obgleich die sowjetische Luftabwehr im dortigen Grenzgebiet vielfach besser ausgestattet war, als in den Bereichen, die er im Falle einer Flucht nach Japan überfliegen müsste. Erleichtert brachte er sein Fahrzeug vor dem Gebäude der Flugleitung zum Stehen.

Der Kommandant empfing den Stasi-Mann mit Handschlag: "Möchten sie ein Gläschen mit mir trinken, Genosse?" fragte er, nachdem der Ankömmling sich ausgewiesen und ein geheimes Codewort genannt hatte.

Augenzwinkernd, ohne die Antwort des anderen abzuwarten, goss der Russe aus einer innen weiß angemalten Milchflasche in zwei Plastebecher ein.

Der starke Wodka brannte dem Deutschen in der Kehle. Anerkennend nickte er dann mit dem Kopf: "Nicht übel, ihre Milch. Perfekt getarnt."

Erfreut über das Lob, entgegnete der findige Oberstleutnant: "Damit bekämpfen wir erfolgreich Väterchen Frost. Würden sie eine Partie Schach mit mir spielen? Ihr Flug ist ja erst für 21. 30 Uhr freigegeben."

Diese Nachricht traf Skorpischnik wie ein Keulenschlag. Offenbar hatten die Genossen saubere Arbeit geleistet. Zu diesem Zeitpunkt würde der Flugplatz gar nicht mehr existieren. Davon war er jetzt endgültig überzeugt. Blitzschnell rechnete er sämtliche Möglichkeiten durch. Um 20. 05 Uhr, wenn der Transportführer die Bombe schärfte, wollte er mindestens 100 Kilometer von hier entfernt sein. Jetzt galt es, Beherrschung zu zeigen. Mit fester Stimme sagte er, dabei seine kalten Augen auf den Oberstleutnant richtend:

"Ihre Vorstellungen interessieren mich einen Scheißdreck. Wann ich fliege, entscheide ich selber. Lassen sie meine Maschine unverzüglich auftanken."

"Ausgeschlossen, ich habe ganz eindeutige Weisungen", widersprach der Kommandant ungehalten.

"Sie möchten wohl den Rest ihres Lebens als einfacher Soldat unter freiem Himmel Wache schieben?"

Erschrocken schnappte der Russe nach Luft. Dann begann sich Empörung auf seinem Gesicht abzuzeichnen. Gerade als er zu einer scharfen Erwiderung ansetzen wollte, schnitt ihm Skorpischnik mit einer herrischen Handbewegung das Wort ab: "Mann, anscheinend wissen sie nicht, mit wem sie es zu tun haben."

Aus seiner Seitentasche holte er ein in Zellophan gefasstes Schriftstück hervor und warf es mit einer abfälligen Geste auf die Schreibtischplatte.

Die Augen des Russen weiteten sich, als er unter der außerordentlichen Handlungsvollmacht Unterschrift und Dienstsiegel des KGB-Chefs erkannte. Unsicher geworden blickte er auf.

Jovial klopfte ihm Skorpischnik jetzt mit der flachen Hand auf den Oberarm: "Nichts für ungut, mein Lieber. Ihre erste Reaktion trage ich ihnen nicht nach. Übrigens, warum nicht ein kleines Spielchen? Die Zeit nehme ich mir."

Bei seinen letzten Worten zog er einen Stuhl zu sich heran. Nun entspannten sich die Züge des anderen. Darauf hatte der Deutsche nur gewartet. Gelassen sprach er weiter:

"Ich benutze nicht die geplante Maschine. Lassen sie stattdessen die SU-27 startklar machen. Ohne Bewaffnung. Nicht mehr als 3000 Liter auftanken. Mit erfahrenem Piloten. Abflug um 19. 50 Uhr Moskauer Zeit."

Ohne jeden Einwand gab der Flugplatzkommandant nun die entsprechenden telefonischen Befehle.

Beide Schachpartien gewann der Russe, obgleich er am Ende nicht mehr ganz nüchtern war. Zum Abschied umarmte er seinen neuen Freund.

Mit ohrenbetäubendem Lärm jagte, angetrieben von zwei Strahltriebwerken mit insgesamt 24000 Kilopond Schub, ein knapp 16 Tonnen schwerer Kampfjet über die eisfrei gehaltene Rollbahn. Unmittelbar nach dem Abheben zog der Flugzeugführer die Maschine nahezu senkrecht nach oben. Gleichzeitig verschwand das Fahrwerk im Rumpf. Skorpischnik, dem bei diesem Manöver fast der Atem versagt hätte, befahl dem Piloten, der bislang keine Informationen zum Zielort erhalten hatte: "Fliegen sie nach Süden. Genau 20.05 Uhr will ich hundert Kilometer entfernt sein. Höhe 5000 Meter. In Flugrichtung zum Ausgangspunkt. Minimalgeschwindigkeit."

Schweigend nahm der Pilot die seltsamen Weisungen seines Passagiers entgegen.

Major Sergej Maximowitsch Ustinow drehte den Schlüssel nach rechts. Über der Tastatur leuchtete eine grüne Digitalanzeige auf. Exakt als der Sekundenzeiger seiner Quarzarmbanduhr die festgelegte Minute vollendet hatte, tippte er den sechsstelligen Code ein.

Blitzschnell verglich der integrierte Rechner die Ziffern mit den bereits gespeicherten Daten und stellte volle Übereinstimmung fest. Ohne Zeitverzug setzte sich ein unaufhaltsamer Mechanismus in Bewegung. Mit einer Toleranz von winzigsten Bruchteilen einer Sekunde zündeten elektrische, von einer zentralen Schalteinheit ausgehende Impulse mehrere Dutzend, um eine Hohlkugel aus Uran 235 angeordneten Sprengsätze.

Die folgenden Sekundärexplosionen trieben das spaltbare Material im Zentrum zusammen und verdichteten es dabei zu einer überkritischen Masse. In der folgenden Kettenreaktion steigerte der Neutronenfluss sich um ein Unzähliges. Dabei wurden Temperaturen von Millionen Grad freigesetzt.

Die Initialzündung der Wasserstoffbombe war erfolgt. Nun erst begann die Primärladung, bestehend aus einer speziellen Mischung von Tritium und Lithiumdeuterit zu reagieren. Wasserstoffatome verschmolzen zu Helium. Innerhalb von Nanosekunden entfaltete diese Fusion ihre schreckliche Vernichtungswirkung, dabei zugleich die zweite Stufe des Hauptprozesses auslösend. Unvorstellbare, jedes menschliche Vorstellungsvermögen übertreffende Gewalten waren entfesselt. Körper, Fahrzeuge, Eisenbahnschienen und jegliches Zeugnis von der Tätigkeit vernunftbegabter Wesen, das sich in näherer Umgebung befand, verdampfte unterschiedslos. Pflanzen und Tiere im weiteren Umkreis wurden von einer gleißenden Glutwelle verzehrt. Mit der vielfachen Kraft der Bombe von Hiroshima verrichtete die teuflischste Errungenschaft intelligenter Erdbewohner ihr schreckliches Werk.

Unwiderruflich senkte der Odem des Todes sich über das geheimste aller sowjetischen Projekte.

Eine halbe Minute vor der angegebenen Uhrzeit reduzierte der Kampfpilot die Geschwindigkeit und leitete das Wendemanöver ein.

Genau eine Sekunden nach 20. 05 Uhr Moskauer Zeit blendete voraus ein greller Lichtblitz auf. Automatisch schlossen sich die Augenlider des Piloten. Als er sie wieder öffnete, stand ein gleißender, leicht rot gefärbter Feuerball am Horizont. Skorpischnik befahl mit heiserer Stimme: "Gegenkurs! Volle Schubleistung!"

Instinktiv führte der Russe eine steile Gefechtskurve aus, indem er die Steuersäule zunächst nach links riss, dadurch den Kampfjet mittels Querruder fast 90 Grad um die Längsachse drehend und Augenblicke danach zu sich heranzog. Gleichzeitig heulten die Turbinen auf. Enorme Trägheitskräfte pressten Skorpischnik in den Sitz. Ihm blieb der Atem weg. Am Ausgang der 180° Kurve brachte der Flugzeugführer die Maschine wieder in eine horizontale Lage. Nun schoss die Suchoj mit zunehmender Geschwindigkeit davon. Nur langsam wich der Druck vom Körper des Fluggastes. Erleichtert sprach er in das Mikrofon des Fliegerhelms: "Können sie sich vorstellen, was das war?"

"Kernwaffe. Ohne Zweifel thermonuklear", erwiderte der Gefragte tonlos. Seine Hände zitterten stark.

"Richtig. Fünfzehn Megatonnen. Das gesamte Objekt ist vom Erdboden verschwunden. Einschließlich aller drei Sicherheitszonen und dem Flugplatz."

Skorpischnik wartete eine halbe Minute bevor er weiter sprach, um die Wirkung seiner Worte gedeihen zu lassen. "Wie ist ihr Name?"

"Wadim Iwanowitsch Kamov", antwortete der Pilot, noch immer schockiert von dem Erlebten.

"Sind sie sich darüber im Klaren Wadim Iwanowitsch, dass sie in der Vorstellung der Verantwortlichen aufgehört haben zu existieren? Ebenso wie ich und alle anderen Personen, die sich im Umkreis von etlichen Kilometern aufhielten?"

"Ich verstehe." Die Stimme des Piloten klang gepresst.
Einen Augenblick erfüllte nur das Brüllen der Triebwerke die
Kanzel. Dann befahl der Deutsche dem willenlos gewordenen
Russen: "Fliegen sie nach China."

4. Buch

Skorpion

Oberst Tilo Kretschmar drehte das Glas dicht vor seinem Gesicht. Im kalten Licht zahlreicher Leuchtstoffröhren funkelte die Flüssigkeit darin gelb: "Jahrgang dreiundfünfzig. Ein wunderbarer Tropfen."

Genüsslich schloss er die Augen, als das Getränk in kleinen Schlucken durch seine Kehle rann.

Ihm gegenüber saß Skorpischnik in einem bequemen Sessel unweit des Einganges dieses mittelgroßen, gemütlich eingerichteten Raumes. Lediglich das Fehlen der Fenster erinnerte daran, dass man sich im Inneren einer ausgedehnten Bunkeranlage des früheren Ministeriums für Staatssicherheit befand.

Der Jüngere bat seinen Kollegen: "Erzählen sie weiter, Genosse Kretschmar."

"Über die wesentlichen Zusammenhänge habe ich ihnen bereits berichtet. Sie kennen nun die ursächlichen Auswirkungen des von uns entwickelten Virus auf den ökonomischen Zusammenbruch der Sowjetunion."

"Sicher, aber ich hab noch einige Fragen. Nach ihrer Darstellung sollen in der unterirdischen Stadt bei Semipalatinsk mehr als hunderttausend Menschen beschäftigt gewesen sein. Es ist mir daher nicht vorstellbar, dass später, nach dem Ende der Sowjetunion nichts darüber an die Öffentlichkeit gelangen konnte."

"Sehr scharfsinnig ihre Feststellung, Genosse Skorpischnik. Diese Frage stellt sich in der Tat."

Ein arrogantes Lächeln glitt über das Gesicht des Redners, als er weiter sprach: "Uns ist dort ein . . . wie soll ich sagen . . . glücklicher Umstand zu Hilfe gekommen. Es ereignete sich eine Katastrophe."

"Katastrophe? Von der alle Hunderttausend betroffen waren?" Zweifelnd hoben sich die Augenbrauen des Hauptmannes.

"Kernexplosionen pflegen nicht nach der Zahl ihrer Opfer zu fragen", erwiderte Kretschmar kalt.

"Jetzt verstehe ich." Skorpischnik lächelte sarkastisch: "Gerade zum richtigen Zeitpunkt geschah ein bedauerliches Unglück."

"Nein, das sehen sie falsch", verwahrte sich Kretschmar entschieden: "Die genaue Ursache des Zwischenfalls ist niemals ermittelt worden. Experten vermuteten eine thermonukleare Explosion von enormer Sprengkraft. Soll der Wirkung von etwa zwölf bis achtzehn Millionen konventioneller Luftminen mit je tausend Kilogramm TNT entsprochen haben. Gigantisch! Da bleiben keine nachvollziehbaren Spuren zurück. Allerdings gibt es zwei Theorien. Einmal befindet sich in nicht allzu großer Entfernung ein Kernwaffentestgebiet, Es könnte also zu einem versehentlichen Abwurf gekommen sein. Natürlich bestreiten die verantwortlichen Militärs eine solche Möglichkeit. Zu diesem Zeitpunkt sei gar kein Versuch anberaumt gewesen. Zum anderen gab es auch Hinweise darauf, dass sich dort unterirdische Raketensilos befunden haben. Eines davon ist vielleicht infolge technischer Defekte explodiert. Dies wiederum halten kompetente Fachleute für ausgeschlossen. Auch die damalige sowjetische Armeeführung leugnete das Vorhandensein von Wasserstoffbomben oder auch Raketensprengköpfen am betreffenden Ort."

Hier machte der Oberst eine Pause und sah scharf auf seinen jüngeren Genossen. Dann setzte er hinzu: "Unbestätigten Gerüchten zufolge soll sich Ihr Vater damals in der Nähe des Unglücksortes aufgehalten haben. Genauere Informationen wird ihnen wohl niemand mehr geben können."

"General Skorpischnik ist bei der Ausführung eines Sonderauftrages ums Leben gekommen. Das hat mir Genosse Wolf persönlich mitgeteilt", entgegnete der Hauptmann abweisend: "Doch das ist Vergangenheit. Ich möchte nun wissen, wie es zu ZEDER kam."

Ohne Eile zündete Oberst Kretschmar eine neue Zigarette an.

Der entstehende Qualm wurde durch die künstliche Luftzirkulation rasch abgebaut:

"Als wir im Herbst 1988 Kenntnis vom bevorstehenden Abzug der Russen erhielten, entstand als Vorläufer von ZEDER der so genannte Markus Plan. Wie schon der Name zeigt, eine Idee des Genossen Wolf. Er basierte auf der bitteren, aber wahren Erkenntnis, dass wir unsere Macht ohne die direkte Präsenz der Freunde noch maximal zwei Jahre würden aufrechterhalten können, dann jedoch infolge westlichen Einflusses abtreten müssten. Deshalb verlagerten wir dem Plan gemäß unser eigenes Ende freiwillig auf einen erheblich früheren Zeitpunkt, zu dem wir noch die Mittel besaßen, uns in jeder Hinsicht abzusichern. Die Unruhen im Herbst 89 haben wir selber geschürt oder zumindest gedeihen lassen. Natürlich ohne Wissen der Parteiführung. Als es dann am neunten November zum plötzlichen Zusammenbruch kam, waren bereits alle wichtigen Vorgänge in unseren Dienststellen größtenteils abgeschlossen. Aktenumlagerung oder deren Vernichtung, sowie Einlagerung von Handfeuerwaffen, Eröffnung einiger Auslandskonten und anderer Maßnahmen. Auch dieses Bunkersystem haben wir innerhalb dieser Phase geschaffen. Von sowjetischen Spezialisten gebaut. Die waren hier völlig isoliert. Sogar Landkarten wurden für diesen Zweck mit falschen Angaben präpariert. Auch Ortsschilder mit anderen Namen aufgestellt. Keiner von den Männern könnte daher noch sagen, wo das Objekt sich befindet."

"Raffiniert", stellte der Jüngere anerkennend fest. Seine anfängliche abweisende Art schien er völlig abgelegt zu haben. Der Oberst führte nun weiter aus:

"Gleichzeitig schafften wir für mehr als tausend absolut zuverlässige MfS-Angehörige neue Identitäten mit hundertprozentig sicheren Legenden. Diese Genossen sitzen heute in Ämtern, Behörden und anderen wichtigen Stellen des Staatsapparates. Insbesondere Polizei und Staatsanwaltschaft haben wir unterwandert. Eines Tages, wenn der Boden vorbereitet ist für die sozialistische Revolution in ganz Europa, einerseits begünstigt durch wachsende Unzufriedenheit der Bevölkerung infolge kapitalistischer Wirtschaftskrisen, sprich Arbeitslosigkeit, Verteuerung, soziale Unsicherheit und andererseits mit Hilfe der Überzeugungskraft unserer Genossen, werden wir die Macht zurückerlangen. Nicht nur auf dem Gebiet der früheren DDR. Das ist der Plan ZEDER."

"Warum gerade ZEDER. So heißt doch ein Nadelbaum, wenn ich nicht irre. Immer grünend, vorwiegend im Libanon beheimatet."

"Ihr Allgemeinwissen kann sich sehen lassen", lobte der Oberst und nahm einen Stift zur Hand: "Schauen sie her und achten sie auf die Anfangsbuchstaben der letzten fünf Worte." Auf ein Blatt Papier schrieb er Folgendes:

Unternehmen Zur Einleitung Der Europäischen Revolution.

"Ergibt ZEDER. Einen Baum. Darauf kommt keiner so leicht", erklärte Kretschmar stolz. Dann schwieg er und presste die Lippen zusammen. Einige Zeit sah er starr vor sich hin. Erst ein Hüsteln des Hauptmannes riss ihn aus seinen Gedanken. Nach einem Blick auf die Uhr setzte er den Bericht fort.

"Um zu verhindern, dass unsere Handlungsfähigkeit durch staatliche Organe zu stark eingeschränkt wird, legten wir über kriminelle Machenschaften hoher offizieller Personen der BRD und anderer europäischer Länder, bis hin zu Ministern, ja sogar Staatschefs, strafrechtlich verwertbare Akten an. Das vermuten übrigens auch unsere Gegner. Deshalb wurde bisher keiner unserer verantwortlichen Leute ernsthaft verfolgt."

"Aber was ist mit dem Genossen Wolf? Gegen ihn läuft doch noch immer ein Verfahren", wandte Skorpischnik zweifelnd ein.

"Ach was." Kretschmar winkte verächtlich ab: "Ist doch alles schon mit uns abgesprochen. Nur wertloses Geplänkel, um der Öffentlichkeit das Maul zu stopfen. Wird bis in alle

126

Ewigkeit verschleppt, das Ganze. In einiger Zeit interessiert sich kaum noch jemand dafür. Ernsthafte Schwierigkeiten hat der Chef davon nicht zu befürchten."

"Jetzt beginne ich zu verstehen. Man muss eben alles im Zusammenhang betrachten. Wann wird es soweit sein, bis wir zuschlagen können?"

"Nicht so ungeduldig, junger Mann." Kretschmar drehte den Kopf und sagte in das Mikrofon der Sprechanlage: "Bringen sie uns zwei Kaffee. Schwarz, ohne Zucker."

Dann wandte er sich wieder seinem Kollegen zu: "Wahrscheinlich erst Im Jahre 2002, zur übernächsten Bundestagswahl."

"Wie viel Exemplare dieser Akte ZEDER existieren gegenwärtig? Und wo befinden sie sich?"

"Nachdem die Ausfertigung in Zürich vernichtet wurde, gibt es nur noch das Original. Hier im Bunker."

"Bevor ich mir diese Unterlagen ansehe, habe ich noch einige Fragen zur Sicherheit dieses Objektes."

Oberst Kretschmar lächelte nachsichtig: "Ich kann mich durchaus in ihre Lage versetzen, jetzt wo die volle Verantwortung bei ihnen liegt. Also, was genau wollen sie wissen?"

"Wie ist die Umgebung gesichert? Unmittelbar und auch großräumig?"

"Passiv durch weitgehend neutrale Landschaftsgestaltung an Eingang und Entlüftungsschächten. Für Uneingeweihte nahezu unauffindbar. Aktiv mittels ständiger Objektwache, bestehend aus besonders gut geschulten, jahreszeitlich angepassten Genossen. Als Skifahrer, Pilzsammler, Wanderer und ähnliches, sowohl direkt am Bunker, als auch weiträumig. Mehrere Notausstiege, die speziell aus Tarnungsgründen von außen bis zum Ernstfall verschlossen bleiben, jedoch von innen ohne nennenswerten Zeitverlust zu öffnen sind, garantieren zuverlässigen Schutz vor eventuellen Festnahmen, falls die Polizei wider Erwarten einzudringen versucht. Außerdem kann der gesamte Komplex innerhalb kürzester Frist geflutet werden.

Die Anlage liegt fast elf Meter tiefer als der Wasserspiegel des angrenzenden Sees. Übrigens gibt es hier auf dem Gebiet des ehemaligen Truppenübungsplatzes zwei, wenn auch bedeutend kleinere Ausweichführungsstellen."

Die Miene des Obersten drückte Zufriedenheit aus, während er die von ihm selbst organisierten Sicherungsmaßnahmen aufzählte.

Unbeeindruckt bohrte Skorpischnik weiter: "Wo kommt der elektrische Strom her und wie wird die Entnahme getarnt? Immerhin werden hier sicher einige Dutzend Kilowatt verbraucht."

"Allerdings", bestätigte der Gefragte und führte weiter aus: "Ein ganz in der Nähe befindliches, automatisches Umspannwerk wurde bereits zu DDR-Zeiten entsprechend präpariert. Die Stromentnahme ist praktisch nicht feststellbar. Sollten dennoch Probleme auftreten, würden wir rechtzeitig gewarnt. Von Genossen, die im Energiebereich arbeiten. Außerdem verfügt die Bunkereinheit über zwei unabhängige Dieselaggregate für Notstrom. Mit den gegenwärtigen vorhandenen Reserven kann der Betrieb sämtlicher Anlagen über einen Zeitraum von fünfunddreißig Tagen zu hundert Prozent aufrechterhalten werden. Ausreichend Zeit, um eventuelle auftretende Schwierigkeiten auszuräumen oder Brennstoff nachzutanken. Unsere verfügbaren finanziellen Mittel sind nahezu unbegrenzt."

Skorpischnik schien mit den Ausführungen des Obersten einverstanden zu sein: "Das genügt mir vorläufig. Sie haben offensichtlich an alles gedacht."

Er trank seinen Kaffee aus, den ein Unteroffizier zwischenzeitlich gebracht hatte und erhob sich aus dem Sessel: "Nun aber möchte ich die Akte studieren."

Kriminalhauptkommissar Schmolke reduzierte die Geschwindigkeit auf das zulässige Maß, ohne dabei den vorausfahrenden PKW aus den Augen zu verlieren. Nur nicht auffallen, dachte er. Bei der ersten Kontrolle würde er auffliegen. Zwar saß er im unauffälligen Auto eines zuverlässigen Freundes, aber es war ihm nicht gelungen, falsche Papiere zu beschaffen. Seine Kenntnis von bestimmten Anlaufstellen in der Unterwelt erwies sich als völlig wertlos. Keiner der Ganoven wollte mit einem wegen Mordverdachtes gesuchten Bullen zu tun haben.

Der von ihm verfolgte Wagen bremste am Beginn einer Baustelle. Schmolke hielt sich in angemessener Entfernung. Seit zwei Tagen hing er wie eine Klette an dem stellvertretenden Geschäftsführer der technotron GmbH. Bislang völlig ergebnislos. Dieser Peter Feuchtenberger ließ sich mit dem gleichen Wagen lediglich früh in die Firma und abends wieder nach Hause fahren. Schon begann er den Verdacht zu hegen, der Mann verließe den Betrieb tagsüber mit einem anderen Auto. Leider besaßen die Fahrzeuge ausnahmslos getönte Scheiben, so dass er unmöglich die Insassen im Fond erkennen konnte.

Heute hatte der Verfolgte nicht den üblichen Weg genommen. Gegenwärtig strebte er dem südlichen Teil von Berlin zu. An der Autobahnauffahrt Richtung Dresden Prag beschlichen den Kriminalhauptkommissar Zweifel. Vielleicht wollte der andere aus betrieblichen Gründen irgendwohin, recherchierte er verdrossen. Wer garantierte ihm, dass der andere überhaupt etwas mit der ganzen Sache zu tun hatte? Was besaß er eigentlich für konkrete Anhaltspunkte? Außer der früheren Zugehörigkeit sämtlicher Firmenangehöriger zum ehemaligen MfS?

Unschlüssig lenkte der flüchtige Kriminalist seinen PKW über die Autobahnpiste. Sollte er die Verfolgung etwa aufgeben? Aber wo konnte er sonst noch ansetzen? Seine Situation wurde mit jedem Tag kritischer. Deshalb blieb ihm eigentlich gar nichts übrig, als hier weiterzumachen. Sicherheitshalber vergrößerte er den Abstand noch mehr. Das vorausfahrende Auto würde er auf dieser fast geraden Strecke jederzeit im Auge behalten können. Seinen Irrtum erkannte er zwanzig Minuten später, als er die Abfahrt Massow passierte.

"Misst verdammter", fluchte er verärgert, denn der verfolgte Audi war unbemerkt von der Autobahn abgefahren.

Kaum hatte seine Aufmerksamkeit einen nur winzigen Augenblick nachgelassen, da musste es geschehen. In der Fahrspur zurücksetzen war unmöglich. Nun durfte er bis zur nächsten Abfahrt gelangen, bevor er die Richtung wechseln konnte. Wütend trat Schmolke das Gaspedal durch.

Etwa fünfzehn Minuten später lenkte er seinen Wagen durch den Wald zur Raststätte Massow. Da hab ich noch mal Glück gehabt, dachte er beruhigt, als er feststellte, dass die Straße in einem Komplex aus mehreren Gebäuden endete. Dort musste der Gesuchte sein. In der kurzen Zeitpanne konnte er nicht gespeist oder getankt haben und zurück zur Autobahn gelangt sein. Doch weder auf dem Parkplatz des Restaurants, noch an der Tankstelle entdeckte Schmolke den Wagen des anderen. Beunruhigt fuhr er zwischen etlichen Bauten hindurch. Ohne Erfolg. Der Audi blieb verschwunden. Sollte er den Verfolger bemerkt und ihn ausgetrickst haben? Nein, der muss noch hier sein.

Grübelnd stieg der Kriminalist aus dem Fahrzeug. Sein Blick fiel auf das Dach eines mehrstöckigen Motels, von dem verschiedenartige Antennen aufragten. Sie schienen allerdings im Gegensatz zu der neuen Fassade des Hauses ziemlich verwittert zu sein. Kurz entschlossen ging er auf den nächsten Imbissstand zu und verlangte einen Hamburger. Dabei sagte er beiläufig zu dem Verkäufer: "Ganz schön runtergekommen, die Anlage da oben."

"Die hätten sie mal früher sehen sollen. Top gepflegt. Aber da saß die Stasi noch hier drin. War alles Sperrgebiet. Beiderseitig der Autobahn. Ein riesiges Gelände. Wachregiment Feliks

Dzierżyński."
Sofort war Schmolke hellhörig geworden. Aufmerksam
lauschte er den Worten des gesprächigen Mannes.

Hauptmann Skorpischnik, von Kennern seines Arbeitsstils
mit dem Beinahmen Skorpion bedacht, hob langsam den
Kopf und heftete seinen durchdringenden Blick auf den Obersten. Gleichzeitig klappte er den Deckel des vor ihm liegen-
den Aktenordners zu:
"Siebenhundert Seiten hochbrisantes Material. Wenn das in
falsche Hände gelangt, wandern wir alle für viele Jahre hinter
Gitter."
"Und etliche Leute vom BND leisten uns dabei sicher Gesell-
schaft. Ebenso wie zahlreiche Politiker", ergänzte Kretschmar
hämisch.
Missbilligend zog der Jüngere die Augenbrauen zusammen:
"Gewiss, was sie da über unsere Gegner zusammengetragen
haben, ist beeindruckend. Jedoch für uns nur solange von
Nutzen, wie es geheim bleibt."
Nach diesen Worten stand Skorpischnik auf. Mit seiner flachen Hand schlug er auf die Akte: "Dieses Material gehört in
ein hundert Prozent sicheres Versteck."
Verdutzt schaute der Oberst auf seinen Genossen: "Wo sollte
es denn besser aufgehoben sein, als hier?"
"Haben sie das von dem Bankschließfach in der Schweiz auch
gedacht? Bevor es geknackt wurde?"
Kretschmar lief rot an und wollte sich entrüstet verteidigen,
kam aber nicht mehr zu Wort. Respektlos redete der Unter-
rangigere auf den erheblich älteren Kollegen ein:
"Wachen sie endlich auf, Oberst. Wir befinden uns jetzt in
den neunziger Jahren. Heutzutage umkreisen unzählige Satel-
liten die Erde. Deren Infrarotspektrometern bleibt ein Objekt
wie dieses auf die Dauer nicht verborgen. Sämtliche, im Bunker verbrauchte Elektroenergie verwandelt sich letztendlich in

Wärmestrahlung und verrät den Standort. Es ist lediglich eine Frage der Zeit bis die Bundesbehörden anfangen, hier rumzuschnüffeln."

Oberst Kretschmar unterdrückte seinen Ärger darüber, von dem Jüngeren belehrt zu werden. In sachlichem Tone erwiderte er: "Die Maßnahmen zur Objektsicherung sind ihnen bekannt. Haben sie daran etwas zu bemängeln?"

"Machen wir uns doch nichts vor. Ein Bunkersystem von derartigen Ausmaßen ist einfach unzeitgemäß. Es gibt andere Möglichkeiten, zu konspirieren und die Akte unterzubringen. Ohne diesen unverhältnismäßig aufwendigen, personellen Bestand zur Geländesicherung. Ich bin für eine sofortige Auflösung der Anlage."

Nun erhob sich auch der Oberst. Lächelnd sprach er:

"Junger Mann, diesen Bunker haben wir nicht nur in Benutzung, um hier Versammlungen abzuhalten oder Unterlagen zu verstecken. Gegenwärtig dient er in erster Linie dazu, die Wachmannschaften zu konzentrieren und dadurch unter ständiger Kontrolle zu halten. Damit verfügen wir über eine jederzeit einsatzfähige Truppe von handlungsfähigen Spezialisten. Außerdem verkörpern Vorhandensein und Funktionsfähigkeit dieses Bunkersystems inmitten feindlichen Territoriums ein Symbol der realen Macht. Zumindest in den Köpfen niederer Dienstgrade. Sie wissen doch auch, wie notwendig der psychologische Faktor ist."

Skorpischnik nahm die Worte des Kollegen mit unbewegter Miene auf und wartete auf weitere Erklärungen. Kretschmar zögerte einen Augenblick, bevor er sprach:

"Da ist noch etwas anderes, was den Bestand des Bunkers rechtfertigt. Dem General liegt es besonders am Herzen."

Während der letzten Worte trat er an einen hohen Wandschrank und drehte ihn wie eine Tür beiseite. Dahinter wurde ein Panzerschott sichtbar:

"Dies ist der einzige Zugang zu einem hundertzwanzig Quadratmeter großen Raum. Das eigentliche Zentrum der Anlage.

Was sich dort drinnen befindet, gelangte über einen inzwischen zubetonierten Schacht hinein. Und hier, durch diesen noch offenen Zugang kann man es nicht mehr herausholen. Der Abmessungen wegen."

Gespannt folgte Skorpischnik dem Obersten in einen schmalen Gang. Nach etwa zehn Metern gelangten sie in eine kleine Kammer. Zwei Stahlblechtüren befanden sich darin.

"Spezielle Klimaanlage." Kretschmar nickte zu einer der Türen hin und öffnete die andere: "Bitte, treten sie ein, Genosse."

Forschen Schrittes ging der Aufgeforderte in den Raum. Bereits am Eingang stockte ihm der Atem. Sprachlos starrte er auf die von individuell ausgerichteten Scheinwerfern angestrahlte, goldgelb schimmernde Ausstattung des fast acht Meter hohen Zimmers. Wie im Unterbewusstsein vernahm er die Stimme in seinem Rücken.

"Das Bernsteinzimmer. Die Genossen der Arbeitsgruppe Puschkin II entdeckten es im März 1989. Nach dreißig Jahren Suche."

Hauptkommissar Schmolke lag bereits mehr als drei Stunden an der gleichen Stelle. Versteckt zwischen einer Gruppe flachwüchsiger, teilweise abgestorbener Krüppelkiefern, die ohne pflegliche Hand eines Förster wild durcheinander wucherten, konnte er eine langgestreckte, freie Fläche einsehen, an die sich der Raststättenkomplex anschloss.

Der frische, harzige Geruch der grünenden Heidelandschaft verursachte ein starkes Hungergefühl in seiner Magengegend. Das hat noch Zeit, sagte er sich und griff nach dem bereitliegenden Fernglas. Verschiedene Ausrüstungsgegenstände hatte er glücklicherweise beim Fahrzeugtausch aus dem eigenen Passat umgeladen.

In größerer Entfernung schlenderten zwei Personen am Waldrand entlang. Nach einigen Drehungen an der Feineinstellung erkannte er nun jede Einzelheit. Moment mal, stutzte er gleich darauf. Hab ich die nicht schon gesehen? Natürlich! Besonders den Größeren, einen Mann mittleren Alters, erkannte er jetzt wieder. Kurze blonde Haare. Eckiges Kinn, zusammengepresste Lippen. Zumindest dieser war vor knapp zwei Stunden schon einmal den gleichen Weg entlang gegangen. Jetzt blieben die beiden einsamen Wanderer stehen und schauten sichernd in alle Richtungen. Gleich darauf verschwanden sie zwischen den Bäumen.

Schmolke überlegte. Wozu schleichen sie dort herum? Zum wiederholten Male. War das etwa eine Wachmannschaft?

Der Kriminalist erhob sich. Doch gerade, als er aus dem Gestrüpp heraustreten wollte, vernahm er gedämpftes Motorengeräusch. Sofort glitt wieder auf den Boden.

Vom Parkplatz der Raststätte näherte sich ein BMW. Als dieses Fahrzeug in geringem Abstand am Versteck des Kommissars über den schmalen, unbefestigten Belag holperte, konnte Schmolke hinter den getönten Scheiben zwar keine Insassen erkennen, aber immerhin das Kennzeichen ablesen. Aus seiner Seitentasche zog er das Notizbuch, um die Nummer zu vergleichen. B-DW-2924, ein Firmenwagen der technotron-GmbH!

Inzwischen war der PKW an die teilweise niedergerissene Umfriedung eines kleineren Objektes gelangt und fuhr hinein. Mehrere flache Gebäude befanden sich dort. Unkraut begann bereits die Ränder der freien Betonflächen zu überwuchern. Anscheinend seit einiger Zeit nicht mehr benutzt, stellte Schmolke durch den Feldstecher fest. Vermutlich eine ehemalige Reparatureinrichtung für Fahrzeuge. Einige Rampen und Arbeitsgruben deuteten darauf hin.

Nur wenige Minuten später verließen drei Personen den Komplex und liefen eine bewaldete Anhöhe hinauf.

Volltreffer! Der heimliche Beobachter frohlockte im Stillen. Hier war etwas Illegales im Gange. Irgendwo in der Nähe fand ein konspiratives Treffen statt. Das war sicher. Dort musste auch dieser Feuchtenberger sein.

Über den Wipfeln der Bäume erhob sich in einiger Entfernung eine spitze Stahlkonstruktion. In der Optik des Feldstechers erschien dieser Turm stark vergrößert. Oberhalb einer über Treppenaufgang erreichbaren Plattform waren Sende und Empfangsanlagen installiert. Von dort aus würde er die gesamte Umgebung überschauen können, dachte der Kommissar. Nachdem eine Weile keine weiteren Personen in seinem Sichtfeld erschienen waren, erhob er sich und strebte mit schnellen Schritten dem neuen Ziel entgegen.

„Ich glaube, der Genosse Hauptmann hat Recht, wenn er von Sicherheitsmängeln spricht."

Feuchtenberger zündete sich eine Zigarette an und redete dann weiter: "Seine Argumente sind durchaus stichhaltig. Denken sie bloß an die alte Werkstatt. Gegenwärtig sind dort insgesamt fünf Wagen abgestellt. Das ist riskant. Wenn. . ."

"Na und?" fuhr Oberst Kretschmar ungehalten dazwischen: "Der betreffende Unterstellraum ist gut getarnt. Außerdem sichern die Genossen das Objekt. Wir können unsere Autos doch nicht auf dem allgemeinen Parkplatz stehen lassen. Mit der Zeit würde das auffallen."

Diese Einwendungen überzeugten den anderen nicht: "Auf die Dauer sind wir außerstande, vor allem Kinder und Jugendliche am Rumschnüffeln zu hindern, ohne Verdacht zu erwecken. Schon beim Reinfahren könnten wir gesehen werden."

"Übertreiben sie nicht. Kinder und Jugendliche? Wissen sie, wie weit die nächste Ortschaft entfernt ist? Allenfalls ein Raststättenbesucher bummelt ab und an im Gelände rum."

Kretschmar schien eine Weile zu überlegen, bevor er hinzusetzte: "Muss eben der Genosse Wolf persönlich entscheiden. Er wird heute Abend hier sein."

Keiner der Anwesenden ließ sich seine Überraschung anmerken. Der Chef persönlich! Dafür musste es einen besonderen

Grund geben.

"Bis dahin sollten wir Klarheit darüber erlangen, was wir in der Sache Schmolke zu unternehmen gedenken", nahm der Oberst wieder das Wort auf: "Bis zum gegenwärtigen Zeitpunkt ist der Mann wie vom Erdboden verschluckt. Nur sein Privatfahrzeug, ein Passat, konnte von der Polizei sichergestellt werden."

"Hat er versucht, mit seiner Frau Verbindung aufzunehmen? Liegen Nachrichten über Kreditkartenbenutzung vor?" wollte Feuchtenberger wissen.

"Nichts dergleichen. Telefonanschlüsse aller Bekannten und anderen möglichen Anlaufstellen sind durchgängig überwacht worden. Mir bleibt ein Rätsel, wo und wovon er lebt. Das ist doch kein Typ, der unter einer Brücke schläft."

"Als Kriminalhauptkommissar dürfte er über gewisse Verbindungen zu Gangsterkreisen Verfügen. Rotlicht und Drogenmilieu. Dürfte für ihn nicht schwierig sein, neue Papiere zu bekommen", entgegnete der Untergebene

Nun lächelte Kretschmar überlegen. Versonnen blickte er auf das Thälmannbild an der Wand. Dann blies er den Zigarettenqualm aus der Lunge, bevor er zu sprechen begann: "Ich habe mir erlaubt, die Fahndung nach ihm in der Szene bekannt zu machen. Was glauben sie, wie schnell das dort rum geht. Falsche Papiere für einen Bullen? Einen wegen Mordes gesuchten Bullen? Niemals."

Überzeugt schüttelte der Oberst seinen Kopf: "Wenn er da auftaucht, lassen die ihn eher hochgehen."

Skorpischnik, der die Auseinandersetzung bisher schweigend verfolgt hatte, schaltete sich ein: "Das Vorgehen Schmolkes im Falle Schaller, sowie dessen cleveres Verhalten bei der Aktion vor der Wohnung seines Kollegen, lässt Rückschlüsse auf die Gefährlichkeit dieses Mannes zu. Wir sollten ihn nicht unterschätzen. Ich würde mich keinesfalls allein auf den Fahndungsapparat der Polizei verlassen."

Kretschmar winkte ab: "Ausdrückliche Weisung vom Chef;

keine interne Suchaktion durch unsere Organe. Aber sie können dem Genossen Wolf gern ihre Vorstellungen selbst unterbreiten."

In der Miene des Jüngeren zuckte kein Muskel. Auf den provokatorischen Ton des anderen ging er nicht ein. Gelassen sagte er, an alle Anwesenden gewandt: "Der Genosse Kretschmar wird ihnen bestätigen, dass ich Vollmacht besitze, in Sicherheitsfragen eigene Entscheidungen zu treffen."

Unter den Teils erstaunten, teils fragenden Blicken seiner Untergebenen nickte Kretschmar zustimmend mit dem Kopf. Gleichzeitig zog er beide Schultern hoch und verzog das Gesicht, um damit zu verdeutlichen, dass die Verantwortung nicht bei ihm läge.

Die Augen des Hauptmannes verengten sich: "Wir sind hier nicht im Kindergarten, Oberst."

Zur Verwunderung aller anderen ließ Kretschmar diese Frechheit durchgehen. Mit leiser Stimme sagte er lediglich: "Bitte kommen sie zur Sache."

Skorpion sah seine Genossen der Reihe nach an, ehe er sprach. "Zu folgenden Fragen möchte ich von ihnen konkrete Vorschläge hören. Wie bekommen wir das Bernsteinzimmer aus dem Hauptbunker unbeschädigt heraus? Wie viel Zeit benötigen wir dafür? Und welche Transportmittel sind für eine komplette Umlagerung erforderlich? Wer. . . ?"

"Ausgeschlossen", unterbrach Kretschmar den Sprecher: "Technisch vollkommen unmöglich. Der Materialschacht wurde zubetoniert. Übrigens auf Weisung des Generals. Über den Personenzugang ist eine Auslagerung der Abmessung wegen ausgeschlossen. Also müsste zunächst erheblicher Erdaushub vorgenommen werden, was den Behörden kaum verborgen bliebe. Erst wenn wir wieder an der Macht sind, kann dieses Problem gelöst werden."

Skorpion beachtete die Worte des anderen nicht. Mit eisiger Miene musterte er ihn. An alle gewandt, sagte er dann. "Das Objekt wird unverzüglich evakuiert. Alles weitere erfahren sie vom General."

Schweigen erfüllte den Raum. Erst nach einer ganzen Weile ergriff der Hauptmann erneut das Wort. Diesmal wandte er sich direkt an den Obersten. Seine Stimme duldete keinen Widerspruch: "Lassen sie die Wachen verstärken. Wir können hier keine unliebsamen Überraschungen gebrauchen."

Mäßiger Frühlingswind strich über den kleinen See und kräuselte die Oberfläche des um diese Jahreszeit noch kalten Wassers. Winzige Wellen schwappten gegen das überwiegend flache, nur stellenweise felsige Ufer.

Im Untergehölz des Mischwaldes, nur wenige Meter vom Wasser entfernt, schmiegte sich eine Gestalt dicht an den sandigen Boden. Reglos verharrend, umklammerte sie mit ihren beiden Händen den Griff einer großkalibrigen Pistole. Ein aufgesetzter, mattierter Schalldämpfer unterstrich deren Gefährlichkeit. Mit angehaltenem Atem verfolgte der Liegende die Bewegungen zweier Männer, die in geringer Entfernung an ihm vorüber liefen. Dabei unterhielten sie sich halblaut.

Beim geringsten Anzeichen seiner Entdeckung würden speziell präparierte Projektile in schneller Folge den Lauf der Waffe verlassen und die Schädel der beiden wie herunter fallende Kürbisse zerplatzen lassen. Allerdings wollte der versteckte Schütze dies nach Möglichkeit vermeiden, denn es brächte seinen weiteren Plan zum Scheitern.

Erst nachdem die letzten Wortfetzen des Gespräches zwischen den Bäumen verklungen waren, richtete der heimliche Beobachter sich auf und sicherte die Pistole. Seine Bekleidung bestand aus einem Neoprenanzug, wie ihn Sporttaucher benutzten. Auf dem Rücken trug er zwei Pressluftflaschen. Mit geübten Handgriffen befestigte er jetzt Schwimmflossen an den Füßen. Dann steckte er sich das Atemgerät in den Mund und zog die Taucherbrille, die bisher um den Hals gehangen hatte, vor das Gesicht. Die Schusswaffe verstaute er in einem wasserdichten Plastebeutel am Gürtel.

Noch einen Augenblick lauschte der Mann, dessen Alter etwa 55 Jahre betragen mochte, angestrengt in die Umgebung. Kein verdächtiges Geräusch war zu vernehmen. Entschlossen schulterte er nun ein grobmaschiges Netz von einigem Ausmaß, in dem sich verschiedene Gegenständen befanden. Es schien ziemliches Gewicht zu besitzen, denn er musste viel Kraft aufwenden, um es tragen zu können.

Neben einem Felsbrocken ließ er die Last in den Ufersand gleiten. Geduckt spähte er dann umher. Wenige Augenblicke später verschluckte das Wasser den Mann und dessen Ausrüstung.

Gunther Schmolke trat auf eine Lichtung. Unmittelbar vor ihm erhob sich der Hügel, in dem die Betonfundamente des Stahlturmes ruhten. Rasch erklomm er die kleine Anhöhe.

Am gemauerten Fuß der Metallkonstruktion verschloss eine doppelte Eisentür den Zugang in die Erde. Mit zwei Schweißpunkten jeweils in der Mitte, war deren Funktion außer Betrieb gesetzt worden. Sowohl von der Tür, als auch vom Profilstahl des Turmes blätterte Farbe ab.

Aufatmend stellte der Kommissar das fest. Dann blickte er abschätzend nach oben. Mindestens fünfzig Meter, dachte er mit einem unangenehmen Gefühl in der Magengegend. Aber er brauchte ja nicht bis zur Spitze klettern, denn alle zehn Meter waren zwischen den äußeren Trägern waagerechte Gitterroste angebracht worden. Eisenleitern verbanden diese Plattformen miteinander.

Der senkrechte Aufstieg kostete mehr Mühe als erwartet. Bereits nach dem ersten Abschnitt klopfte dem Kommissar das Herz bis zum Halse. Solcherart Anstrengung war er nicht mehr gewohnt. Aber er verspürte keine Schwindelgefühle. So kletterte er einfach weiter. Mit zusammengebissenen Zähnen gewann er immer mehr Höhe. Ohne sich noch einmal umzusehen, gelangte er entgegen seiner Erwartung bis auf die oberste Plattform und klammerte sich dort schweißüberströmt an das Geländer. Kühler Wind brachte angenehme Erfrischung. Tief durchatmend überwand der Kletterer seine Erschöpfung. Dann ließ er den Blick umherschweifen.

Den Raststättenkomplex konnte er mit bloßem Auge gut erkennen. Diese aus etlichen, zum Teil mehrstöckigen Gebäuden bestehende Anlage musste früher das Zentrum des Wachregimentes Feliks Dzierżyński gewesen sein. Rundum, in einer Ausdehnung von einigen Kilometern, zog sich das Gelände eines ehemaligen Truppenübungsplatzes hin, durchschnitten vom schmalen Band der Autobahn.

Nun setzte Schmolke sein Doppelglas erneut an. Ausgiebig betrachtete er mehrere Objekte nicht natürlichen Ursprungs. Aufschüttungen, Laufgräben, halb verfallene Baracken und größtenteils von Gras überwucherte Wege erschienen in der Optik des Feldstechers. Weiter entfernt lag still ein kleiner See inmitten des Mischwaldes.

Jetzt spannten sich die Gesichtszüge des Beobachters. Halbversteckt hinter Bäumen, auf einer ausgedehnten Freifläche gewahrte er mehrere Steingebäude. Erregt drehte er an der Feineinstellung. Gleich darauf begann sich Enttäuschung in ihm auszubreiten. Es handelte sich offensichtlich um unfertige Rohbauten. Verschiedene Zerstörungen und rußgeschwärzte Wände ließen auf ein Übungsgelände schließen.

"Mist", fluchte Schmolke verärgert. Sein Aufstieg war umsonst gewesen. Als er schließlich verdrossen begann, die Leiter wieder hinab zu steigen, konnte er nicht ahnen, dass ein Posten im gut getarnten, am Rande des Hügels angelegten Außenbunker längst über Funk Meldung erstattet hatte.

Im Halbdunkel zeichneten sich die Umrisse kreisrunder Öffnungen ab. Direkt vor dem Froschmann ragten in Brusthöhe über dem Grund zwei gleichartige Betonröhren von etwa einem Meter Innendurchmesser aus der fast senkrechten Felswand. Ohne sich aufzuhalten, ließ der Taucher seine Last zwischen Wasserpflanzen sinken und knotete den Verschluss des Netzes auf. Er nahm einen meterbreiten, deckelartigen Gegenstand und einen aufgerollten Schlauch heraus. Danach schob er das Netz mitsamt dem restlichen Inhalt in eine der beiden Röhren. Nun griff er das Ende eines aufgespulten, etwa drei Zentimeter starken Plasteschlauches und schwamm damit zur Oberfläche hinauf, wo er es mit Hilfe eines Saugnapfes dicht über dem Wasserspiegel am Gestein befestigte. Sekunden später war er wieder auf dem Weg nach unten. Dort steckte er das andere Ende des jetzt abgerollten, druckfesten Schlauches auf einen Stutzen an der deckelartigen Platte. Diese fasste er an zwei Griffen und stieg rückwärts in die Röhre hinein, in der bereits das Netz lag. Der Platz reichte ihm gerade aus, um sich zu drehen. Von Innen zog er die Metallplatte gegen die Öffnung. Anscheinend war diese, am Außenrand mit einer Gummibeschichtung versehene Scheibe speziell nach den Maßen der Röhre angefertigt worden, denn sie verschloss sie wie ein passender Deckel.

Jetzt herrschte völlige Dunkelheit. Während der Mann mit einer Hand die Platte hielt, tastete er mit der anderen nach einer Schraubvorrichtung, die den Verschluss provisorisch arretierte. Dadurch bekam er beide Hände frei. Vom Gürtel nahm er eine Unterwasserleuchte.

An der Innenseite des mit Verstärkungen versehenen Bleches wurde eine elektrische Pumpe sichtbar. Aus dem mitgeführten Netz holte er nun einen gummiummantelten Hochleistungsakku hervor und stellte ihn am Eingang ab. Ein mit speziellen Unterwassersteckern ausgerüstetes Kabel schaffte die Verbindung zum Elektromotor. Kurz darauf ertönte gleichmäßiges Summen. Kontinuierlich begann das Aggregat Wasser aus dem Tunnel nach draußen in den See zu drücken. Durch den Schlauch konnte stattdessen Luft in die Betonröhre gelangen. Der Äußere Wasserdruck würde den Verschluss abdichten.

Endlich konnte der Mann etwas verschnaufen. Er wusste, dass sich zwischen Einstig des achtzehn Meter langen Tunnels und dem äußeren Flutungsmechanismus etwa neuntausend Liter Wasser befanden. Die Pumpe würde zweieinhalb Stunden benötigen, um ihn zu leeren.

Ruhig zwängte er sich am Netz vorbei, fasste die Last und zog sie hinter sich her. Vor der ersten, inneren Schleuse befestigte er seine Lampe mit einem Saugnapf seitlich an der glitschigen Wandung. Dann breitete er verschiedene Werkzeuge am Boden aus. Danach legte er die sorgfältig in wasserdichte Folie verpackten Einzelteile eines professionellen Miniaturschneidbrenners zurecht.

Halt! Keine Bewegung!" Der scharfe Anruf überraschte den Hauptkommissar im gleichen Augenblick, als seine Füße den Erdboden berührten. Die Hände hielten noch das Eisen des Treppengeländers umklammert. Sekunden danach spürte er den Lauf einer Waffe in seinen Rücken. Gleichzeitig wurde er abgetastet. Schmolkes Dienstpistole verschwand in der Tasche des Feindes.

"Hände auf den Rücken", bellte eine Stimme unmittelbar hinter dem Kriminalisten.

Handschellen rasteten klickend ein. Einen kurzen Augenblick lang gab er sich der irrwitzigen Hoffnung hin, es könne sich um reguläre Polizisten handeln.

"Rumdrehen!"

Vor ihm standen zwei Männer. Alter zwischen dreißig und vierzig Jahren. Sie hielten kurzläufige Maschinenpistolen auf seinen Körper gerichtet. Im Hintergrund wartete eine dritte Person. Deren Hände steckten in tiefen Manteltaschen. Unter dem Stoff zeichneten sich die Umrisse einer bulligen Gestalt ab. Offenbar der Anführer. Schweigend drehte dieser Mann sich um und schritt den Hang hinab.

"Na los hinterher", befahl einer der Bewaffneten.

Willenlos lief der Festgenommene in die erwünschte Richtung. Nach etwa hundert Metern gelangte die kleine Gruppe auf einen befestigten Weg. Dort saß ein vierter Mann auf dem Fahrersitz eines Geländewagens. Schmolke musste auf der hinteren Sitzbank zwischen seinen Bewachern platznehmen. Die Läufe ihrer Waffen stießen von beiden Seiten warnend gegen seinen Körper. Jeder Fluchtversuch war zum Scheitern verurteilt.

Etliche Minuten fuhr das Auto ziemlich schnell durch das zum Teil hügelige Gelände, bis es schließlich an eine felsige Anhöhe gelangte. Beim Aussteigen erblickte der Gefesselte in geringer Entfernung eine Wasserfläche. Genauere Beobachtungen verhinderte unterschiedlich dichter Baumwuchs. Außerdem blieb ihm keine Zeit dazu, denn ein schmerzhafter Stoß mit dem Kolben trieb ihn vorwärts. Folgsam trottete er dem untersetzten Typ hinterher. Die Bewaffneten liefen hinter ihm. Nach einigen Dutzend Metern verließ der Vorangehende den Weg und drang in das Unterholz ein. Dichtes Gebüsch versperrte an dieser Stelle die Sicht ins Innere des Waldes. Unvermittelt tat sich vor den Männer eine kleine Lichtung auf, deren Gegenseite ein Felsen begrenzte. Jetzt fühlte Schmolke den Lauf einer Maschinenpistole wieder direkt im Rücken.

"Mit dem Gesicht zur Wand", forderte eine Stimme hinter ihm.

Der Kripo-Mann trat dicht an das Gestein heran. Jeden Augenblick erwartete er die tödlichen Schüsse. Stattdessen konnte er aus den Augenwinkeln beobachten, dass der Anführer ebenfalls an den Felsen getreten war. Er schien gegen die steinerne Wand zu sprechen. Offenbar nannte er irgendeinen Code, denn ein mannshohes Stück des Felsens verschwand mit einem surrenden Geräusch langsam nach innen. Gleich

darauf fühlte Schmolke sich an der Kleidung gepackt und in Richtung der entstandenen Öffnung geschoben: "Da rein."
Während er in den ausbetonierten Gang trat, schossen die Gedanken wie wild durch seinen Kopf. Ein gut getarnter Bunker! Nicht mal die Augen haben sie mir verbunden. Also wollte man ihn umlegen. Zeugen würden die jedenfalls keine hinterlassen. Daran hatte nicht den geringsten Zweifel. Auf alles gefasst stieg der Kripo-Mann eine steile Treppe hinab. Hinter sich vernahm er die Schritte der beiden Wächter.

Mühelos durchdrang die heiße Gasflamme des Spezialbrenners das Schott. Die hinderlichen Atemluftflaschen hatte der Froschmann ebenso wie seine Schwimmflossen abgelegt. Lediglich am Boden der Röhre schwappte noch restliches Wasser. Der Mann schnitt ein kreisrundes Loch von zwanzig Zentimetern Durchmesser in den Stahl. Als die Temperatur an den Rändern abgeklungen war, schob er den Arm bis an die Schulter hindurch und tastete die Mechanismen auf der anderen Seite ab. Dann stellte er aus seinem Gepäck das geeignete Werkzeug zusammen. Mit sicherem Blick wählte er den passenden Schraubenschlüssel und begann durch die entstandene Öffnung die Verriegelung des Drehschotts abzuschrauben. Einige Minuten später konnte er den Verschluss wie eine Tür nach der anderen Seite aufdrücken. Kurz danach stand er in einem Tunnel von mehr als zwei Metern Durchmesser. Unmittelbar neben dem Zuleitungskanal, aus dem er gekommen war, mündete die parallele, allerdings verschlossene Röhre in den Gang.
Mit seiner Taschenlampe kontrollierte der Eindringling die oberen Wandungen. Nirgends entdeckte er Bewegungsmelder. An beiden Verschlüssen, deren Aufgabe darin bestand, das Wasser zurückzuhalten, waren nicht einmal Kontaktschalter angebracht. Über sein Gesicht glitt ein bösartiges Lächeln. "Diesen Leichtsinn werdet ihr teuer bezahlen," murmelte er

vor sich hin.

Den Verrieglungsmechanismus des eben überwundenen Schotts brachte er so weit wieder in Ordnung, dass er es vom Inneren der kleineren Röhre aus, ohne erheblichen Zeitverzug würde schließen können. Danach setzte der Froschmann eine vorbereitete Metallscheibe auf die ausgebrannte Öffnung und verband sie mittels schnell wirkenden Klebstoffs mit dem Material der Schleusentür. Bei der später geplanten Flutung dürfte zudem der Wasserdruck die Platte gegen das Metall pressen und dabei zusätzlich abdichten. Ehe man diese Manipulation entdeckte, wäre er längst über alle Berge.

Noch einmal ließ er den Strahl der Handleuchte über die am Boden liegenden Gegenstände streichen. Sichtbrille mit Mundstück. Zuleitungsschlauch, Druckluftflaschen und die Schwimmflossen. Alles griffbereit. Nun transportierte er die Schneidbrennerausrüstung durch den großen Tunnel. Schon nach zwanzig Metern stand er vor der inneren Hauptschleuse. Dieses übermannshohe Schott war nur zur Sicherheit angelegt worden. Im Falle einer beabsichtigten Flutung musste man es unabhängig von den beiden äußeren Verschlüssen betätigen. Dann würden die Wassermassen aus den kleinen Röhren durch den Haupttunnel schießen und ungehindert in den Bunker strömen.

Auch hier begann der Froschmann eine Öffnung in das Metall zu schneiden, die allerdings groß genug werden sollte, um seinen Körper hindurch zu lassen. Diesmal würde er das Loch nicht wieder abdichten müssen.

Während die superheiße Flamme sich zischend in den Stahl fraß, dachte der Eindringling angestrengt nach. Irgendwas musste er unbeachtet gelassen haben. Das sagte ihm sein Gefühl. Noch einmal ging er im Geiste alle bisherigen Schritte durch. Schließlich verdrängte er den unbequemen Gedanken, denn er wollte sich auf seine bevorstehende Aufgabe konzentrieren.

Minuten danach befand er sich endgültig innerhalb des von

seinen Benutzern für absolut unüberwindlich gehaltenen Bunkersystems.

Der holzgetäfelte Arbeitsraum von Oberst Kretschmar war sehr zweckmäßig gestaltet. Die gesamte Einrichtung bestand nur aus einem Schreibtisch und zwei Stühlen.

Leise rauschend saugte die Klimaanlage verbrauchte Luft ab. Im Ernstfall würde diese nicht einfach nach draußen gepumpt, sondern über einen speziellen Kreislauf entgiftet und mit Sauerstoff angereichert. Man könnte dann auch bei nuklearer Verseuchung der Erdoberfläche einige Wochen hier unter überleben.

Schmolke saß in unbequemer Haltung mit dem Rücken zur Tür. Mit zwei Handschellen hatte man seine beiden Hände an die Stuhlbeine fixiert. In dieser Stellung war er völlig wehrlos.

Kretschmar redete auf ihn ein: "Mensch Schmolke, was haben sie bloß für einen Mist verzapft. Wie konnten sie auch in unserer Firma rumschnüffeln? Und erst hier am Bunker? Ist doch gar nicht ihre Aufgabe gewesen. Den Mörder, den sie stattdessen hätten suchen sollen, haben wir inzwischen selber ausfindig gemacht. Und ohne viel Federlesens hingerichtet."

Den Kommissar schauerte es. Auf eine Erwiderung verzichtete er. Über sein Schicksal war ohnehin längst entschieden. Dieser dicke Kerl wollte sich nur an seiner misslichen Lage ergötzen. Und danach würde man ihn umlegen. Er hörte gar nicht mehr hin, was der andere redete. Erst ein lautes Klopfen an der Tür riss ihn zurück in die Realität.

Kretschmar rief in ärgerlichem Tone: "Ich hatte mir ausdrücklich jegliche Störung verbeten. Also bleiben sie gefälligst draußen."

Anscheinend drangen die Worte des Obersten nicht deutlich genug in den lang gestreckten Flur, denn die Tür wurde geöffnet. Auf der Stirn des Obersten bildeten sich Unmutsfalten.

Drohend zogen seine Augenbrauen sich zusammen.

Gleich wird er los brüllen, dachte Schmolke trotz seiner prekären Lage fast belustigt und musste ein Lächeln unterdrücken. Da ging in der Miene des Stasi-Offiziers eine Veränderung vor sich. Wie in Zeitlupe klappte sein Unterkiefer herab. Entsetzt fuhr er zurück. Seinem Mund entrangen sich gestammelte Worte: "Nein. . . das. . . das ist. . . un. . . unmöglich."

Im Rücken des Kommissars klappte die Tür zu. Eine Person musste eingetreten sein. Unter großer Anstrengung drehte Schmolke seinen Kopf herum, so weit die Fesseln es zuließen. Dabei verrenkte er fast den Hals. Am Eingang erblickte er einen etwa fünfundfünfzigjährigen, stämmigen Mann in dunklem Neoprenanzug, dessen eine Gesichtshälfte von grauroten Narben entstellt war. In seiner rechten Hand glänzte matt der Lauf einer Pistole mit aufgesetztem Schalldämpfer. Die Mündung zielte auf den Kopf des hinter dem Schreibtisch Sitzenden.

"Stehen sie schon auf, Kretschmar. An meine Noten im Schießen können sie sich hoffentlich noch erinnern."

An Schmolke vorbei trat der Sprecher auf den völlig Verdatterten zu. Er tastete seinen ehemaligen Kollegen nach Waffen ab. Dabei fragte er mit einem kurzen Seitenblick auf den Gefesselten: "Wer sind sie."

"Kriminalist. Man wollte mir einen Mord anhängen, den offenbar diese sauberen Herren organisiert haben. Jetzt soll ich wohl umgelegt werden."

Kretschmar schien sich langsam wieder zu fassen. Jedenfalls schielte er zu einem roten, an der Seitenwand neben dem Schreibtisch angebrachten Knopf. Ein harter Stoß gegen den Körper ließ ihn jedoch in die Ecke taumeln.

"Lassen sie diese Mätzchen", drohte der Froschmann mit dumpfer Stimme. Sekunden später fügte er hinzu: "Wo befindet sich der Tresor mit den geheimen Unterlagen?"

Der Oberst hatte sich anscheinend wieder in der Gewalt.

Trotzig entgegnete er: "Hier kommen sie niemals lebend raus."

Kaum hatte er diese Worte ausgesprochen, schlug ihm der andere mit dem Griff der Waffe gegen die Schläfe. Stöhnend sank Kretschmar auf die Knie. Mit einer schnellen Bewegung stieß ihn der Eindringling den Schalldämpfer brutal zwischen die Zähne:

"Ich zähle bis drei. Eins. . . zwei. . ."

Heftiges Kopfnicken signalisierte Kooperationsbereitschaft des Zusammengeschlagenen, dem die Sprache zu fehlen schien. Angst stand in seinen Augen, als er sich ächzend erhob und an die hintere Stirnwand des Raumes trat. Dort klappte er einen Teil der Holzvertäfelung zurück. Dahinter wurde der Safe sichtbar.

Beim Einstellen der Zahlenkombination zitterten beide Hände des Genossen Kretschmar. Etliche Geldbündel und verschiedene Papiere lagen im Inneren des Panzerschrankes. Einige hundert Seiten waren zu einer Akte zusammen gefasst. Auf dem Einband war mit Großbuchstaben aufgedruckt: ZEDER.

Von seinem Gürtel löste der Erpresser einen zusammengelegten, wasserdichten Plastesack und reichte ihn dem Überfallenen.

"Alles da rein packen. Aber schnell!"

Kretschmar spürte die Mündung der Waffe in seinem Rücken. Er wusste, dass der frühere Genosse im Falle einer Weigerung ohne jedes Zögern schießen würde. Widerspruchslos kam er daher der Aufforderung nach. Als er gefragt wurde, wo die Schlüssel für die Handschellen sich befänden, antwortete er: "Das müssen sie meine Kollegen fragen."

Kurz entschlossen trat der Bewaffnete an den Gefesselten heran, bückte sich, dabei den Feind im Auge behaltend und brach mit einem Ruck ein hinteres Stuhlbein ab.

Schmolke unterdrückte einen Schmerzensschrei, als der Stuhl unvermittelt abkippte. Mit seinem Knie fing der Unbekannte den fallenden Kommissar ab. Danach riss er auch das zweite

Stuhlbein heraus. Unterdessen wagte sich der Oberst nicht zu rühren.

Stöhnend rappelte der zu Boden gegangene Kriminalist sich auf und rieb seine Gelenke, von denen noch die metallenen Fesseln baumelten. Unvermutet drückte ihm der andere seine Pistole in die Hand: "Sobald der Mensch eine Zuckung macht, schießen sie. Ich sehe mich inzwischen um, ob die Luft rein ist."

Nach diesen Worten verschwand der Sprecher mit seiner Beute aus dem Zimmer. Lüge, schoss es gleich darauf dem überrumpelten Schmolke durch den Kopf. Der will ohne mich abhauen. Und ich komme allein niemals hier raus. Er musste dem anderen folgen. Darin bestand seine einzige Chance. Rückwärts lief er zur Tür und trat in den Flur. Sekunden danach durchdrang auf und abschwellendes Sirenengeräusch die gesamte Bunkeranlage. Kretschmar hatte den roten Knopf betätigt und

Im Aufenthaltsraum riss Skorpischnik den Hörer der internen Verbindung von der Gabel: "Was ist los?"

Abgehackt erklang die Stimme des Obersten aus der Muschel: "Der Gegner. . . im Bunker. . . Taucheranzug."

Ohne eine einzige Sekunde zu verlieren, warf Skorpion den Hörer hin und rannte aus dem Zimmer, in der offenen Tür einen Kollegen rücksichtslos beiseite stoßend. Schon nach wenigen Metern erreichte er die Zentrale. Hier saß vor zahlreichen Überwachungsmonitoren der diensthabende Offizier.

"Fluten!" befal ihm der Hereinstürmende ohne weitere Erklärungen. Ungläubig starrte der andere den Hauptmann an.

"Fluten!" brüllte Skorpion erneut mit sich vor Wut überschlagender Stimme. Aus seiner Seitenasche zog er eine Pistole hervor.

Nun schien der Aufgeforderte endlich zu begreifen. Von einer roten Blechverkleidung riss er die Plombe ab. Dann klappte er den Deckel auf. Beide darunter befindlichen Knöpfe drückte er gleichzeitig ein. Danach betätigte er den Schalter für die automatische Ansage. Bis in den letzten Winkel der unterirdischen Anlage verkündeten Lautsprecher jetzt mit monotoner Stimme: "Sofortige Evakuierung. Dies ist keine Übung. Sofortige Evakuierung. Dies ist keine Übung. Sofortige..."

Hastig kroch der Froschmann durch die heraus gebrannte Öffnung der inneren Hauptschleuse. Als er sich dann aufrichtete, drang ein leises Summen an seine Ohren. Die Mechanik des zweiten, äußeren Schotts! Schlagartig wurde ihm seine Unterlassung bewusst. Diesen Mechanismus hätte er beim Eindringen zerstören müssen. Blitzschnell wirbelten die Gedanken in seinem Kopf. Er musste die leer gepumpte Röhre erreicht haben, bevor das andere Schott vollständig entriegelt war und Wasser aus dem See einströmen konnte. Augenblicklich stürmte er los. Doch er kam nicht weit. Mit lautem Knall sprang das Schott unter dem Druck des Wassers auf. Tosend schoss ein meterdicker Strahl in den Tunnel.

Verzweifelt wandte der Mann sich zur Flucht. Doch schon erfasste ihn eine schäumende Woge und riss seinen Körper mit unwiderstehlicher Gewalt fort. Direkt vor ihm drückte die Flutwelle das jetzt ebenfalls entriegelte Hauptschott auf. Wäre er dagegen geschleudert worden, hätte er den Aufprall wohl kaum überlebt. Obgleich ihm fast das Bewusstsein schwand umklammerte er verbissen den Plastesack mit der wertvollen Beute. Im Inneren der Bunkeranlage verteilte die Flut sich zunächst und schob den Mann wie ein Stück angeschwemmtes Holz zur Seite. Plötzlich spürte er wieder Halt unter seinen Füßen. Hoffnung schöpfend richtete er sich auf und watete durch die Strömung. Unversehrt gelangte er zu einem kurzen Treppenaufgang. Erst auf dem höher gelegenen Standort verschnaufte er ein wenig.

"Ich verdammter Idiot", fluchte er wütend. Seine eigene

Nachlässigkeit wäre ihm beinah zum Verhängnis geworden. Zum Glück konnte das Wasser nur durch die eine intakte Röhre strömen, sonst wäre er nicht so glimpflich davongekommen.

Stimmen drangen durch das Rauschen der nachdrängenden Flut. Irgendjemand schimpfte lautstark. Instinktiv duckte sich der Mann in eine Nische. Eine andere Person wollte eilig vorbeilaufen. Reaktionsschnell streckte der Froschmann seinen Fuß vor, so dass der Vorüberlaufende ins Straucheln geriet und hinstürzte. Als der Angreifer sich über den Gefallenen beugte, um ihm das Genick zu brechen, entdeckte er Handschellen an dessen Gelenken.

"Verzeihung", sagte er höflich, als befände man sich auf einer Abendgesellschaft.

Verärgert erhob sich Schmolke. "Die Knochen hätte ich mir fast gebrochen, sie Blödmann."

Ohne etwas zu entgegnen, nahm der Taucher die Pistole an sich, die dem anderen beim Sturz entglitten war. Prüfend schaute er dann zum Treppenaufgang. In kurzer Zeit würde das Wasser auch diese Ebene vollständig überfluten. Das Tosen der nachströmenden Flüssigkeit war deutlich zu vernehmen.

Im Halbdunkel leuchtete ein phosphoreszierender Pfeil von der gegenüberliegenden Wand. Das musste sich auf einen Fluchtweg beziehen. Sofort lief der Mann mit dem Plastesack in die angezeigte Richtung. Schmolke folgte ihm unaufgefordert. Weitere, auch unter Notbeleuchtung deutlich sichtbare Pfeile wiesen den Weg. Niemand begegnete ihnen.

Nach zwei Minuten standen sie am Ende eines kurzen Seitenganges. Das Wasser umspülte bereits die Waden der beiden Flüchtlinge. Über einem quadratischem Schott von siebzig Zentimetern Kantenlänge war mit weißer Leuchtfarbe eine Schrift aufgebracht: Notausstieg C.

"Na also", stellte der Froschmann befriedigt fest: "Hier kommen wir raus."

Lediglich ein Hebel war umzulegen, dann konnte er die kleine Tür mühelos aufziehen. Als Schmolke hinterher kroch, musste er bereits untertauchen, so hoch war des Wasser inzwischen gestiegen.

Durch den engen, senkrechten Schacht führte eine Eisenleiter nach oben. Dort gelang es dem Vorauskletternden mit erheblichem Kraftaufwand, eine von außen mit grasbewachsener Erde bedeckte Verschlussplatte aufzuklappen.

Lautlos schob der Froschmann seinen Körper hinaus. Dichtes Unterholz versperrte die Sicht. Langsam robbte durch das grünende Gebüsch, bis er zwischen spärlichem Baumbestand hindurch spähen konnte. Nur fünfzig Meter entfernt herrschte reges Treiben. Motorengeräusch ertönte von da. Gestalten liefen hektisch hin und her. Wortfetzen klangen herüber.

Missbilligend blickte der Froschmann auf den ebenfalls herangekommenen Kriminalisten. Unvermittelt drückte er ihm zum zweiten Mal die Waffe in die Hand.

"Passen sie hier auf", befahl er und kroch zurück. Am Notausgang schloss er die Eisenplatte und versuchte mit seinen Händen, die Erdschicht wieder herzurichten. Es gelang zwar nicht, die Spuren ihres Fluchtweges vollständig zu beseitigen, aber die hereinbrechende Dämmerung würde genauere Untersuchungen vorerst erschweren und ihnen einen Vorsprung verschaffen.

Nahezu unhörbar drangen die Fahrgeräusche in das Innere der komfortablen Limousine. Die Außenwandung des speziell angefertigten BMW war mit hochfesten Kevlarmatten ausgefüllt. Konventionelle Projektile aus Handfeuerwaffen würden diese Panzerung nicht durchdringen können. Weitgehend schusssicheres Glas verhinderte erfolgreiche Angriffe über die Sichtflächen.

Behaglich lehnte General Wolf sich in das Lederpolster der hinteren Sitzbank. Schon beim Einsteigen hatte er das Funktelefon abgeschaltet. So konnte er die Fahrt in Ruhe genießen. Zu der bevorstehenden Begegnung würde er zwei Stunden früher als erwartet erscheinen. Er liebte Überraschungen. Natürlich nur dann, wenn sie nicht ihn selbst betrafen. Dass ihm sehr bald eine äußerst unangenehme Überraschung bevorstand, ahnte er zu diesem Zeitpunkt noch nicht.

Jetzt beugte er sich vor und erteilte dem Fahrer mit knappen Worten eine Weisung. Dieser nickte beflissen und nahm den Fuß vom Gaspedal. Eine Minute später lenkte er den schweren Wagen von der Autobahn.

Auf Weisung seines höchsten Vorgesetzten sollte er den ehemaligen Truppenübungsplatz nicht über die Abfahrt Massow, sondern außerhalb des üblichen Weges anfahren und dann über nur wenigen Eingeweihten bekannten Schleichwegen zum Bunker gelangen.

Die Evakuierung war ohne eigene Verluste endlich abgeschlossen worden. Man vermisste lediglich zwei fremde Personen. Eine davon, der Polizeischnüffler, musste längst ertrunken sein, denn inzwischen stand das gesamte Bunkersystem unter Wasser. Die Notausstiege waren unbenutzt geblieben. Das hatte Kretschmar eben kontrollieren lassen. Ob es dem Mann im Taucheranzug gelungen war, durch die Flutungsanlage in den See zu gelangen, erschien dem Obersten sehr unwahrscheinlich. Zu schnell hatte Skorpion die Schleusen öffnen lassen. Also musste sich die Akte noch da unten befinden.

Doch der Hauptmann wollte Kretschmars Argumentation nicht zustimmen. Mit allen verfügbaren Kräften ließ er das Gelände sofort weiträumig absperren und ausgiebig kontrollieren. Gegenwärtig strich er ruhelos in der Nähe des Sees herum und suchte nach Anhaltspunkten.

Das Auto des Obersten parkte nur wenige Dutzend Meter entfernt von dem unbrauchbar gewordenen Objekt. Seit einer halben Stunde saß Kretschmar im Wagen und versuchte persönlich, eine Verbindung zum Chef herzustellen. Weder über Mobiltelefon, noch mit der leistungsfähigen Autofunkanlage erreichte er den General. Verstimmt sah Kretschmar auf seine Armbanduhr. Der wird wieder einmal völlig überraschend auftauchen, dachte er erbost. Weit vor der vereinbarten Zeit. Bis dahin konnte er ihn anscheinend nicht auf das Geschehene vorbereiten. Also dürfte sich die Ungnade des Vorgesetzten mit geballter Wucht über ihn ergießen. Erst der unüberhörbare Rufton seiner Direktfunkanlage unterbrach die unangenehmen Gedankengänge.

Aufmerksam nahm der Oberst eine Meldung entgegen. Vor wenigen Minuten war der Flüchtige aufgespürt und umstellt worden.

"Legen sie ihn um", befahl Kretschmar verärgert, weil Skorpion Recht behalten hatte.

Kurz darauf traf die Nachricht von einem Posten des äußeren Sicherheitsbereiches ein, wonach sich aus nördlicher Richtung ein Fahrzeug dem Bunker näherte. Man habe es eindeutig als den BMW des Generals identifiziert.

Sogleich besserte sich Kretschmars Laune. Wenigstens hier war seine Vermutung richtig gewesen. Erneut wollte er den Vorgesetzten anrufen. Nach mehreren vergeblichen Versuchen gab er das Vorhaben endgültig auf. Zum Glück kann ich bei der Ankunft des Chefs melden, dass es dem Feind nicht gelungen war, das Gelände mit der Akte ZEDER lebend zu verlassen, dachte er beruhigt. Blieb bloß noch die Wiederinbesitznahme des Beutegutes in unbeschädigtem Zustand zu erhoffen. Eigentlich wäre dann überhaupt kein Schaden entstanden. Den Bunker wollte Skorpion ohnehin schließen lassen.

Plötzlich durchfuhr den Oberst ein eisiger Schreck. Das Bernsteinzimmer! Vorerst würden sie es dort nicht rausholen können. Dafür wären viel zu umfangreiche Tiefbauarbeiten mit schwerer Technik erforderlich.

Verdammt, Wolf wird gewaltig toben. Schon jetzt glaubte der Oberst im Geiste die Stimme des Generals zu vernehmen: "Mann, sind sie wahnsinnig?"

Aber was konnte man ihm eigentlich vorwerfen? War der Mann, der für diesen Verlust verantwortlich ist, nach den Worten des Vorgesetzten nicht bereits seit Jahren tot? Bei der Ausführung eines besonderen Auftrages ums Leben gekommen? Ein diabolisches Lachen entrang sich der Kehle des Obersten. Wenig später durchschnitten Autoscheinwerfer das Dunkel der Nacht.

Als Markus Wolf den Wagen verließ, stand Kretschmar bereits am Wegesrand und erstattete in knappen Worten Meldung, dabei eine Miene vortäuschend, als sei er vom plötzlichen Eintreffen des Vorgesetzten überrascht worden: "Genosse General, Bunker infolge feindlichen Angriffs geflutet. Eingedrungener Gegner mit Akte ZEDER geflüchtet. Konnte in Höhe Häuserkampfplatz gestellt werden. Sämtliche Fluchtwege abgeschnitten. Liquidierung leitet Skorpion."

Wolf setzte sich zurück in den Wagen und winkte den anderen zu sich. Schweigend wartete er noch, bis sein Untergebener auf der Rückbank Platz genommen hatte und der Fahrer auf einen Wink hin ausgestiegen war. Dann sah dem Genossen prüfend ins Gesicht. "Sind sie betrunken, Kretschmar?"

"Wenn sie gestatten, berichte ich der Reihe nach."

In der Miene des Generals ging keine Veränderung vor sich, während er den Erklärungen des Mitverschwörers zuhörte. Erst als dieser seine Rede beendet hatte, lief Markus Wolf rot an. Dennoch sprach er ruhig, wenn auch mit drohendem Unterton: "Das müssen sie mir näher begründen. Ich meine, wie der Skorpischnik angeblich im Taucheranzug erschien, die Akte geklaut und sich jetzt selber umstellt hat."

Dabei musterte er den Obersten wie ein Psychiater seinen unheilbar geisteskranken Patienten.

"Erlauben sie, dass ich rauche?" Ohne die Genehmigung des Vorgesetzten abzuwarten, zündete Kretschmar eine Zigarette an. Er war sich seiner Sache nun sicher: "Der Froschmann ist Oberst Skorpischnik und der ihn jetzt erledigt sein Sohn, der Genosse Hauptmann."

Kopfschüttelnd erwiderte der General: "Sie sind tatsächlich verrückt. dessen Vater ist seit Jahren tot. Im Einsatz gefallen."

"Sie irren, Genosse General. Er stand heute direkt vor mir. Seine Stimme, die Bewegungen und erst die Verbrennungen im Gesicht, von damals in Greifswald. Ohne jeden Zweifel Skorpischnik. Dafür bürge ich jederzeit mit meinem Kopf: "

Wolf blieb wider Erwarten gelassen. Er versank eine Weile in Schweigen. Dann befahl er in barschem Tone: "Veranlassen sie, dass der Kerl lebend gefangen wird."

Kretschmar wagte nicht zu widersprechen und begab sich zur Direktfunkanlage in seinen eigenen Wagen. Wenige Minuten später kehrte er zum General zurück.

"Befehl ausgeführt. Der Mann verteidigt sich noch. Gedeckt durch Mauerwerk. Verschießt eine Menge Munition aus einer Maschinenpistole. Muss dort ein ganzes Depot haben."

Die letzten Worte begleitete der Oberst mit einem Schulterzucken und setzte hinzu: "Gestatten sie mir die Frage, wie Skorpischnik gestorben sein soll?"

Der General lächelte nachsichtig: "Bei einer Atomexplosion. Fünfzehn Megatonnen."

"Eine ungeheure Ladung. Kaum vorstellbar", zweifelte Kretschmar, obgleich er die Gerüchte im Zusammenhang mit der damaligen Katastrophe in Russland kannte: "Wie soll man da hinterher noch feststellen können, wer genau dabei umkam? Das kann man doch bestenfalls schätzen."

"Nicht in seinem Fall. Dafür war er zu nah dran."

Auf den fragenden Blick des Obersten hin, setzte Wolf hinzu: "Er hat die Bombe persönlich ausgelöst."

Zunächst schien Kretschmar sprachlos, ehe er mit leiser Stimme fragte, als sei nicht schon hinter vorgehaltener Hand, natürlich nur im engsten Kreise darüber gesprochen worden. "Etwa Neunzehnhundertachtundachtzig? Semipalatinsk?"

Wolf schwieg. Kretschmar fasste das als Bestätigung auf und wollte nun wissen: "Aus welcher Entfernung erfolgte die Zündung?"

Wortlos blickte der General vor sich hin. Der Oberst sagte leise: "Ich verstehe. Aber wenn er seine Aufgabe einem anderen übertragen hat und danach untergetaucht ist? Immerhin war er ja tot. Zumindest für uns."

Langsam hob der General den Kopf. Mit starrem Blick schaute er auf seinen Mitarbeiter und klopfte dann in kurzem Abstand zweimal an die Seitenscheibe. Sofort eilte der Fahrer herbei: "Häuserkampfplatz!"

Auf einer freien Fläche mitten im Kiefernwald standen einige Häuser unterschiedlicher Art und Höhe. Man hatte sie lediglich im Rohbau ausgeführt und noch nicht mit Dächern versehen. Früher waren hier Angehörige des Wachregimentes im Personenschutz und Kampf zwischen Gebäuden ausgebildet worden. Gerüchten zufolge sollen auch die Mitglieder der deutschen RAF hier geübt haben. Jetzt jedoch, mehrere Jahre nach dem Zusammenbruch der DDR, verfielen die Bauten ungenutzt. Im Dunkel der Nacht ragten ihre gespenstig anmutenden Silhouetten wie Ruinen über ungehindert wucherndem Gesträuch auf.

Die Schießerei war endlich abgeflaut. Auf Fahrzeugen montierte Infrarotscheinwerfer sandten ihre unsichtbaren Strahlen in Richtung des vom Feind besetzten Hauses. Von Skorpion über Funk koordinierte, mit Nachtsichtbrillen ausgerüstete Schützen lagen rundum versteckt. Mit ihren im Anschlag gehaltenen Waffen würden jeden sie Fluchtversuch unterbinden.

Ohne Licht fuhr die Limousine des Generals in mäßigem Tempo den schmalen Waldweg entlang. Hundert Meter vor der Lichtung stoppten bewaffnete Männer das Auto. Als Markus Wolf aus dem Fahrzeug stieg, nahmen sie Haltung an. Der General winkte ab und befahl. "Schaffen sie mir Hauptmann Skorpischnik ran. Sofort!"

Danach wandte er sich Kretschmar zu und fragte: "Glaubt außer ihnen noch jemand, es könne sich um den gefallenen Obersten handeln?"

"Ich habe ihn höchstwahrscheinlich als Einziger gesehen", entgegnete Kretschmar vorsichtig, denn er wusste nicht, was der General bezweckte.

Dieser begann jedoch eine rege Unterhaltung mit etlichen Mannschaftsdienstgraden. Gut fünf Minuten später war er über das Geschehen aus deren Sicht bestens informiert.

Skorpion trug einen AK-47 in der rechten Hand, als er am Fahrzeug eintraf. Obgleich erheblich kleinere und leichtere Waffen zur Verfügung standen, bevorzugte er dieses automatische Gewehr aus russischer Produktion. Es handelte sich um eine Spezialanfertigung mit dem Kaliber 9, 41 Millimeter, statt den üblichen 7, 62. Die Durchschlagkraft der Stahlmantelgeschosse war enorm.

Wolf fasste den eben Angekommenen vertraulich an der Schulter und führte ihn einige Meter beiseite. Außer Hörweite der anderen sprach er: "Ich bin besonders stolz auf sie, Genosse Major. Dank ihres resoluten Einsatzes konnte der Schaden begrenzt werden."

Trotz der offenkundigen Beförderung zuckte Skorpion mit keiner Muskel, sondern wartete auf weitere Ausführungen des Vorgesetzten.

"Wissen sie, wer dieser Flüchtige möglicherweise ist?" fragte Wolf mit leiser Stimme.

"Nein", antwortete der Gefragte einsilbig.

Anscheinend suchte der General nach passenden Worten, denn er setzte zweimal zum Reden an, ehe er erklärte: "Damals habe ich sie belogen, Genosse Major. Ich wollte ihnen nicht weh tun. Ihr Vater ist in Wirklichkeit nicht in treuer Pflichterfüllung ums Leben gekommen. Er hat uns verraten und sich ins Ausland abgesetzt."

Bewegungslos verharrte die bullige Gestalt des Jüngeren auf der Stelle. In seinem Gesicht zuckte kein Muskel.

Wolf fügte hinzu: "Leider kann ich ihnen die Wahrheit jetzt nicht mehr ersparen."

Mit tonloser Stimme fragte Skorpion: "Ist er das? Dort drinnen?" Bei seinen letzten Worten deutete er mit dem Lauf der Waffe in Richtung des Häuserkampfplatzes.

"Möglicherweise", bestätigte der General: "Und er dürfte wahrscheinlich im Besitz von ZEDER sein. Ein zweites Exemplar der Akte existiert nicht. Ihr Verlust würde unsere Pläne erheblich komplizieren."

Heiser klang die Stimme des frisch ernannten Majors, als er bat: "Lassen sie mich das erledigen."

Einen Augenblick schien Wolf unschlüssig zu zögern, bevor er sagte: "Sie sind hier der Einzige, auf den ich mich vollkommen verlassen kann. Handeln sie."

Gleich darauf verschluckte die Dunkelheit den gedrungenen Körper des Mannes, der hinging, um im Auftrag seines illegalen Vorgesetzten den leiblichen Vater zu töten.

Vom gegenüberliegenden Gebäude her schallte lautstark und blechern ein Megaphon: "Geben sie auf. Wir wissen wo sie sich verbergen. Es hat keinen Zweck mehr. Alle Fluchtwege sind verstellt. Ihr Leben wird garantiert, wenn sie mit erhobenen Händen rauskommen."

Mehrmals wiederholte man das Angebot. Der Froschmann spähte durch eine Mauerlücke. Halb nach hinten gewandt sprach er dann: "Sollen die ruhig quatschen. Vorläufig werden sie nichts unternehmen. Die wollen ihre Papiere wiederhaben. Unbeschädigt. Andernfalls hätten sie längst gestürmt.

Von ihrer Anwesenheit werden sie nichts wissen."

Schmolke, der im Hintergrund des ziemlich dunklen Raumes auf einer Holzkiste saß und mit einem Drahthaken im Schlüsselloch einer der beiden noch immer an seinen Gelenken baumelnden Stahlschellen stocherte, gab leise zurück: "Denken sie? Aber was nützt uns das?"

"Den Notausstieg am Bunker wird man in der Dunkelheit nicht allzu sorgfältig untersucht haben. Also glaubt man sicher, sie seien ertrunken und ich hätte mich mit Hilfe der Taucherausrüstung durch den See retten können. Was den Nutzen betrifft, müssen wir abwarten, wie die Sache sich weiter entwickelt. Zunächst rechne ich jedoch mit Verhandlungsversuchen."

"Wollen sie etwa darauf eingehen? Wenn die uns haben, legen sie uns mit Sicherheit um. Ohne Rücksicht auf etwaige Vereinbarungen."

"Klar. Dachten sie etwa, ich glaube denen noch ein Wort? Dazu kenne ich meine alten Genossen zu gut. Übrigens bin ich schon lange tot."

Jetzt lachte der Sprecher lautlos. Obgleich der Kommissar nicht begriff, stellte er keine Fragen. Er ließ den anderen weiterreden.

"Gewiss vermuten sie nicht, dass mein Wagen hier im Gebäude steht. Allerdings kommen wir im Augenblick nicht weg damit. Sobald wir raus fahren, durchsieben sie uns. So eine Scheiße."

Unsicher wandte Schmolke ein "Aber ihre Maschinenpistole aus dem Auto? Und wie sie vorhin hier rum geballert haben. Da können die sich doch einiges zusammenreimen."

"Ach was. Waffen und Munition könnte ich zuvor am See versteckt haben. Davon gehen sie wahrscheinlich aus."

Aufatmend legte Schmolke jetzt auch die zweite Stahlfessel auf den Fußboden und begann seine schmerzenden Handgelenke zu massieren. Endlich war er diese lästigen Dinger los.

Lautes Knallen ließ ihn zusammzucken. Ratternd spuckte die

Maschinenpistole des unfreiwilligen Gefährten ihre tödlichen Projektile in die Nacht.

"Hat nichts zu bedeuten", erklärte der Schütze gelassen: "Nur psychologische Wirkung."

Eine ganze Weile herrschte fast völlige Stille. Nur einmal klangen entfernte Stimmen von draußen herein.

"Hören sie", sprach der Froschmann dann: "Vielleicht habe ich eine Idee. Sie entfernen unverzüglich alle Seiten aus dem Aktenordner und heften die übrigen Papiere stattdessen da rein. Das Ding legen sie hier hin. Der originale Inhalt kommt wieder in den Sack. Den schaffen sie dann ins Auto. Dort im Handschuhfach liegt eine Colaflasche. Machen sie die voll Benzin. Und gleich herbringen. Zapfen sie aber so ab, dass der Wagen einsatzfähig bleibt. Alles verstanden?"

Sogleich tastete Schmolke nach dem wasserdichten Verschluss des Plastesackes. Trotz der Dunkelheit gelang es ihm, die Weisung des anderen auszuführen. Sicher will der irgendeinen Bluff starten, vermutete er.

Im erdebenen Untergeschoss fand der Kommissar das Fahrzeug. Ein Vectra mit permanentem Allradantrieb.

Von außen konnte niemand in die Ausfahrt sehen, weil nur wenige Meter entfernt eine ziemlich hohe Mauer diese Gebäudeseite rechtwinklig umschloss. Die gegnerischen Schützen lauerten in erheblich größerem Abstand. Dadurch war deren Schussfeld breiter und die Gefahr für sie geringer, von einer Kugel getroffen zu werden.

Unschlüssig hielt Schmolke die geleerte Flasche in der Hand. Wie sollte er an das Benzin kommen? Einen Schlauch zum Ansaugen aus der Tanköffnung besaß er nicht. Den Motor anlassen? Damit die Pumpe den Kraftstoff hoch fördern konnte? Würden die Feinde das hören? Welche Leitung musste er anzapfen? Im Dunkeln? Ohne geeignetes Werkzeug? All diese Fragen schossen durch den Kopf des Kriminalisten.

Unterdessen geschahen ganz in der Nähe Dinge, die seine Überlegungen überflüssig machten.

Skorpion schulterte die automatische Waffe. Im Schutz niedriger Sträucher kroch er über die Lichtung. In der Optik seiner aufgesetzten Infrarotbrille zeichnete sich grünlich schimmernd die Rückfront des Gebäudes ab, in dem der Gegner sich verschanzt hatte. An verschiedenen Stellen der fensterlosen Außenmauer des zweistöckigen Rohbaus klafften etliche Löcher; offenbar Spuren früherer Übungen. Sie boten jedoch nicht genügend Raum für das geplante Eindringen.

Dicht an der Außenwand richtete der Anschleicher sich auf und prüfte das Mauerwerk. Die mörtellosen Fugen zwischen den nachlässig übereinander gesetzten Hohlblockbausteinen boten ausreichend Halt für Finger und Fußspitzen. Stück für Stück arbeitete Skorpion sich an der senkrechten Fläche nach oben, dabei abwechselnd mit den Händen neue Griffmöglichkeiten ertastend und mit den Füßen geschickt die Spalten ausnutzend. Mehrmals unterbrach er das Klettern kurzzeitig, um eng an die Wand geschmiegt, auf die Geräusche im Inneren zu lauschen. Schweratmend gelangte er schließlich bis an die Oberkante der Außenmauer.

Vorsichtig spähte er über den Rand, ehe er wie eine Schlange in die dachlose, obere Etage glitt. Ohne Verzug nahm er den AK-47 vom Rücken und brachte ihn in Anschlag. Dann schlich er zum Treppenabgang. Unter seinen Füßen knirschte Schutt. Regungslos verharrte Skorpion einige Sekunden mit angehaltenem Atem. Augenblicke später stand er im offenen Durchgang zu einem größeren Raum.

Im engen Sehfeld seiner Nachtsichtbrille erschien der breitschultrige Rücken eines Mannes. Dieser hantierte an der Maschinenpistole, während er zugleich durch einen schmalen Mauerspalt nach draußen sah. Deutlich sah Skorpion einen auf dem Boden liegenden Aktenordner. ZEDER, dachte er zufrieden. Seine Hände zitterten nicht, als er den Lauf der Waffe ein wenig anhob. Die Gestalt vor schien zu erstarren. Langsam drehte der Mann sich herum. Den anderen musste er gespürt haben.

Der Jüngere erkannte das von Brandnarben verunstaltete Gesicht seines Vaters. Abgrundtiefer Hass begann sich unvermittelt in ihm auszubreiten. Mit diesem Verräter hatte er nichts mehr gemein. Sein Zeigefinger krümmte sich erbarmungslos. Speziell eingekerbte Geschosse seines überkalibrigen Sturmgewehrs jagten mit nahezu zweieinhalbfacher Schallgeschwindigkeit aus nächster Nähe in den Rumpf des Mannes. Beim Austritt auf der Rückseite des Körpers rissen sie großflächige Löcher in das Fleisch.

Die Wucht der tödlichen Projektile hatte den Getroffenen zurückgeschleudert. Dessen eigene Maschinenpistole war seinen Händen entglitten. Röchelnd rutschte er in sich zusammen und verblieb schließlich in gekrümmter Stellung gegen den Stein gelehnt.

Ohne sich weiter um sein Opfer zu kümmern, nahm Skorpion das Handfunkgerät vor den Mund und sprach hinein: "Gegner eliminiert. Akte sichergestellt."

Kretschmar hob den Hörer ab und verkündete mit triumphierender Stimme: "Aus. Erledigt. Hat ihn erwischt. Endgültig. ZEDER ist unversehrt."

Wolf nahm diesen Gefühlsausbruch gelassen hin: "Ziehen sie die überflüssigen Leute zurück," befahl er gleich darauf.

Während Oberst Kretschmar über Funk die notwendigen Anweisungen erteilte, schritt der General in Richtung Häuserkampfplatz. Doch schon nach fünfzig Metern vernahm er hinter sich die aufgeregte Stimme des Obersten, der ihm nachgerannt war:

"Genosse General", keuchte der Untergebene, vom kurzen Lauf bereits außer Atem: "Skorpion will sie persönlich sprechen."

Ungehalten nahm Wolf das gereichte Sprechfunkgerät entgegen und gab sich zu erkennen. In der Dunkelheit konnte niemand sehen, wie sein Gesicht sich verfärbte. Sekunden später

brüllte er wütend auf. Erbost schleuderte er den Apparat zu Boden: "Da haben sie den Salat. Die Akte ist weg. Ihr ewiges Versagen hängt mir langsam zum Halse heraus."
Erschrocken starrte Kretschmar auf seinen Chef. Dessen Leibwächter versuchten sich im Hintergrund zu halten, um nicht auch noch vom Zorn des Gewaltigen getroffen zu werden.

Aus Richtung des Häuserkampfplatzes ertönte das Aufheulen eines Motors. Schüsse gellten durch die Nacht. Gleich darauf fuhr ein unbeleuchtetes Fahrzeug mit zunehmender Geschwindigkeit schlingernd auf die Gruppe um den General zu. Reaktionsschnell sprangen beide Personenschützer auf den illegalen Stasi-Führer zu und zerrten ihn vom Waldweg herunter. Kretschmar hechtete seinen untersetzten Körper in das Unterholz. Nur einem bewaffneten Posten gelang es nicht mehr, die Schneise zu räumen. Er wurde vom rechten Kotflügel des heran jagenden Wagens erfasst und über die Motorhaube gegen den oberen Rand der Windschutzscheibe geschleudert, ehe er zerschmettert auf den Waldboden schlug.
Immerhin hatte er dabei, wenn auch unabsichtlich, die Frontscheibe eingedrückt, so dass der Fahrer durch das vielfach gerissene Sicherheitsglas in der Sicht behindert wurde. Aus diesem Grunde entdeckte der todesmutige Insasse des Wagens die unbeleuchtete Limousine des Generals nicht rechtzeitig genug. Erst im letzten Augenblick versuchte er noch auszuweichen, geriet dabei ins Schleudern und krachte mit dem Heckteil gegen das gepanzerte Fahrzeug. Nahezu gleichzeitig schlugen Geschossgarben aus mehreren Maschinenpistolen in die deformierten Blechteile des Opels.
Dessen Fahrer hatte ihn augenscheinlich wieder in seine Gewalt bekommen. Antrieb und Räder schienen nicht ernsthaft beschädigt worden zu sein, denn der Vectra beschleunigte und war kurz darauf in der Dunkelheit verschwunden.

Ergrimmt stemmte der General sich vom Erdboden hoch, dabei unwirsch seine Begleiter zurückweisend, die ihm aufhelfen wollten.

"Holen sie sofort Skorpion her", stieß er gepresst hervor.

Gerade in diesem Augenblick tauchte der Gewünschte auf. Mit der rechten Hand umklammerte der frischgebackene Major seine Spezialwaffe.

"Das war der Polizist ", rief er den Genossen zu: "Schafft mir ein Fahrzeug ran."

Wolf überlegte nicht lange: "Nehmen sie meins. Es steht auf dem Weg."

Den beiden Leibwächtern befahl er: "Begleitet ihn."

Unverzüglich nahmen drei zu allem entschlossene Männer die Verfolgung eines vierten auf, der um sein nacktes Leben kämpfte.

Als der General ächzend die Treppe überwunden hatte und in den Raum getreten war, hob ein Mitarbeiter des medizinischen Dienstes, der neben dem Angeschossenen hockte, dessen Kopf hoch: "Er atmet noch, aber die Schussverletzungen sind tödlich."

Markus Wolf starrte eine Weile auf den bewusstlosen Mann. Unterdessen nahm Kretschmar den Aktenordner in die Hand und blätterte darin.

"So eine unerhörte Sauerei", schimpfte er dann leise.

In diesem Augenblick wälzte der Angeschossene den Körper herum. Unterdrücktes Stöhnen entrang sich seinem blutenden Mund. Mit großer Anstrengung öffnete er die Lider. Im Licht der Taschenlampen glich sein Gesicht einem Totenkopf.

Interessiert war Wolf näher getreten: "Ich wünschte, wir hätten uns unter anderen Umständen wieder getroffen, Oberst."

Trotz der schweren Verletzungen entging dem Verwundeten nicht der zynische Unterton. Mühsam formulierte er einige Worte: "Bei. . . unserem letzten. . . Treffen nannten sie. . .

mich General."

Offenbar wollte er noch etwas hinzufügen, aber ein Blutstrom aus seiner Kehle verhinderte das. Kurz darauf schüttelte der Mediziner seinen Kopf: "Zu spät, er ist tot"

"General?" murmelte Wolf vor sich hin. Ja, so nannte ich den Genossen, der 1989 seine Pflicht zu erfüllen hatte. Nicht aber den abtrünnigen Verräter."

Fast eine Minute stand er noch schweigend bei dem Toten. Dann erst wandte er sich mit müder Stimme an Oberst Kretschmar: "Lassen sie alle Spuren beseitigen."

Nach diesen Worten stieg Markus Wolf die Treppe hinab und schritt auf ein Auto zu, das von einem Mitarbeiter inzwischen herangefahren worden war.

Hauptkommissar Schmolke umklammerte mit beiden Händen das Lenkrad. Nur mit großer Mühe konnte er im fahlen Mondlicht den weiteren Verlauf des Waldweges ausmachen. Die Scheinwerfer wagte er nicht einzuschalten. Vor ihm zeichnete sich undeutlich eine Gabelung ab. Unschlüssig nahm er den Fuß vom Gaspedal. Auf gut Glück steuerte er den Opel dann in eine der beiden Schneisen. Er hatte ohnehin die Orientierung verloren. Gleich nach der Einbiegung verminderte er mit Hilfe der Handbremse die Geschwindigkeit bis fast zum Stillstand, schaltete in den ersten Gang und steuerte das Fahrzeug zwischen das Unterholz des Mischwaldes. Dort wollte er erst einmal abwarten.

Aufatmend lehnte der Kriminalist sich in das Sitzpolster. Sein Gehirn arbeitete präzise. Die Bilder der letzten Minuten zogen an seinem geistigen Auge vorbei. Ob der andere tot war? Als im mittleren Stockwerk die Schüsse knallten, war er gleich stutzig geworden. So klang nicht die Maschinenpistole des Froschmannes. In die darauf folgende Stille hinein waren etliche, gesprochene Worte ertönt. Eine fremde Stimme. Da hatte er nicht mehr gezögert. Wie er aus der Umzingelung herausgekommen war, wusste er nicht mehr. Nur an ein Knallen und Krachen, das durch die Motorengeräusche drang, konnte er sich erinnern. Und an die Geschoßbahnen von Leuchtspurmunition. Ein Wunder, dass er unverletzt geblieben ist. Jetzt riss der Kripo-Mann sich zusammen und schlug mit dem Ellenbogen das zersprungene Glas der Frontscheibe aus der Fassung. Er brauchte freie Sicht.

Aus Richtung seines Fluchtortes näherte sich ein einzelnes Licht. Durch das Gezweig konnte er die Umrisse eines größeren PKW ausmachen. Langsam rollte die Limousine des Generals heran. Anscheinend war deren Fahrer nicht sicher, welchen der beiden Wege er nehmen sollte. Die Bremsleuchten des Flüchtigen hatte er nicht sehen können, weil dieser nur die Handbremse benutzt hatte.

Da bin ich gegen geprallt, dachte Schmolke. Deshalb nur ein Scheinwerfer.

Leise glitt der andere Wagen vorüber. Sein Motor rauschte nur gedämpft. Deutlich glühten die Rücklichter in der Dunkelheit. Trotz des harten Zusammenpralls waren außer einem zerstörten Scheinwerfer alle Funktionen des abgestellten Wagens erhalten geblieben.

Plötzlich durchzuckte den Kommissar ein verwegener Gedanke. Einfach hinterherfahren! Eventuelle weitere Verfolger würde er rechtzeitig an deren Lichtern bemerken. Schnell startete er die Maschine und fuhr rückwärts auf den Weg. Erschrocken sah er das Licht seines Rückfahrscheinwerfers aufleuchten.

Den Verfolgern war es anscheinend entgangen. Trotzdem erwies sich sein weiteres Vorhaben schwieriger als erwartet, denn der Vorausfahrende bewegte sich ziemlich schnell, so dass der ohne Licht fahrende Schmolke alle Mühe hatte, den dunklen Weg vor sich zu erkennen. Mehrmals bog der genarrte Verfolger an Kreuzungen oder Gabelungen ab.

Auf dem weichen Untergrund der kaum befestigten Schneisen kam dem Kriminalisten der Allradantrieb gelegen. So gelang ihm, dicht am Feind dranzubleiben. Ewig durfte er aber nicht hinterherfahren, überlegte er. Irgendwann würden die wieder zu ihren Genossen zurückkehren.

Unvermittelt blieb die Limousine stehen. Schmolke, der leichtsinnigerweise viel zu dicht aufgefahren war, musste die Fußbremse betätigen. Sogleich strahlte das verräterisch gleißende Rot seiner beleuchtungsunabhängigen Bremslichter auf. Wenn sie auch von den Insassen des vorderen Wagens nicht direkt gesehen werden konnten, so musste der Feind wohl hinter sich im Dunkel der Nacht einen rötlichen, nicht vom eigenen Fahrzeug ausgehenden Lichtschein wahrgenommen haben, denn sofort wendete die Limousine mit radierenden Rädern auf dem schmalen Waldweg.

Fluchend legte der Kommissar den Rückwärtsgang ein. Aber es war bereits zu spät. Der helle Kegel des intakten Scheinwerfers erfasste den Opel. Panikartig riss Schmolke das Lenkrad herum und jagte seitlich in den Wald. Gleichzeitig schaltete er die Beleuchtung ein. Jetzt war er ohnehin entdeckt und wollte er nicht an einem Baum enden. Außerdem hoffte er, die Verfolger mit Hilfe seines vierfachen Antriebes schon nach kurzer Strecke im Gelände abhängen zu können. Hier irrte er sich gewaltig. Denn der BMW des Generals war mit denselben Vorzügen ausgestattet. Das höhere Eigengewicht der gepanzerten Limousine kompensierte ein enorm starker Motor.

Trotz erfrischender Wirkung des durch die ungeschützte Front hereinströmenden Nachtwindes rann dem Kommissar der Schweiß über den Nacken. Mehrere Minuten lang raste er in tollkühnem Zickzack zwischen Bäumen hindurch. Prasselnd peitschte dünnes Geäst in die Fahrerkabine. Dann schwand das Unterholz plötzlich. Eine freie Fläche tat sich vor ihm auf. Nun jagte Schmolke mit hohem Tempo über grasbewachsenen Boden. Dadurch gelang es ihm endlich, den Abstand zum Feind ein wenig zu vergrößern.

Rechterhand gewahrte er in ziemlicher Entfernung etliche

Lichter. Das konnte nur der Raststättenkomplex sein. Auf der gegenüberliegenden Seite der wie eine riesige Schneise das Waldgebiet durchtrennenden Freifläche, führte ein Weg in diese Richtung.

Erst nachdem die Räder des Opels wieder befestigten Untergrund erreichten, brach das schwere Fahrzeug der Verfolger zwischen den Bäumen hervor. Frohlockend wollte der Kommissar beschleunigen, denn nun glaubte er, ihnen entronnen zu sein. Da entdeckte er vor sich im Scheinwerferlicht unterschiedlich hohe Betonklötzer. Wie halbfertige Fundamente ragten die Bauwerke, die früher zu Übungszwecken gedient haben mochten, aus der Erde. Sie reichten über die ganze Breite der Lichtung. Zwar führte ein kleiner Weg hindurch, aber die schmale Öffnung würde der PKW nicht passieren können.

Noch während der Kripo-Mann den Wagen abbremste, arbeitete sein Verstand messerscharf. Linkerhand ist das Hindernis nicht zu überwinden, recherchierte er. Weil dort eine steile Böschung das Vorbeifahren unmöglich machte. Sollte er umkehren und seinen Gegner damit überraschen? Wertvolle Sekunden verstrichen, ehe er sich entschloss, an der Sperre entlang bis zum gegenüberliegende Waldrand zu fahren. Dort schien der Boden flacher zu sein.

Allerdings mussten seine Verfolger die Örtlichkeiten kennen, denn sie änderten ihre Taktik. Sie fuhren gar nicht erst weiter, sondern bremsten die Limousine mitten auf der Wiese scharf ab. Drei Männer sprangen heraus und rissen ihre Maschinenpistolen hoch. Geschossgarben peitschten in die Karosserie des Fluchtwagens. Irgendetwas explodierte dumpf. Schmolke sah Flammen aus der Motorhaube schlagen. Mit voller Kraft trat er auf das Bremspedal. Schlingernd verminderte das Auto seine Fahrt. Erneut fetzte eine Garbe Stahlmantelprojektile das Blech auseinander. Dennoch blieb der Kommissar auch diesmal unversehrt. Noch vor dem völligen Stillstand drückte er die Tür auf, fasste den Plastesack mit der Beute und ließ sich hinausfallen. Wenige Meter von ihm entfernt, hüllte der Opel sich in eine Feuerwand. Jetzt erst vernahm er das Knallen der automatischen Waffen. Über seinen Kopf pfiffen Geschosse hinweg.

Offenbar hatte der Feind ihn entdeckt. Schmolke überwand seine Furcht, sprang hoch, rannte geduckt auf die Barriere zu und schlüpfte zwischen den Blöcken hindurch. Hinter ihm schlugen Kugeln in den Beton. Erst als sein Herz zu zerspringen drohte, unterbrach er den Lauf und glitt erschöpft zu Boden.

Schwer atmend beobachtete er die unmittelbare Umgebung. Von seinen Verfolger war nichts zu sehen. Dennoch gab er sich keiner Illusion hin. Nach den Worten des Froschmannes sollten die geraubten Papiere ungeheuerliche Fakten enthalten. Unter anderen eine komplettes Mitgliederverzeichnis des illegal operierenden MfS. Also würden die Bestohlenen nicht ruhen, bevor er erledigt war. Sie werden großräumig alles abriegeln, dachte er resignierend. Dann blickte er zu den Lichtern der Raststätte. Dort stand sein Wagen. Zwar hatte man ihm bei der Festnahme die Fahrzeugschlüssel abgenommen, aber irgendwie käme er schon rein. Zündung kurzschließen und nichts wie weg, beschloss er. Eilig stand er auf und strebte dem Parkplatz entgegen.

Die beiden Leibwächter wollten zu der Stelle laufen, wo der Verfolgte verschwunden war. Skorpion rief jedoch: "Halt! Ihr kommt mit mir."

Ohne äußeres Zeichen einer Verärgerung über die fehlgeschlagene Aktion sicherte er seinen AK-47 und stieg in den Fond der Limousine. Einer der Genossen setzte sich an das Steuer.

"Raststättenkomplex", befahl er ihm kurz angebunden und ließ er sich den Hörer der Autofunkanlage nach hinten reichen. Mit knappen Worten berichtete er Oberst Kretschmar von der gegenwärtigen Sachlage. Nur mühevoll konnte der andere Gesprächsteilnehmer seinen Zorn über die gescheiterte Verfolgung unterdrücken, als er sagte: "Ich soll Ihnen vom General ausrichten, er legt diese Angelegenheit ganz in ihre Hände. Sie haben sein volles Vertrauen. Ende."

Zu den beiden Genossen gewandt, erläuterte Skorpion das weitere Vorgehen: "Mit hoher Sicherheit wird der Flüchtling versuchen, an sein abgestelltes Auto zu gelangen. Es wurde aber schon am Nachmittag vom Parkplatz entfernt. Doch das kann er nicht wissen. Wir sind in jedem Fall eher dort als er und schnappen ihn wenn er eintrifft."

"Und was ist, wenn er zu Fuß durch das Gelände verschwinden will?" wandte ein Leibwächter ein.

Nachsichtig lächelte Skorpion: "Darum brauchen sie sich nicht sorgen, Genosse. Keine Maus wird das Gebiet anders als über die offizielle Zufahrt zur Autobahn verlassen können. Dafür ist bereits alles organisiert."

"Muss ja mächtig wichtig sein, der Mann", wagte der Fahrer, der nichts von der Existenz der Akte ZEDER wusste, festzustellen.

Barsch wies der Major den vorlauten Sprecher zurecht: "Konzentrieren sie sich auf ihre Aufgaben. Alles andere geht sie nichts an."

Von nun an herrschte Schweigen. Wenige Minuten später erreichte das Fahrzeug sein Ziel.

Vorsichtig schob Kriminalhauptkommissar Schmolke die bereits grünenden Zweige der Hecke beiseite, die den Parkplatz begrenzte. Eine Zeit lang beobachtete er das Geschehen. Sein eigenes Auto konnte der an den Erdboden Geschmiegte von hier aus nicht erkennen. Dazu müsste er erst ein ganzes Stück über die beleuchtete Fläche laufen. Schließlich begann Zweifel in ihm aufzukommen. Vielleicht wartete man schon auf ihn? Die wissen ja vom Vorhandensein meines Wagens, überlegte er. Durch Schlüssel und Fahrzeugpapiere, die man ihm abgenommen hatte. Er konnte sich deshalb nicht überwinden, die sichere Deckung zu verlassen.

Ein Gedanke gab schließlich endgültig den Ausschlag. Elektronische Wegfahrsperre! Eine zusätzliche Hürde. Dass er daran nicht früher gedacht hatte, ärgerte er sich. Niemals würde er den Motor ohne Originalschlüssel zum Laufen bekommen. So ein verdammter Mist.

Über den Fahrweg kroch in Schrittgeschwindigkeit ein Sattelschlepper direkt an Schmolkes Versteck vorüber. Wenn er sich in so einen Auflieger hineinschmuggeln könnte, würde er diese Gegend unbemerkt verlassen können.

Im Hintergrund neben der Tankstelle parkten mehrere Laster. Der Kriminalkommissar kroch etliche Meter zurück und richtete sich im Schutz der Dunkelheit auf. Nun begann er den Komplex zu umlaufen.

Vom Waldrand her näherte er sich Minuten später dem Abstellplatz der Brummis. Unmittelbar am Rande stand ein schwerer Mercedes-Sattelzug mit laufendem Motor. Einen Fahrer entdeckte er nicht in der Nähe. Das Herz des Flüchtigen klopfte heftig. Solch eine Gelegenheit wiederholte sich kaum. Ihm war nun alles egal. Hauptsache er käme lebend hier raus.

Mit wenigen Schritten gelangte er an das Fahrerhaus. Noch immer war niemand zu sehen. Schon wollte er seinen Fuß auf das Trittbrett setzen, da rief eine Stimme in seinem Rücken: "Mensch, scher dich weg."

Der Angerufene erstarrte. Langsam drehte er den Kopf. Aus einem nahen Gebüsch, wo er vermutlich seine Notdurft verrichtet hatte, war der Fahrer getreten.

"Verschwinde", erneuerte er in unfreundlichem Ton seine Aufforderung und drohte gleich darauf: "Sonst rufe ich die Polizei."

Jetzt setzte der Ertappte alles auf eine Karte. Wortlos ließ er den Plastesack zu Boden gleiten. Zwei Schritte genügten, um den inzwischen Herangekommenen zu erreichen. Unter der Wucht des Anpralls stürzte der überrumpelte Fernfahrer auf die Erde. Noch bevor er sich von seiner Überraschung erholen konnte, hatte der Angreifer ihn auf den Bauch gedreht und seine Arme in den Rücken gebogen. Wütend wollte der Mann aufschreien, aber Schmolke drückte dessen Gesicht in den Sandboden. Dabei stieß er ihm das Knie in die Wirbelsäule: "Ruhe, das ist eine Polizeiaktion."

Obgleich die bei der Flucht beschädigte und völlig verschmutzte Kleidung des Kommissars nicht dazu geeignet war, seine Behauptung glaubwürdig zu machen, schwieg der Überwältigte jetzt. Schmolke riss ihn hoch und führte ihn unter Anwendung eines schmerzhaften Festhaltegriffes ein Stück weit in den Wald, bis die Geräusche von Tankstelle und Parkplatz nur noch schwach zu ihm drangen. Trotz der Dunkelheit fand er den dünnen Stamm eines jungen Baumes und ließ den anderen die Beine darum schlingen. Nachdem er sie mit groben Fußtritten überkreuzt hatte, drückte er den Körper des Mannes brutal nach unten, so dass dessen Eigengewicht auf den Füßen lastete. Vor Schmerz schrie der Gefolterte auf.

"Tut mir leid", entschuldigte sich der Kommissar, bevor er zurück zum LKW lief. Aus dieser besonderen Fesselung könnte sich der Mann kaum selbst befreien. Wenn es hell geworden ist, wird man ihn finden, rechtfertigte der Verfolgte in Gedanken sein Handeln.

Neben der Fahrerkabine lag noch der Plastesack. Geschwind packte Schmolke seine wertvolle Beute und kletterte hinter das Lenkrad. Auf dem Beifahrersitz gewahrte er eine graue Schirmmütze, die er gleich aufsetzte. Kurz darauf schob sich der schwere Brummi mit verhalten wummerndem Motor von seinem Standplatz. In geringem Tempo steuerte der selbsternannte Fahrer den Sattelschlepper über Asphaltstraßen zwischen ehemaligen Kasernengebäuden hindurch. Am Parkplatz bemerkte er im Vorüberfahren, dass sein Wagen nicht mehr dort stand wo er ihn am Nachmittag abgestellt hatte.

Kurz darauf lenkte er den MercedesLaster auf die Autobahn in Richtung Dresden.

Unruhig blickte Skorpion auf das Leuchtzifferblatt seiner Armbanduhr. Bereits fünfundvierzig Minuten wartete er an der gleichen Stelle. Noch immer ist dieser Schmolke nicht aufgetaucht. Inzwischen eingetroffene Verstärkung hatte sich bereits unauffällig auf dem Parkplatz und in näherer Umgebung verteilt. Über Handfunk befahl der junge Major jetzt, das gesamte Gelände rund um den Kasernenkomplex nach dem Flüchtling abzusuchen. Sofort lösten sich fast zwei Dutzend alltäglich gekleidete, bis dahin nahezu unsichtbare Gestalten aus ihren jeweiligen Verstecken und begannen das Vorhaben auszuführen

Immer deutlicher zeichnete sich in der Vorstellung Skorpions die Gewissheit ab, dass ihm ein gewaltiger Fehler unterlaufen war. Ergrimmt knirschte er mit den Zähnen. Dumpfe Wut stieg in ihm hoch. Er riss sich aber zusammen und rechnete verschiedene Möglichkeiten durch. Bisher hatten lediglich einige Personenwagen und zwei Sattelzüge seinen Standort nach außerhalb passiert. Jedes mit mehr als einer Person besetzte Fahrzeug war näher observiert worden. Der Gesuchte befand sich nicht darin. Sollte der Lump etwa in einem Kofferraum verborgen gewesen sein? Oder auf der Ladefläche eines LKW? In diese Gedanken hinein tönte der Rufton des Handsprechgerätes. Sofort konzentrierte er sich auf den Anruf seines Genossen.

"Befinde mich etwa vierzig Meter neben Abstellplatz für LKW. Arretierten Fahrer vorgefunden. Sattelschlepper Mercedes. Kennzeichen L-AN-309, vermutlich von Zielperson entführt."

Blitzartig durchflutete ein neuer Gedankenstrom den Kopf

des Nachrichtenempfängers. Sekunden danach drückte er die Sammelruftaste des Apparates und gab in entschlossenem Ton seine Befehle durch: "Einen schnellen Wagen für mich. Beide Leibwächter des Genossen Wolf sofort zu mir. Anfrage an Posten Autobahnauffahrt. Welche Richtung nahm Lastzug L- AN-309?"

Vier Minuten später fuhr die gepanzerte Limousine vor. Deren defekter Scheinwerfer war bereits notdürftig repariert worden.

Das Rauschen des Fahrtwindes wurde vom gleichmäßigen, dumpfen Brummen des Unterflurmotors übertönt. Mit hundert Kilometern in der Stunde rollte der Truck über die Fahrbahn.

In einer Ablage hatte Schmolke Koffeintabletten gefunden und mehrere davon zwischen den Zähnen zerkaut. Nun fühlte er sich trotz seiner anstrengenden Erlebnisse einigermaßen frisch. Leider würde dieser Zustand nicht lange anhalten. Irgendwann müsste er richtig ausschlafen.

Je weiter der Sattelschlepper nach Süden gelangte, desto mehr Wolken verdeckten die silbrige Mondscheibe. Nun setzte sogar ein feiner Nieselregen ein. Sicherheitshalber verminderte der Kommissar das Tempo und schaltete die Scheibenwischer an. In seiner Erinnerung war ein ehemaliger Schulkamerad aufgetaucht, der inzwischen in eine leitende Funktion beim Bundesnachrichtendienst aufgestiegen ist. Dessen Telefonnummer trug er noch im Kopf. Zuletzt war er ihm auf einem Klassentreffen begegnet. Der konnte ihm bestimmt weiterhelfen. Aber zuerst musste er nach Dresden gelangen. Dort würde er den Laster einfach abstellen, seinen Kumpel anrufen und im Zentrum untertauchen, bis Hilfe einträfe. Dann sollen die Hunde mal versuchen, mich aufzuspüren, dachte er grimmig.

In der Schlafkabine hinter dem Fahrersitz lagen verschiedene

Kleidungsstücke. Der etwa ebenso große Fernfahrer besaß fast dieselbe Figur wie er. Das kam ihm gelegen. Auch eine Aktentasche befand sich hier. Darin konnte er die erbeuteten Papiere verstauen und später in Ruhe durchsehen.

Draußen huschten die Lichter einer Raststätte vorbei. Freienhufen! Noch eine Stunde, dachte der Kommissar erleichtert und ich bin endlich am Ziel. Dort besaßen seine Widersacher bestimmt nicht solche ausgeprägte Strukturen, wie in Berlin und Umgebung.

Trotz gefährlich nasser Fahrbahn jagte die gepanzerte Limousine mit zweihundert Stundenkilometern durch die Nacht. Skorpion schien vor sich hinzudämmern. Von den Genossen bekäme er früh genug Bescheid, sobald man den Flüchtigen sichtete. Neben dem Major lag sein überkalibriges Sturmgewehr. Unmerklich schoben sich seine Lider ein Stück nach oben. Durch den winzigen Spalt erfassten seine Augen die Genossen auf den Vordersitzen. Beide spähten angestrengt auf die Fahrbahn. Ohne den Kopf zu bewegen, registrierte Skorpion die Zeit auf seiner Armbanduhr.

Als hätte der eine Leibwächter den Blick im Rücken gespürt, sagte er laut: "Genosse, wenn er auf der Autobahn geblieben ist, müsste er jeden Augenblick auftauchen."

"Verlassen sie sich darauf", entgegnete der Angesprochen mit halb geschlossenen Augen: "Er will nach Dresden gelangen. Um erst einmal unterzutauchen. Weil wir in einer Großstadt kaum Zugriff auf ihn haben."

"Warum ist er dann nicht nach Berlin gefahren?", schaltete der Fahrer sich ein: "Lag doch viel näher."

Skorpion öffnete die Augen vollständig und richtete sich in seinem Sitz auf: "Weshalb hat er nicht die Finger von unseren Angelegenheiten gelassen? Um weiterleben? Können sie mir diese Frage beantworten? Nein? Also versuchen sie auch nicht, seine Handlungsweise zu verstehen. Passen sie lieber auf die Fahrbahn auf."

Der Gerügte wollte gerade zu einer Erwiderung ansetzen, da rief der andere neben ihm: "Dort vorn, das ist er!"

"Bleiben sie hinter ihm, aber so dass er uns nicht im Spiegel sieht", befahl Skorpion ungehalten, weil sich der Abstand zu rasch verringerte.

Gehorsam trat der Fahrer auf die Bremse. Ungeachtet der nassen, rutschigen Oberfläche gelang es ihm, das Tempo rechtzeitig herabzusetzen und sich hinter dem Sattelzug einzuordnen. Dann fragte er: "Hinterherfahren bis er von der Autobahn runtergeht? Abdrängen?"

"Quatsch. Wenn der erst im Stadtverkehr rollt, ist unsere Handlungsfähigkeit eingeschränkt. Oder wollen sie etwa dort rumballern? Und ihn Abdrängen? Sind sie vielleicht naiv. Der wiegt das Fünfzehnfache wie wir."

Nach diesen Worten steckte Skorpion drei Ersatzmagazine in dafür vorgesehene Taschen seiner Kleidung. Mit einem Ruck lud er die Waffe durch. Einen Augenblick später betätigte er den elektrischen Fensterheber.

"Sobald hinter uns frei ist, fahren sie längsseits. Ohne Licht."

Unvermittelt hatte der Nieselregen ausgesetzt. Helle Flecke am Himmel kündeten vom Aufreißen der bislang geschlossenen Wolkendecke. Zeitweise erschien die volle Scheibe des Mondes und sandte ihr fahles Licht zur Erde. Tückisch glänzte die noch nicht abgetrocknete Autobahn im Scheinwerferkegel. Entgegenkommende Fahrzeuge blendeten unangenehm. Schmolke sah angestrengt durch die Frontscheibe. Radeburg 2000 Meter, las er gerade, als er im Rückspiegel eine ungewöhnliche Bewegung wahrnahm. Zuerst glaubte er zu träumen. Fast im toten Winkel, direkt neben dem Truck, fuhr ein großer PKW mit abgeschaltetem Licht. Zwischen beiden Fahrzeugen bewegte sich ein undeutlicher Schatten.

Entsetzen erfasste den Kommissar. Mechanisch tippte er auf

die Fußbremse. Sogleich schob sich der fremde Wagen vorbei. Mit einer Lenkbewegung drückte Schmolke die Stoßstange des Lasters in die Flanke des anderen Autos. Gleichzeitig gab er wieder Gas.

Schleudernd rutschte die abgedrängte Limousine in Richtung Mittelleitplanke. An deren Steuer schien ein geübter Fahrer zu sitzen, denn er brachte den Wagen wieder unter Kontrolle, verlor aber an Geschwindigkeit.

Im Spiegel beobachtete der Verfolgte, wie die Scheinwerfer des Zurückgefallenen angingen. Nun trat er das Gaspedal ganz durch. Im Fahrtenschreiber leuchtete ein rotes Lämpchen, begleitete begleitet von unangenehmem Dauersummton. Scheiß drauf, dachte Schmolke und beschleunigte weiter.

Sekunden später erstarrte er vor Schreck. Ganz nahe gewahrte er im Spiegel das vor Anstrengung verzerrte Gesicht eines Unbekannten. Der Mann klammerte sich mit einer Hand irgendwo hinter der Fahrerkabine fest und versuchte mit ausgestrecktem Arm den Türgriff zu betätigen. Geistesgegenwärtig verriegelte der Kommissar den Mechanismus. Dann musste er sich wieder auf die Fahrbahn konzentrierendem. Die Tachonadel stand bereits bei hundertzehn. Fieberhaft schossen die Gedanken durch seinen Kopf. Nur nicht langsamer werden. Sonst wäre er dem Angreifer ausgeliefert. Ein Krachen schnitt seine Überlegungen jäh ab. Neben ihm war die Scheibe gesplittert.

Skorpion fasste den AK-47 fester und schlug den Kolben der Waffe zum zweiten Mal gegen das Glas. Verzweifelt lenkte der Fahrer seinen Truck nach links, um den Angreifer an der Leitplanke abzustreifen. Diese erwies sich jedoch als zu niedrig. Kreischend und funkensprühend schliff der Fahrzeugrahmen am Stahl entlang, ohne den Mann zu verletzen. Jetzt geriet Schmolke in Panik. Mit voller Kraft stieg er auf die Bremse. Trägheitskräfte rissen den Körper des Verfolgers auf dem Trittbrett nach vorn. Unkontrolliert schlingerte der Sattelzug wieder zur Fahrbahnmitte. Sofort nahm der Kriminalist den Fuß vom Bremspedal und glich die gefährliche Bewegung mit der Lenkung aus. Dann drehte er den Kopf zu Seite. Nun blickte er direkt in das wutverzerrte Gesicht seines Feindes. Fast gleichzeitig traf ihn ein Stoß mit dem Kolben von dessen Waffe. Benommen sackte Schmolke zusammen. Blitzschnell entriegelte Skorpion den Verschluss und öffnete die Tür. Sekunden später zwängte er seinen bulligen Körper hinter das Lenkrad, dabei den Kommissar brutal beiseite drängend. Kaltblütig versuchte er dann, den führerlosen Truck in seine Gewalt zu bringen, Doch der vierzig Tonnen schwere, inzwischen selbständig gewordene Sattelschlepper reagierte nicht mehr auf Lenkbewegungen. Unaufhaltsam schlitterte der Auflieger herum und schob, allein den Gesetzen der Physik gehorchend, die Zugmaschine im Baustellenbereich der Ausfahrt Radeburg schräg über die Autobahn, wo man im Zuge der Reparaturarbeiten die Mittelleitplanke demontiert hatte.

Provisorisch aufgestellte Leiteinrichtungen splitterten auseinander. Schließlich durchbrach der Koloss die äußere Leitplanke der Gegenfahrbahn und rutschte wie in Zeitlupe die Böschung hinunter.

Inzwischen hatte Schmolke sich wieder gefangen. Raus hier, schrie es in seinem Inneren. Bloß raus hier. Ohne weiter nachzudenken, griff er den Plastesack, drückte die Beifahrertür auf und sprang ins Ungewisse.

Hart schlug er auf dem Boden auf. Ihm blieb der Atem weg. Stechender Schmerz durchzuckte seinen Körper. Trotzdem rappelte er sich hoch. Ernsthaft schien er nicht verletzt zu sein. Ein Krachen und Knirschen lenkte seine Aufmerksamkeit auf sich. Zwanzig Meter entfernt war der Sattelzug auf die Seite gekippt.

Plötzlich blendeten Autoscheinwerfer hell auf. Oben, am Durchbruch der Leitplanke stand ein Fahrzeug. Zwei Gestalten schwärmten aus.

"Halt! Stehenbleiben, oder ich schieße", gellte ein scharfer

Befehl in die Nacht.

Automatisch rannte der Verfolgte los, den Sack mit einer Hand fest packend. Der Rufer meinte es offenbar ernst, denn eine aus Leuchtspurgeschossen bestehende Garbe zischte am Kopf des Fliehenden vorbei. Kurz darauf verschluckte ihn die Dunkelheit.

Skorpion kletterte stöhnend, aber ohne fremde Hilfe aus der halbeingedrückten Fahrerkabine ins Freie. Sein rechter Arm verursachte höllische Schmerzen. Er konnte ihn nicht bewegen. Verbissen umklammerte er mit der anderen Hand die Waffe. Auf einem Auge sah er nichts mehr. Blut lief über sein geschwollenes Gesicht. Neben ihm tauchte einer der beiden Leibwächter auf.

"Was ist mit ihnen? Sind sie verletzt?"

"Dar andere dort oben soll mit dem Wagen verschwinden, ehe Polizei hier eintrifft", entgegnete der Major mit verzerrter Stimme:

"Über die Abfahrt von der Autobahn runter. Das Gelände umfahren und Fluchtweg abschneiden. Sie kommen mit mir", wies er dann weiter an. Seine eigene Verwundung schien er bereits vergessen zu haben.

Während der Genosse den Befehl übermittelte, humpelte Skorpion in Richtung eines Waldstückes, dessen Silhouette sich in einiger Entfernung abzeichnete.

Auf der Fahrbahn wendete inzwischen der BMW. Die neugierigen Blicke einiger am Unfallort angehaltener Verkehrsteilnehmer störten den Fahrer nicht. An Hand der gefälschten Kennzeichen würde man den wirklichen Besitzer des Wagens ohnehin nicht ermitteln können.

Keuchend verschnaufte Schmolke einen Augenblick. Sein Herz drohte zu zerspringen, so sehr hatte er sich in den letzten

Minuten verausgabt, um sich von Feind abzusetzen. Vor ihm ragten die Betonmauern eines offenen, landwirtschaftlichen Silos auf. Am Rande eines kleinen Wäldchens entlang, war er bis zu dieser Anlage gelangt. Bisher konnte er keinen Verfolger ausmachen.

Als er an den Mann dachte, der in die Fahrerkabine geklettert war, fühlte er kalten Schweiß in seinem Rücken. Dessen wie aus Stein gemeißeltes Gesicht stand deutlich vor seinem geistigen Auge. Der würde nicht aufgeben. Niemals. Hoffentlich war er bei dem Unfall umgekommen oder wenigstens schwer verletzt worden, dachte Schmolke erschauernd. Ihm wollte er nicht noch einmal begegnen.

Die Siloanlage befand sich auf einem großflächigen Hügel. Gleich neben der unterteilten Silagekammer hatte man ein ausgemauertes, quadratisches Betonbecken angelegt. Trübe Flüssigkeit füllte es fast bis zum Rande. Anscheinend eine Kläranlage für die Abwässer des eingelagerten Grünfutters, vermutete der Flüchtling. Jetzt allerdings waren die beiden Hälften des Silos mit zahlreichen Autoreifen angefüllt. Während sie im hinteren Teil in hohen Stapeln ordentlich aufgeschichtet lagerten, lagen sie vorn in unsortierten Haufen wild durcheinander.

Altreifen, überlegte Schmolke. Wenn ich das Zeug aus dem Bunker hier verstecke, finden die das nie. Er konnte sein Vorhaben jedoch nicht bis zu Ende durchdenken, denn auf einem Plattenweg, der dicht am Objekt vorbeiführte, näherten sich die Scheinwerfer eines Fahrzeuges. Der Kommissar sprang sofort zwischen die Reifen und schmiegte sich an den kalten Gummi.

Nach einer Weile erstarb das leise Motorengeräusch. Erleichtert atmete er auf. Sicherheitshalber blieb er noch einige Minuten liegen. Dann hob er vorsichtig den Kopf. Das Auto blieb verschwunden. Nun erhob sich der Kriminalist. Von hier oben aus konnte er die Umgebung gut überschauen. Rechtzeitig würde er das Licht eines jeden, sich nähernden

Fahrzeuges bemerken.

Auf dem vorderen Teilstück der betonierten Grundfläche, gleich neben dem Plattenweg, stand ein Häuschen. Früher diente es wohl dem Wiegemeister als Büro.

Schmolke lief seitlich daran vorüber. Im selben Augenblick entdeckte er einen dunklen Schatten. Überrascht sah er auf den nur wenige Meter entfernten Umriss eines großen Personenkraftwagens, den zuvor das Waagehäuschen verdeckt hatte.

Der anspringende Motor war kaum zu vernehmen. Scheinwerfer leuchteten auf. Geblendet riss der Kommissar die Arme vors Gesicht, doch schon schoss die Limousine mit aufheulender Maschine und radierenden Reifen auf ihn zu.

Mit einem Sprung zur Seite wollte der Angegriffene sich retten. Es gelang ihm nicht ganz, denn das Fahrzeug erfasste ihn noch in der Luft. Zuerst verspürte Schmolke einen harten Schlag, dann prallte er auf die Betonplatten des Weges. Einige Meter weiter glommen Bremslichter auf. Die Fahrertür klappte. Ein Mann stieg aus.

Lässig trug der Leibwächter die Maschinenpistole mit einer Hand. Er hatte den Zusammenprall gespürt und den Körper durch die Luft fliegen sehen. Der muss erledigt sein, dachte er.

Diese Annahme sollte ihm zum Verhängnis werden, denn der Kriminalist war von selber gesprungen und lediglich vom Kotflügel gestreift worden. Dabei hatte er zwar den Spiegel abgerissen, aber keine gefährlichen Verletzungen erlitten.

Den reglos am Boden liegenden Körper beachtete der andere nicht. Er bückte sich sofort zu dem Plastesack, der am Rande des Fahrweges lag. Im gleichen Moment warf sich der tot oder schwer verletzt Geglaubte herum und umklammerte die Beine des Bewaffneten. Völlig überrascht knickte der Mann ein. Seine Maschinenpistole fiel zu Boden. Unvermittelt ließ der Kommissar los, griff danach und schlug mit der kurzläufigen Waffe nach dem Kopf des Feindes. Immer wieder holte er aus. Längst war der Mann kampfunfähig, als er endlich von ihm abließ und den Plastesack wieder an sich nahm. Schwankend gelangte er auf die Füße. Nach einem Blick auf den übel zugerichteten Schädel des Liegenden musste er einen heftigen Brechreiz unterdrücken. Angeegelt ließ er die Waffe fallen.

Allmählich kehrte sein Verstand zurück. Jeden Augenblick erwartete er den tödlichen Schuss vom Auto her. Als der jedoch ausblieb, begann er zu verstehen. Die Verfolger hatten sich offenbar aufgeteilt. Dieser hier war allein gewesen. Jetzt aber schnell weg hier, dachte der Kommissar und lief taumelnd auf den Wagen zu.

Knapp vor seinen Füßen fuhren Leuchtspurgeschosse in den Boden. Zeitgleich ertönte das rhythmische Rattern einer automatischen Waffe. Mechanisch warf er sich zu Boden und robbte die wenigen Meter bis zu der Stelle, wo er die MP des zuvor überwältigten Gegners hingeworfen hatte. Deren blutverschmierter Griff fühlte sich glitschig an.

Vom Silo her ertönte eine Stimme: "Schmolke, Geben sie auf. Lassen sie den Sack liegen und gehen sie weg. Wir wollen ihnen nichts tun."

Damit ihr mich besser abknallen könnt, sagte sich der Aufgeforderte, ohne die Deckung hinter dem Körper des Niedergeschlagenen zu verlassen. Vorsichtig hob er die durchgeladene und entsicherte Maschinenpistole hoch und fasste mit der rechten Hand nach dem Sack. Weit ausholend schleuderte er ihn in Richtung des Waagehäuschens. Fast gleichzeitig blitzte es dort auf. Projektile pfiffen durch die Luft.

Kaum waren die Schüsse verklungen, zielte der Kriminalist auf den durch Mündungsfeuer verratenen Standort des Schützen und drückte ab. Eine lange Garbe jagte aus seiner Waffe. Gleich darauf rollte er mehrere Meter zur Seite. Aber diese Vorsichtsmaßnahme war unbegründet, denn der Feind hüllte sich in Schweigen.

Ich muss getroffen haben, dachte Schmolke aufatmend. Nun kroch er zum Auto, unterwegs den Sack auflesend. Die im niederen Drehzahlbereich noch immer laufende Maschine hörte man kaum. Frohlockend ließ der Kommissar sich in das Polster sinken. Automatikschaltung, stellte er fest. Zügig wendete er die Limousine und beschleunigte dann.

Er sollte jedoch nicht weit kommen. Seitlich von vorn kam eine Leuchtspurgarbe auf das Auto zugeflogen. Prasselnd schlugen Stahlmantelgeschosse in die Frontscheibe. Instinktiv nahm der Kommissar beide Hände vor sein Gesicht, nicht ahnend, dass kugelsicheres Spezialglas, eigentlich zum Schutze von Markus Wolf gedacht, sein Leben schützte.

Das zeitweilig führerlose Fahrzeug kam vom Plattenweg ab und durchbrach den Maschendrahtzaun, der das Klärbecken umgab. Schmolke konnte nicht verhindern, dass der schwere Wagen über den gemauerten Rand der Grube rutschte, nach vorn kippte und mit der Schnauze ins Wasser tauchte. Fluchend griff er nach dem Sack mit den erbeuteten Dokumenten und drückte die Tür auf.

Gurgelnd drang schmutzige Brühe in das Innere des Fahrzeuges. Als er herauskletterte, versank er bis zu den Knien im Schlamm. Der Wasserspiegel reichte über die Gürtellinie.

Vor ihm, auf dem betonierten Ufer stand breitbeinig eine Gestalt. Schmolke blickte genau in die Mündung von deren Waffe. Trotz der Dunkelheit erkannte er seinen Widersacher von der Autobahn.

Mit einem Mal wich die ganze, gestaute Spannung von ihm. Irgendwie fühlte er eine Last von sich genommen. Nun brauchte er nicht mehr kämpfen. Endlich war alles vorbei. Fast belustigt blickte er jetzt in das blutverschmierte Gesicht des Gegners. Dessen rechter Arm hing bewegungslos herab. offensichtlich bereitete ihm selbst das Reden erhebliche Mühe, denn er sagte mit schmerzverzerrtem Gesicht und zusammengebissenen Zähnen: "Geben sie den Sack her."

Mit einer Gleichgültigkeit, die ihn selber fast erschreckte, watete der Kommissar durch den Schlick und reichte den begehrten Gegenstand widerspruchslos nach oben.

Skorpion wollte den verletzten Arm anheben, aber seinem Mund entrang sich nur ein unterdrücktes Stöhnen. Deshalb trat er einige Schritte zurück und legte die Waffe zu Boden. Dem Kriminalisten befahl er schroff: "Schieben sie ihn auf den Rand."

Gehorsam hob Schmolke den Plastesack in Schulterhöhe und schob ihn auf den Beton.

"Gehen sie zurück", verlangte Skorpion.

Schlagartig begann der Verstand des Besiegten wieder einzusetzen. Die Maschinenpistole hat der andere abgelegt, weil er nur eine Hand benutzen kann, überlegte er blitzschnell. Und schießen kann er ohnehin nicht, solange er den Sack nicht hat. Er müsste ihn sonst selber aus dem Wasser holen, wenn ich tot bin. Mit einem Arm wird er aber nicht so leicht wieder aus der Grube herauskommen.

Bösartig zischte der Stasi-Mann: "Na los, zurück!"

Doch der Aufgeforderte verharrte regungslos. Gerade wollte Skorpion losbrüllen, da durchzog ein stechender Schmerz sein geschwollenes Gesicht. Ach was, dachte er, so schnell kommt der gar nicht über die Kante nach draußen. Forsch trat er heran, bückte sich ächzend und griff nach dem Sack.

Im gleichen Augenblick packte auch Schmolke von der anderen Seite zu. Mit einem kräftigen Ruck zerrte er an der Plaste. Dieser überraschende Angriff traf den bulligen Mann in denkbar ungünstiger Stellung. Sein gerade gebeugter Oberkörper fand keinen Halt, als er nach vorn gerissen wurde. Zu allem Übel verkrallte sich seine gesunde Hand reflexartig in den Sack. So fiel er um und schlug hart auf den Beton, den verletzten Arm unter sich begrabend. Für einen Moment schwanden ihm die Sinne.

Sofort fasste der Kommissar über den Beckenrand nach der Schulter des gefürchteten Verfolgers, der nun in seiner Reichweite lag und zog unter Aufbietung aller Kräfte an dessen Lederjacke. Noch ehe der geschwächte Stasi-Mann sich wehren konnte, kippte sein Körper über den Rand. Erst im

Wasser kam er wieder völlig zu sich. An seinem Hals fühlte er die würgenden Hände des Klassenfeindes. Erst ein kurzer, aber harter Ellenbogenschlag schaffte ihm Erleichterung. Schmolke taumelte zurück. Die Handkante des im Töten geübten Mannes zuckte vor.

Zum Glück für den Kommissar fand Skorpion in dem schlammigen Untergrund keinen festen Stand. Daher streifte er die Schläfe des anderen nur. Nun begriff der Kriminalist, dass er gegen den speziell im Nahkampf ausgebildeten Mann keine Chance haben würde, wenn nicht sofort etwas geschähe. Aufschreiend stürzte er deshalb dem Angreifer entgegen. Sekundenbruchteile irritierte er ihn mit dieser Finte. Dadurch gelang es ihm, bis zu dessen Kopf vorzudringen und ihm die Finger in das noch intakte Auge zu stoßen. Wütend brüllte der Getroffene auf.

Ohne sich aufzuhalten, fasste Schmolke den schwimmenden Plastesack und watete zur Limousine, die mit dem Vorderteil im Schlamm steckte und deren Heck über den Rand des Beckens in die Luft ragte. Dort wollte er aus der Klärgrube klettern. Deshalb warf er zuerst den Sack ins Trockene. Dann versuchte er, sich mit einem Klimmzug hochzuziehen. Doch immer wieder rutschten seine Hände ab.

Zwischenzeitlich war der andere fast herangekommen. Auch dessen zweites Auge blutete nun. Gegenwärtig konnte er nichts sehen. Doch schien er seinen Widersacher zu hören. Vielleicht spürte er ihn sogar.

Obwohl Schmolke sich jetzt still verhielt, stapfte der bullige Mann genau in seine Richtung. Als er ihn fast erreich hatte, schoss Skorpions linke Hand ansatzlos mit gespitzten Knöcheln auf den Flüchtigen zu. Normalerweise wäre dieser Stoß tödlich gewesen. So aber traf der Blinde nicht den Kehlkopf des Gegners, sondern nur dessen Schulter. Durch die Wucht des Stoßes wurde der Kriminalist gegen die Betonwandung geschleudert. Einige Sekunden schnappte er nach Luft. Schon war der andere wieder heran.

Diesmal wich der Kommissar seitwärts aus und watete geduckt unter dem schräg liegenden Auto hindurch. In der entgegen gesetzten Ecke des Abwasserbeckens gewahrte er dunkle Verstrebungen. Eine Eisenleiter! Neue Energie strömte in seine ausgelaugten Muskeln. Dicht hinter ihm tönte das Schnaufen des Verfolgers. Endlich konnte er die Sprossen packen. Ganz nahe klang der Atem in seinem Rücken. Noch ein Stück, dachte Schmolke. Ein paar Meter und ich habe die Waffe. Schon fast außerhalb des Beckens fühlte er, wie sich etwas in sein Bein krallte. Vergeblich versuchte er, den Fuß zu befreien. Eine Hand klammerte sich fest um seinen Knöchel und zog ihn langsam wieder hinab. In großer Verzweiflung fasste er mit beiden Händen die Sprossen und stieß wie wild geworden mit dem freien Fuß immer wieder zu.

Vor Schmerz schrie der Mann in der Klärgrube auf, als der verletzte Arm getroffen wurde. Sein Griff lockerte sich etwas. Schmolke strampelte weiter, bis der andere nach hinten kippte Völlig erschöpft zog er sich dann endgültig aus der Grube. Auf Knien kroch er zu der Waffe. Als er sich umdrehte, war der Mann bereits mit dem Oberkörper über dem Rand des Beckens. Das kann doch nicht möglich sein, dachte der Kriminalist entsetzt. Ist denn der nicht totzukriegen? Schwer atmend brachte er den Kalaschnikow in Anschlag und zog am Abzugshebel.

Ruckend spuckte der automatische Karabiner seine Geschosse aus. Der ruckende Lauf wurde vom starken Rückschlag der überkalibrigen Munition nach hinten und oben gerissen. Zur Überraschung für den Schützen, der den Umgang mit dieser Waffe nicht gewohnt war, verstreuten sich die Projektile im Nachthimmel. Allerdings schien er trotzdem getroffen zu haben, denn der stämmige Verfolger stürzte rücklings in das Becken.

Das ist Notwehr, flüsterte Schmolke leise vor sich hin. Mühsam richtete er sich auf und warf die Waffe in das schmutzige Wasser. Dann ergriff er den Sack.

Während er zum Plattenweg lief, begann sein Verstand wieder präzise zu arbeiten. Wenn die Polizei Suchhunde einsetzte, fände man seine Spur. Immerhin wurde er wegen eines Mordes gesucht. Wie er jetzt aussah, käme er nicht schnell genug aus dieser Gegend weg. Keiner nähme ihn im Wagen mit. Seine Sachen waren nur noch nasse, stinkende Fetzen. Sollte er deshalb den Sack zwischen den Reifen verstecken? Der Gummigeruch verhinderte sicher jeden Spürhundeinsatz. Später kann ich das Material holen, überlegte er. Und würden mich die Genossen vorher erwischen, habe ich immer noch ein gutes Druckmittel in Hinterhand. So, wie die sich gebärden, scheint es allerhand wert zu sein.

Kurz entschlossen lief Schmolke auf eine der Silokammern zu und schlängelte sich zwischen Gummistapeln hindurch. In der hinteren Hälfte stieß er auf mehrere Stapel waagerecht übereinandergeschichteter Reifen und wollte den Sack von oben in einen hineinfallen lassen, da zögerte er plötzlich. Dann öffnete er den Verschluss und fuhr mit der Hand hinein. Nacheinander ertastete er drei Geldbündel und schob sie in seine Jackentasche.

Den Aufprall auf die Wasseroberfläche hatte Skorpion nicht mehr wahrgenommen. Erst als die schmutzige Brühe in seine Atemwege drang, kehrte das Bewusstsein schlagartig zurück. Hustend und spuckend begann er mit dem gesunden Arm zu rudern. Nur mit Mühe fand er das Gleichgewicht wieder und stemmte beide Beine fest in den Schlick. Schwankend verharrte er eine Weile. Dabei versuchte er seine wirren Gedanken zu ordnen. Nun erinnerte er sich an das Aufblitzen des Kalaschnikow. Irgendwo musste er getroffen worden sein. Aber das war jetzt unwichtig. Der Gegner schien endgültig entwischt zu sein. Hasserfüllt stieß er einen dumpfen Schrei aus. Dann kämpfte er sich Schritt für Schritt durch den zähen Schlamm. Das eine Auge hatte seine Funktion wenigstens teilweise wiedererlangt. Verschwommen konnte er die nähere Umgebung unterscheiden. Unterhalb der verletzten Schulter setzte scharfer, stechender Schmerz ein. Offenbar rührte er von einer Schusswunde her.

Bis zur Limousine benötigte er mehrere Minuten. Unter Aufbietung aller Kräfte gelangte Skorpion schließlich an das halb im Wasser hängenden Fahrzeuges. Erleichtert konnte er sich von der Betriebsfähigkeit der installierten Funkanlage überzeugen. Wenig später setzten sich mehr als hundert Kilometer entfernt zwei Fahrzeuge in Bewegung.

Markus Wolf nahm die Brille ab und putzte nachdenklich die Gläser mit einem weichen Lappen. Im Gesicht des vierundsiebzigjährigen Mannes hatten Alter und Tätigkeit ihre untilgbaren Spuren hinterlassen. Tiefe Falten zogen sich zu den Mundwinkeln herab.

Außer ihm befanden sich nur die engsten Mitarbeiter im Zimmer. Mehrere niederrangige Angehörige des illegalen Ministeriums für Staatssicherheit bewachten die Zusammenkunft in der Wohnung des Obersten Kretschmar von verschiedenen Positionen aus der Umgebung des Hauses.

Jetzt beendete der General die Reinigung und heftete seinen Blick auf den gegenübersitzenden Mann, dessen rechter Arm angewinkelt in einer Schlinge hing. Eines der beiden Augen verdeckte eine dunkle Stoffklappe. Teile des Kopfes wiesen blaurote Flecken auf, als sei er von einem Schwergewichtsboxer zusammengeschlagen worden. Die unter der Kleidung angelegten Mullbandagen, welche zwei Schussverletzungen vor Infektionen schützen sollten, waren jetzt nicht zu sehen.

Fast liebevoll klang die Stimme des Generals, als er zu sprechen begann: "Wir haben es vor allem dem Genossen Skorpischnik zu verdanken, dass die Sache so glimpflich verlaufen ist. Seine grenzenlose Einsatzbereitschaft und unwandelbare Treue zu unserer gemeinsamen Sache sollte Vorbild für jeden anderen Kommunisten sein."

Eine Zeit lang herrschte Stille, dann wandte sich der alte Mann dem Obersten zu: "Berichten sie über den gegenwärtigen Stand."

Kretschmar fasste noch einmal kurz zusammen, wie es nach den Angaben von Skorpion gelungen war, den Sack mit der Akte im Gelände des Silos zwischen Altreifen aufzuspüren und kam dann auf die aktuelle Situation zu sprechen:

"Nach vorliegenden Informationen der Dresdner Genossen wurde Schmolke durch Zufall in der Nähe von Berbisdorf von einer Polizeistreife aufgegriffen. Er trug drei Bündel zu je hundert Fünfzigmarkscheinen bei sich. Auf Grund dessen befindet er sich gegenwärtig in Untersuchungshaft. Über die Vorkommnisse in Massow und Radeburg machte er umfassende Angaben. Nur das Vorhandensein des Sackes mit seiner Beute verschwieg er. Mit der Vernehmung sind zwei zuverlässige Genossen des Landeskriminalamtes Sachsen beauftragt. Die sorgen dafür, dass nichts von der Angelegenheit ins Protokoll kommt. Abgesehen davon würden bei einer eventuellen Untersuchung ohnehin keine Beweise mehr vorgefunden werden."

Stirnrunzelnd fragte der General: "Was ist das für Bargeld? Die drei Bündel."

Ein breites Lächeln überzog das Gesicht des Obersten. "Fortlaufende Seriennummern. Alles registriert. Daran wird er schwer zu kauen haben. Das bringt ihm eine weitere Mordanklage ein. Bei dem Überfall, aus dem die Scheine stammen, war ein Wachmann erschossen worden."

Nun schien der General ungehalten: "Ich muss annehmen, ihre Leute sind dafür verantwortlich. Haben sie es nötig, auf diese Art Geld zu beschaffen? Wo wir über nahezu unbegrenzte Mittel verfügen?"

Gelassen entgegnete der Gerügte: "Unsere Mitarbeiter, insbesondere die unteren Mannschaftsdienstgrade, müssen ständig einsatzbereit gehalten werden. Über einen längeren Zeitraum hinweg sind daher solche Aktionen unbedingt notwendig. Das hält die Leute frisch und verbindet sie miteinander."

Wolf winkte ab: "Schon gut, ich sehe sie haben für alles eine Ausrede bereit. Aber dass mir künftig solche Dinge unterbleiben. Wir sind doch keine Verbrecher."

Kopfschüttelnd schwieg der General. Unvermittelt fragte er dann: "Was ist eigentlich mit dem Bernsteinzimmer?"

Kretschmar nickte zu Oberstleutnant Feuchtenberger hin: "Der Genosse hat sich mit diesem Problem beschäftigt."

Feuchtenberger führte kurz und knapp aus: "Eine zeitnahe Bergung ist nur mit enormen technischem Aufwand möglich, bliebe daher den Behörden nicht verborgen. Sie ist daher gegenwärtig ausgeschlossen."

Unzufrieden schaute Wolf zu seinem ersten Stellvertreter: "Sagten sie vorhin nicht, der gesamte Bunker wäre geflutet? Ist davon auch der spezielle Raum betroffen?"

Mit einem Kopfnicken bestätigte Kretschmar diese Vermutung, bevor er erklärte: "Durch die Klimaanlage drang das Wasser auch in diese Kammer ein. Aber sie können beruhigt sein, Bernstein wird davon nicht angegriffen. Er kann tausend Jahre darin liegen."

"Es handelt sich zudem um besonders sauberes Wasser aus dem angrenzenden See. Darin sind keine chemischen Verunreinigungen erhalten", warf Feuchtenberger ein.

Der missbilligende Ausdruck in Wolfs Gesicht begann zu verschwinden: "Lassen wir es also vorläufig da unten, Genossen. Nirgendwo ist es besser aufgehoben als dort. In ein paar Jahren, wenn wir wieder an der Macht sind, werden wir uns auch darum kümmern."

Kriminaloberkommissar Pötsch lehnte sich behaglich in seinem Stuhl zurück, nachdem man den Beschuldigten hereingeführt hatte. Er warf einen kurzen Blick in Richtung des zweiten Mitarbeiters und begann zu sprechen: "Schmolke, wenn sie glauben uns hier verarschen zu können, irren sie sich gewaltig. Wir haben ihre Angaben gründlich überprüfen lassen. Alles Quatsch, was sie da über angebliche Stasi-Aktivitäten erzählt haben. Mann, wir schreiben das Jahr fünfundneunzig. Und sie erfinden Horrorgeschichten von angeblichen Riesenbunkern, irren Verfolgungsjagden und nächtlichen Schießereien."

Pötsch unterbrach sich, um eine Zigarette anzuzünden. Auch dem Festgenommenen bot er eine an, bevor er weiterredete: "Sie waren doch selber Kriminalist. Machen wir uns also nichts vor. Mit dem Dreh, eine Macke vorzutäuschen, kommen sie nicht durch. Da können sie versuchen was sie wollen."

Schmolkes Gedanken kreisten. Die stecken alle unter einer Decke. Alte Seilschaften. Gut, dass er das Versteck nicht angegeben hatte. Unangenehm drang die Stimme des anderen wieder an seine Ohren:

"Bleiben wir also bei den Fakten. Ihre Berliner Sache geht mich nichts an, ich meine den Mord an ihrem Kollegen. Hier bei uns liegt Folgendes vor. Am 23. April überfielen sie auf dem Parkplatz der Raststätte Massow den Fahrer des Sattelzuges L-AN-309, schlugen ihn nieder und entwendeten das Fahrzeug. Im Autobahnbaustellenbereich Radeburg verloren sie später die Kontrolle über den Truck. Vermutlich weil sie eingeschlafen sind und durchbrachen die Leitplanken auf der Gegenfahrbahn. Danach flüchteten sie vom Unfallort. Sechs Kilometer vom Tatort entfernt wurden sie mehrere Stunden später von Polizeibeamten gestellt. Ist das richtig so?"

Der Gefragte verzichtete auf eine Antwort. Ungerührt nahm der Kripo-Mann, früher Offizier des MfS in besonderem Einsatz, das Schweigen seines Delinquenten hin.

"Gut, wie sie wollen. Jedenfalls ist das der objektive Sachverhalt. Kommen wir nun zu dem Mord an dem Wachmann."

Jetzt horchte Schmolke auf. Triumphierend registrierte der

Vernehmer die Bewegung im Gesicht des anderen:

"Aha, scheint sie doch zu interessieren. Um es kurz zu machen; am dritten November vierundneunzig überfielen sie bei Ballenstädt, Sachsen Anhalt, gemeinsam mit noch nicht ermittelten Tatbeteiligten einen Geldtransporter und verletzten im Verlauf des Schusswechsels den Sicherheitsbeamten Schröder tödlich. Sie. . ."

"Hören sie auf mit diesem Unsinn", begehrte Schmolke verärgert auf, "oder wollen sie mir vielleicht noch den KennedyMord unterschieben?"

Die Gesichtszüge des Beamten drückten Verwunderung aus. Als sei diese Empfindung nicht gespielt, fragte er: "Waren sie das wirklich nicht?"

Dann nahm seine Miene einen bösartigen Ausdruck an. "Sie unterschätzen ihren Gegner, Schmolke."

Damit hast du dich endgültig verraten, dachte der Beschuldigte. Du bist nicht nur ein Mitläufer, der lediglich die Fahne gewechselt hat, sondern gehörst zum aktiven Teil des ehemaligen MfS. Deshalb hat man dich mit der Sachbearbeitung betraut.

Verstimmt darüber, dass er sich gehenlassen hatte, fuhr Pötsch in scharfem Tone fort: "Die Seriennummern der in ihrem Besitz sichergestellten Scheine stimmen mit dem geraubten Geld überein. Reicht völlig aus für eine Anklage. Wollen sie sich nun dazu äußern?"

In Schmolkes Kopf jagten die Gedanken hin und her. Er musste hier raus. Und die Papiere aus dem Versteck holen. Dann seinen Schulkameraden beim BND informieren.

Laut sagte er: "Könnte ich mit meiner Frau telefonieren? Ich benötige verschiedene Kleidungsstücke und Toilettengegenstände."

Pötsch überlegte nur kurz: "Aber selbstverständlich", gestattete er den Wunsch wie umgewandelt in freundlichem Ton. Von einem Zettel las er die entsprechende Nummer ab: "Das machen wir ganz unbürokratisch."

Als er die Zahlen eingetippt hatte, forderte er Schmolke mit einer Handbewegung zum Näherkommen auf. Der Festgenommene erhob sich von seinem Stuhl und trat an den Schreibtisch heran, um den Hörer entgegenzunehmen.

Völlig unerwartet packte er jedoch die Tischlampe mit beiden Händen und schleuderte deren schweren Metallfuß gegen den Kopf von Pötschs Kollegen, der bisher schweigend dagesessen hatte. Gleich darauf holte er erneut aus.

Reaktionsschnell riss Pötsch seinen Körper zu Seite. Dadurch konnte er zwar dem Hieb ausweichen, stürzte aber vom Stuhl. Schmolke ließ die Lampe fallen und trat mit dem Fuß in die Niere des Liegenden. Aus der Steckdose fetzte er ein Kabel und schlang es um den Hals des anderen, noch ehe der reagieren konnte, zog die Schnur über Kreuz straff und stemmte gleichzeitig seine Knie gegen den Rücken des Überrumpelten. Vergeblich versuchte der Gewürgte, seine Finger zwischen Hals und Schlinge zu schieben. Auch sein hilfloses Strampeln nützte ihm nichts, denn Schmolke lies erst locker, als der zuckende Körper unter ihm erschlafft war. Dem zweiten Mann, der mit blutverschmiertem Schädel ebenfalls am Boden lag, warf er nur einen flüchtigen Blick zu. Dann trat er eilig an das Fenster, klappte es auf und schaute hinaus. Vier Meter unter ihm befand sich der nächste Absatz der terrassenartig angelegten Gebäudefront. Entschlossen stieg er über die Brüstung und ließ sich mit den Füßen voran hinabrutschen, dabei die Hände an der Fensterfassung festklammernd. Als er ausgestreckt an den Armen hing, löste er den Griff.

Ziemlich unsanft krachte der Flüchtling auf den darunter liegenden Absatz. Später wusste er nicht mehr, wie er die restlichen Etagen überwunden hatte. Es gelang ihm jedenfalls, in der Großstadt unterzutauchen.

Gunther Schmolke, vormals Hauptkommissar beim Berliner Morddezernat, gegenwärtig verdächtigt der vorsätzlicher Tötung seines Arbeitskollegen und Mordes an einem Geldtransportfahrer, ferner beschuldigt einen Sattelschlepper geraubt zu haben und zusätzlich gesucht wegen gefährlicher Körperverletzung, begangen an zwei Kriminalbeamten, stand ratlos neben dem Reifenberg. Vor dem Versteck des Plastesackes mit der Beute waren zwischenzeitlich Unmengen von Altreifen abgekippt worden. Der Sack musste sich in der hintersten Ecke, unter meterhohen Gummistapeln befinden. Zumindest glaubte er das.

"Verdammter Mist", fluchte er halblaut.

Zu Fuß war er zwanzig Kilometer über Felder und durch Wald gelaufen und nun war er nicht mal imstande, die Papiere in Besitz zu nehmen. Was sollte er tun? Sein Name stand mit Sicherheit in sämtlichen Fahndungscomputern. Mit allen persönlichen Daten. Jeder Polizist kannte seine Beschreibung auswendig.

In der Dunkelheit hob sich das weiß gekalkte Waagehäuschen an der Zufahrt zum Silo deutlich vom schwarzen Hintergrund ab. Noch unentschlossen lief er darauf zu. Durch das einzige, vergitterte Fenster gewahrte er die Umrisse eines Schreibtisches. Unmittelbar daneben leuchtete schwach eine rote Lampe. Vermutlich befand sich hier das Büro des Reifenlagers.

Angestrengt überlegte Schmolke. Er würde in seiner zerrissenen Kleidung, die er noch immer trug, nicht weit kommen. Außerdem benötigte er dringend Bargeld. Vielleicht fand er hier ein par Mark. Die Tür des Häuschens befand sich auf der Hinterseite. Sie war mit einem Sicherheitsschloss versehen, schien jedoch nicht allzu fest in den Angeln zu sitzen. Suchend blickte er umher. Gleich neben ihm lag verschiedenes Gerümpel. Trotz der Dunkelheit fand er eine Metallstange. Nach mehrmaligem Ansetzen gelang es ihm, das Eisen zwischen Tür und Fassung hindurch zustecken. Holz splitterte, als er am Ende der Stange hebelte.

Die rote Glimmlampe in dem winzigen Büro erwies sich als Anzeige für ein Akkuladegerät. Dessen Kabel führte in ein auf dem Fußboden stehendes Funktelefon älterer Bauart. Philips Porty, C-Netz, stellte der Einbrecher erleichtert fest. Jetzt konnte er den Kumpel vom BND anrufen. Ohne Zeit zu verlieren hob er das Gerät auf den Schreibtisch und ließ sich in einem Stuhlsessel nieder. Von hier aus überschaute er den Zufahrtsweg. Nun gab der Kommissar die Nummer ein. Erst nach einer ganzen Weile erklang eine verschlafene Stimme: "Naumann."

"Hallo Wolfgang", sprach der Anrufer in den Hörer: "Hier ist Schmolke. Ich habe dir etwas Wichtiges mitzuteilen."

"Muss das jetzt sein? Um Mitternacht?" entgegnete der andere Gesprächsteilnehmer mit einem unterdrückten Gähnen. Doch ehe der Kriminalist antworten konnte, redete der Angerufene weiter. Jetzt war die Stimme in der Muschel hellwach: "Schmolke? Bist du das? Gunther? Mensch, um Gottes Willen, was für Scheiße hast du bloß angerichtet? Großfahndung läuft gegen dich."

"Hör mal zu. Alles, was man über mich erzählt, ist völliger Unsinn. Hier existiert noch immer eine intakte Nachfolgerorganisation des früheren MfS. Bestehend aus handlungsfähigen, bewaffneten Einheiten. Du kannst dir das Ausmaß gar nicht vorstellen."

"Bist du dir bewusst, was du da behauptest?"

Beschwörend sprach Schmolke in den Apparat: "Wolfgang, glaube mir das bitte. Die Wirklichkeit übertrifft alle Vorstellungen. Die walten und schalten hier wie zu DDR-Zeiten. Ich bin im Besitz geheimer Unterlagen aus einem Bunkersystem. Damit werde ich alles beweisen können. Hilf mir. In deiner Stellung muss das doch möglich sein. Vor allem hol mich hier raus. Sonst legen die mich um."

Einige Augenblicke herrschte Schweigen, dann sagte die Stimme im Hörer: "Gut. Ich werde alles Erforderliche veranlassen. Wo genau befindest Du dich gegenwärtig?"

"Zwischen Radeburg in der Nähe von Dresden und Großdittmannsdorf. Etwa 800 Meter von der Autobahnausfahrt ent-
fern, führt rechterhand ein Plattenweg zu einer alten Siloanlage. Dient jetzt als Reifenlager. Etwa zweihundert Meter von
der Hauptstraße entfernt. Dort bin ich jetzt."
"Du rührst dich keinesfalls von der Stelle. Ist das klar? Spätestens in anderthalb Stunden sind Kollegen von unserem
Dienst mit dem Wagen bei dir."
Schmolke zögerte, bevor er verlangte: "Unmittelbar nach dem
Einbiegen in den Plattenweg soll der Fahrer dreimal Lichthupe geben. Nach fünfzig Metern auf dem Betonweg noch
zweimal. Ich will sicher sein, dass ihr es seid."
"Verstanden. Halte durch. Es kommt alles wieder in Ordnung."
Hauptkommissar Schmolke legte erleichtert den Hörer auf
und verließ das Büro. Am Zufahrtweg entlang lief er ein
Stück in Richtung Hauptstraße und versteckte sich dann hinter niedrigem Gebüsch. Von da aus konnte er sowohl das Silo,
als auch die Landstraße beobachten, ohne selbst gesehen zu
werden.

Mit Tempo zweihundertundvierzig jagten zwei dunkle Limousinen aus Richtung Berlin kommend über die Piste. Sie
hielten sich permanent auf der linken Fahrspur. Erst einen
Kilometer vor der Abfahrt Radeburg verminderten sie ihre
Geschwindigkeit. Im Baustellenbereich am Rande der Klein-
stadt verließen sie die Autobahn und fuhren in Richtung
Großdittmannsdorf.
Kurz vor der Abbiegung zum dortigen Silogelände bremste
der fordere Wagen ab, bog langsam in den Plattenweg ein und
betätigte seine Lichthupe dreimal. Nach etwa fünfzig Metern
blendeten die Scheinwerfer noch einmal kurz hintereinander
auf.
Im Schritttempo näherten sich die schweren Limousinen dem

Versteck des Kriminalkommissars. Schmolke erhob sich aus seiner Deckung und trat in den Lichtkegel. Beide Fahrzeuge bremsten ab und schalteten die Beleuchtung aus. Autotüren klappten. Mehrere Männer unterschiedlichen Alters erwarteten schweigend den Herankommenden. Im fahlen Mondlicht konnte Schmolke ihre versteinerten Gesichter erkennen. Irritiert blickte er von einem zum anderen.

In diesem Augenblick stieg aus dem hinteren Wagen eine weitere Person. Deren rechter Arm war bandagiert und hing waagerecht in einer Schlaufe. Ihr linkes Auge verdeckte eine große Stoffblende.

Erschrocken prallte Schmolke zurück. Sein Herzschlag drohte auszusetzen.

"Das ist. . . nicht. . . wahr", stammelte er entsetzt.

Skorpion heftete sein einziges Auge starr auf den Verursacher seiner Verletzungen. Dann machte er mit seinem Kopf eine knappe Bewegung. Die Genossen stießen den Gefangenen in die vordere Limousine. Kurz darauf rollten beide Fahrzeuge in Richtung Autobahn.

Hauptkommissar Schmolkes letzte Reise hatte begonnen. Seine Leiche wurde niemals gefunden.